CB072727

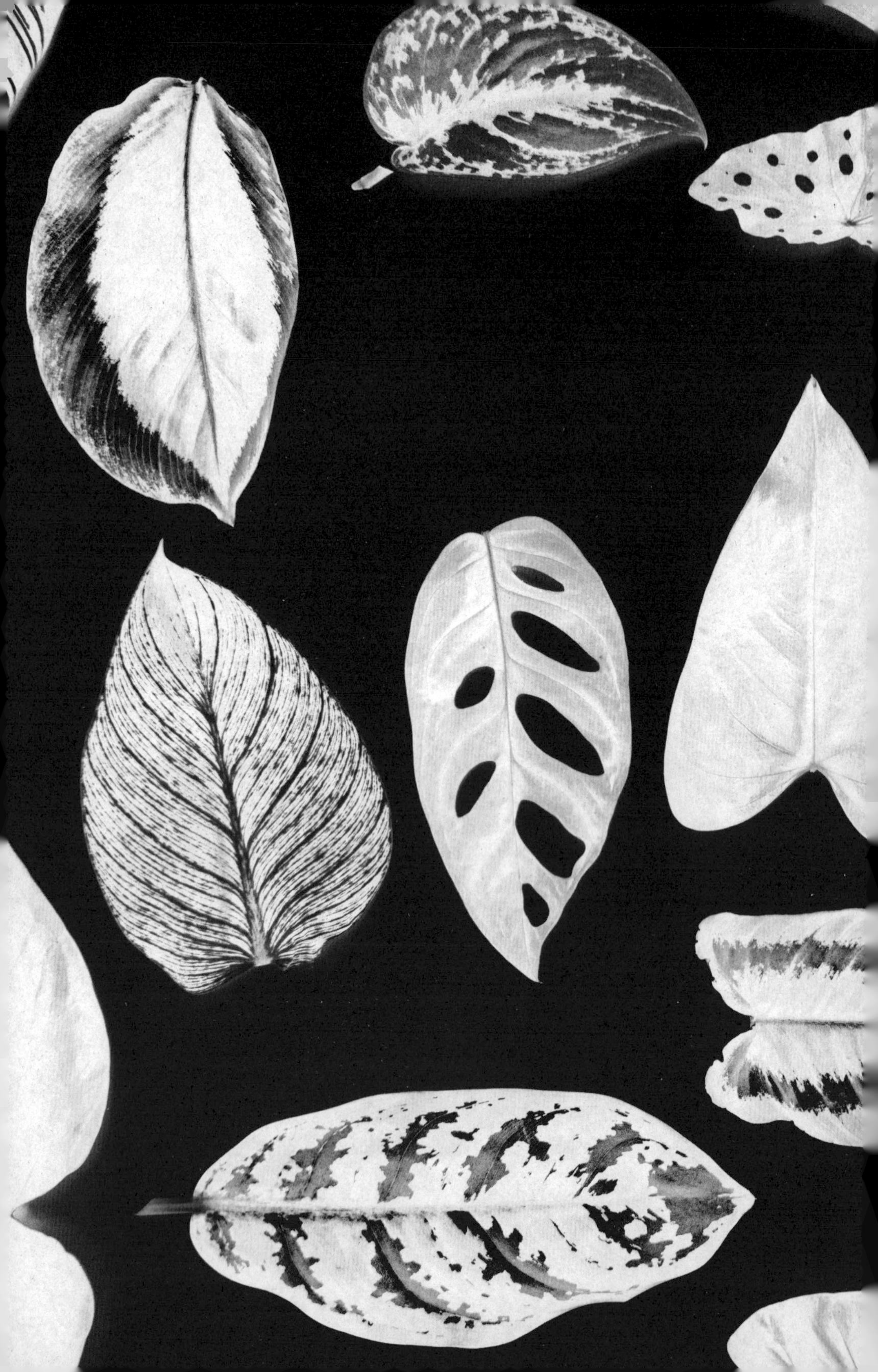

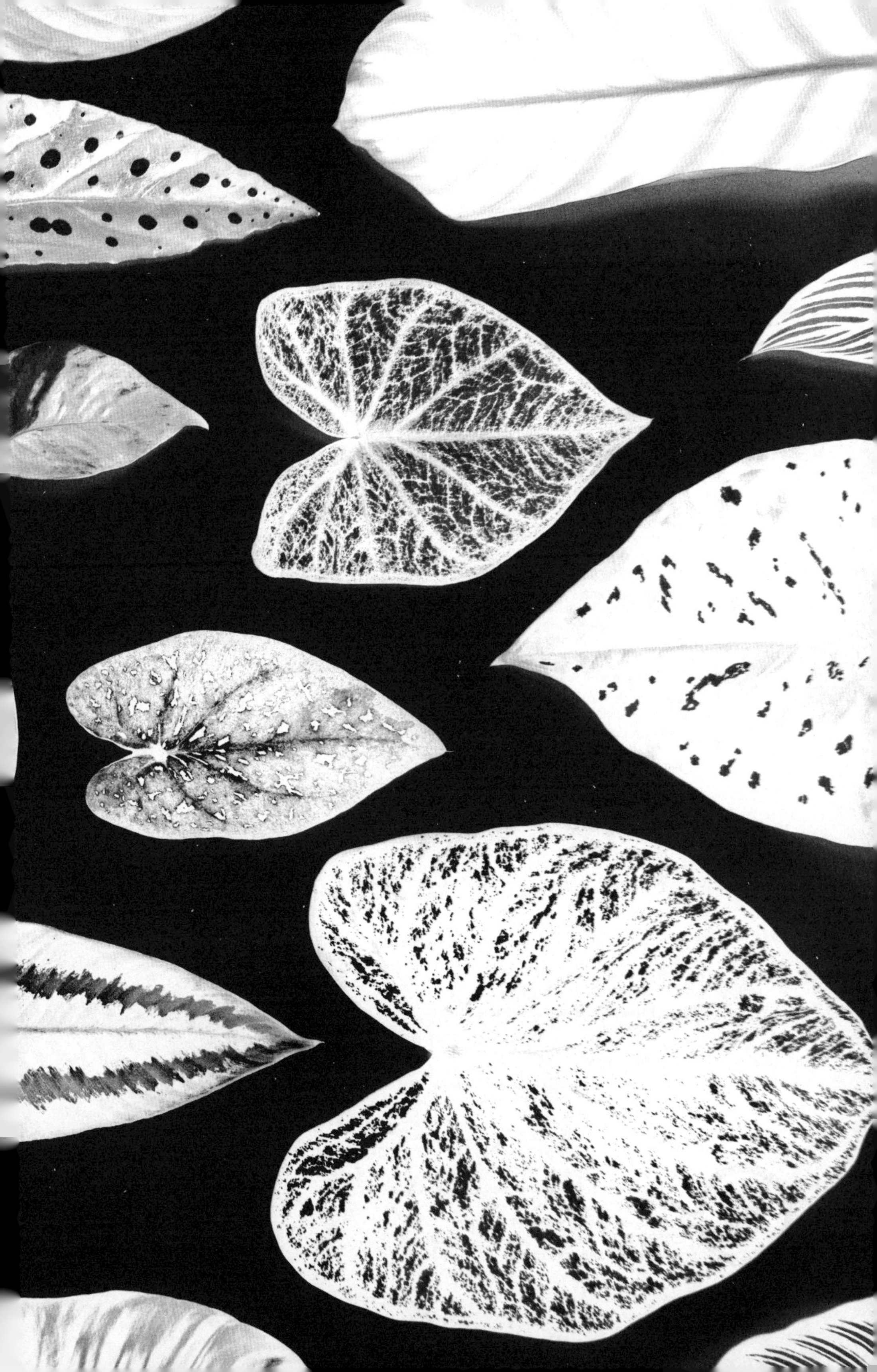

CONJURE WIFE
Copyright © 1953 by the Estate of Fritz Leiber

Tradução para a língua portuguesa
© Eduardo Castro, 2025

Diretor Editorial
Christiano Menezes

Diretor de Novos Negócios
Chico de Assis

Diretor de Planejamento
Marcel Souto Maior

Diretor Comercial
Gilberto Capelo

Diretora de Estratégia Editorial
Raquel Moritz

Gerente de Marca
Arthur Moraes

Gerente Editorial
Bruno Dorigatti

Editor
Paulo Raviere

Editor Assistente
Lucio Medeiros

Capa e Projeto Gráfico
Retina 78

Coordenador de Diagramação
Sergio Chaves

Designer Assistente
Jefferson Cortinove

Preparação
Retina Conteúdo

Revisão
Fabiano Calixto

Finalização
Roberto Geronimo

Marketing Estratégico
Ag. Mandíbula

Impressão e Acabamento
Braspor

DADOS INTERNACIONAIS DE CATALOGAÇÃO NA PUBLICAÇÃO (CIP)
Jéssica de Oliveira Molinari - CRB-8/9852

Leiber, Fritz
  Invocação da bruxa / Fritz Leiber ; tradução de
Eduardo Castro. — Rio de Janeiro : DarkSide Books, 2025.
  192 p.

  ISBN: 978-65-5598-530-6
  Título original: Conjure Wife

  1. Ficção norte-americana 2. Suspense
  I. Título II. Castro, Eduardo

25-0781   CDD 813

Índice para catálogo sistemático:
1. Ficção norte-americana

[2025]
Todos os direitos desta edição reservados à
DarkSide® *Entretenimento* LTDA.
Rua General Roca, 935/504 — Tijuca
20521-071 — Rio de Janeiro — RJ — Brasil
www.darksidebooks.com

INVOCAÇÃO DA BRUXA

Fritz Leiber

TRADUÇÃO
EDUARDO CASTRO

DARKSIDE

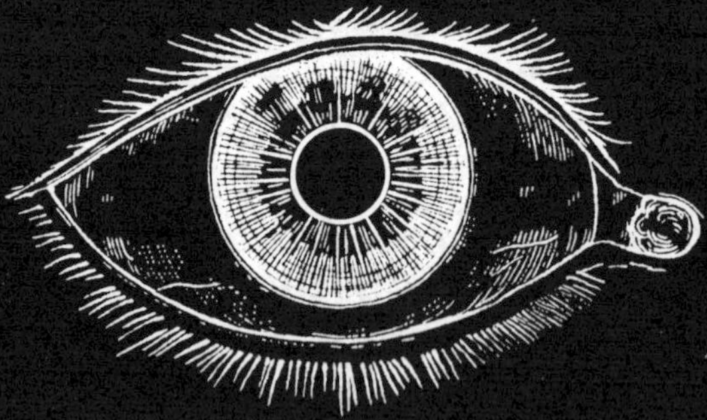

CAPÍTULO I

Norman Saylor não era o tipo de homem que bisbilhotava o toucador de sua mulher. Essa foi, em parte, a razão de tê-lo feito. Tinha a certeza de que nada podia comprometer sua sólida relação com Tansy.

Sabia, é claro, o que tinha acontecido com a mulher curiosa do Barba Azul. Na verdade, certa vez ele se aprofundou no subtexto psicanalítico desse estranho conto sobre damas penduradas. Mas nunca lhe ocorreu que uma surpresa parecida poderia estar reservada a um marido, ainda mais nos dias atuais. Meia dúzia de pretendentes bonitos pendurados em ganchos atrás daquela porta lustrosa? A ideia o faria rir, apesar de suas investigações eruditas sobre a psicologia feminina e seus estudos brilhantes sobre os paralelismos entre superstição primitiva e neurose moderna que lhe conquistaram alguma fama profissional.

Não aparentava ser um etnólogo ilustre — era um tanto jovem, para início de conversa —, muito menos um professor de sociologia da Universidade Hempnell. Faltavam-lhe os lábios apertados, o olhar assustado e o maxilar de tirano típicos dos membros do corpo docente daquela instituição pequena e cheia de orgulho.

Nem se sentia de forma alguma um docente exemplar de Hempnell, o que, especialmente agora, lhe confortava.

O sol da primavera resplandecia sereno e uma brisa suave soprava na janela ao seu lado. Martelou a última rajada de letras datilografadas no seu artigo, já muito atrasado, "O contexto social do vodu moderno", e com um suspiro de satisfação arrastou para trás a cadeira da escrivaninha, subitamente consciente de ter atingido um daqueles picos no ciclo interminável de felicidade e tristeza, quando a consciência enfim descansa e o lado agradável de tudo fica aparente. Um momento que marcava, para um neurótico ou um adolescente, o começo de um rápido declínio até o abismo da melancolia, mas que Norman aprendera, há tempos, a atravessar com êxito, iniciando novas atividades na hora certa para amortecer a queda inevitável.

Mas isso não significava que não deveria aproveitar ao máximo enquanto o momento durasse, extraindo até a última gota desse prazer reconfortante. Saiu do escritório, abriu um romance de lombada brilhosa, mas logo o abandonou para correr os olhos pelas duas máscaras demoníacas chinesas na parede, passando pela porta do quarto. Sorriu fitando o armário onde a bebida, à moda de Hempnell, era "guardada no fundo" — estava sem vontade de beber —, e retrocedeu até o quarto.

Um profundo silêncio tomava conta da casa. Naquela tarde, havia algo acolhedor em sua dimensão modesta, na falta de ventilação dos vários cômodos e mesmo em sua aparência cada vez mais envelhecida. Parecia trajar com bravura a decoração da classe média intelectual, composta de livros, gravuras e álbuns musicais. A tinta lavável atual cobria a ornamentação das sancas do século passado. Nuances de liberdade intelectual e amor à vida compensavam as fortes marcas de decoro professoral.

Pela janela do quarto, avistou o menino do vizinho puxando um carrinho lotado de jornais. Do outro lado da rua, um velho cavava ao redor dos arbustos, pisando com cautela na grama nova. Um caminhão de lavanderia passou chacoalhando em direção à universidade. Norman franziu as sobrancelhas por um instante. Então, na direção oposta, duas alunas vinham saracoteando, de calça e camisa para fora, o que era proibido em sala de aula. A cena o fez sorrir. Queria apreciar com carinho a fria e curiosa cultura que a rua representava, desagradável e limitada, com seus tabus que proibiam falar sobre a realidade, sua elaborada repressão do sexo, sua insistência na capacidade estoica de suportar uma rotina monótona de negócios ou trabalho pesado — e no meio disso, realizando todos os rituais necessários para manter vivas ideias mortas, como uma confraria de xamãs em suas tendas de pedra, a poderosa e abastada Universidade Hempnell.

Era estranho, pensou, o fato de Tansy e ele terem conseguido resistir por tanto tempo e, por fim, com tanto sucesso. Sinceramente não se podia dizer que eram os típicos membros de universidade pequena. Estava convicto de que Tansy, em especial, tinha achado tudo insuportável: a rivalidades afiadas do corpo docente, a hipocrisia de todo tipo de conduta respeitável, a exigência chata (que faria um simples mecânico espumar de raiva) de que as mulheres dos professores deveriam trabalhar para a universidade por pura lealdade, as responsabilidades sociais complexas e o acompanhamento interminável de alunos bajuladores cheios de melindres (pois Hempnell era uma daquelas universidades que oferecem aos pais preocupados uma alternativa à liberdade desprotegida "daquelas incubadoras de comunismo e amor livre", como Norman recordava um político da região ter descrito as grandes universidades metropolitanas).

O esperado era que Tansy e ele escapassem para uma das incubadoras, ou iniciassem um afastamento desconfortável — uma briga sobre liberdade acadêmica aqui, uma discussão sobre salário ali —, ou então buscassem virar escritores ou outra atividade solitária. Mas, de alguma forma, acessando alguma fonte interior desconhecida, Tansy encontrou forças para enfrentar Hempnell de igual para igual, adaptando-se sem perder a dignidade, conseguindo carregar um fardo social maior que o necessário e, dessa forma, traçar ao redor de Norman um círculo mágico, por assim dizer, dentro do qual ele pôde realizar seu verdadeiro trabalho, as pesquisas e artigos que os tornariam finalmente independentes de Hempnell e de seu julgamento. E não só no final, mas em breve, pois agora, após a aposentadoria de Redding, estava garantida a chefia do departamento de sociologia, e depois disso seria apenas uma questão de meses até uma grande universidade lhe oferecer uma boa oportunidade de trabalho.

Por um instante Norman se perdeu numa admiração súbita e intensa pela esposa, como se visse as qualidades excelentes de Tansy pela primeira vez. Caramba, ela fez tanto por ele, e de forma tão discreta. Até fez as vezes de secretária eficiente e incansável em todas as suas pesquisas, sem nunca tê-lo feito sentir-se culpado em relação a isso, mas sim grato. E logo ele que não prometia muita coisa: um professor jovem, preguiçoso e de brilhantismo irregular que nutria um desdém perigoso pela vida acadêmica, tinha um prazer imaturo em chocar seus colegas austeros e uma tendência suicida de transformar pequenas discussões com diretores e reitores em grandes contendas. Ora, durante os primeiros anos, houve uma dezena de vezes em que cambaleou à beira do precipício acadêmico, quando surgia uma ruptura irreparável com a autoridade, mas conseguia se esquivar, quase sempre, pelo que podia lembrar, com a ajuda perspicaz e indireta de Tansy. Desde o casamento, a vida dele estava numa maré de boa sorte!

Como diabos ela conseguiu fazer isso? — justo Tansy, tão preguiçosa e atrevidamente rebelde como ele, uma garota soturna e irresponsável, filha de um pastor incompetente do interior, cuja infância solitária e desregrada teve o conforto de uma imaginação exuberante, com pouco ou nada da rotina conservadora de classe média tão necessária em Hempnell.

No entanto, ela teve êxito, tanto que agora — que paradoxo! — o marido era considerado "um membro confiável de Hempnell", "uma honra para a instituição", "um pesquisador de futuro", amigo íntimo do diretor Gunnison (que até não era má pessoa quando se passava a conhecê-lo) e "homem de confiança" do ordinário reitor Pollard, uma fortaleza se comparado ao seu colega de departamento Hervey Sawtelle, um indivíduo ansioso e desmiolado. De iconoclasta, passara a imagem de gesso, porém (e isso era realmente maravilhoso) sem nunca comprometer seus ideais genuínos nem ceder a determinações reacionárias.

Agora, reflexivo e tomado pelo brilho do sol, Norman notava que parecia haver algo incrível em seu sucesso em Hempnell, algo mágico e assustador, como se ele e Tansy fossem um jovem guerreiro e sua mulher pele-vermelha que entraram inadvertidamente num reino de espíritos ancestrais e conseguiram convencer os terríveis fantasmas de que eles também eram anciãos da tribo enterrados de forma adequada, aptos a fazer parte da autoridade sobrenatural; sempre conseguindo manter oculta sua verdadeira natureza de carne e osso, apesar das inúmeras ameaças de revelação, pois Tansy sabia, por acaso, os feitiços de proteção corretos. Claro que, no final das contas, era só o fato de ambos serem maduros e realistas. Todo mundo precisa superar aquele velho obstáculo: aprender a controlar o ego infantil ou deixar que destrua sua vida. No entanto...

A luz do sol se intensificou um pouco, adquirindo um tom mais dourado, como se um eletricista cósmico tivesse aumentado um pontinho no regulador de iluminação. Nesse exato momento, uma das garotas de camisa para fora, virando a esquina da casa ao lado, abriu um sorriso radiante. Norman se afastou da janela e, ao mesmo tempo, Totem, a gata, levantou-se do edredom de seda quentinho de sol e começou a bocejar e espreguiçar com tamanha intensidade que parecia estar prestes a deslocar todos os ossos de seu belo corpo. Grato pelo exemplo, Norman fez o mesmo, com moderação. Ah, era sem dúvida um dia maravilhoso, um daqueles dias em que a realidade se torna uma sucessão de imagens tão nítidas e vívidas que você tem medo de, a qualquer instante, furar a linda tela e vislumbrar a escuridão desconhecida e sem limites que ela esconde; em que tudo parece tão favorável e correto que você fica temeroso de que um súbito clarão de entendimento revele a totalidade de horror, ódio, brutalidade e ignorância em que repousa a vida.

Quando terminou de bocejar, Norman percebeu que seu contentamento ainda duraria mais um pouco.

No mesmo instante, seu olhar fixou-se na porta do toucador de Tansy.

Tinha consciência de querer fazer algo mais antes de retomar o trabalho ou o lazer, um ato completamente inútil e sem propósito, um tanto inesperado, talvez até meio infantil e repreensível, que o deixasse com uma vergonha gostosa depois.

Claro que, se Tansy estivesse presente... Mas, como não estava, seu toucador substituiria sua natureza agradável.

A porta entreaberta o tentava, revelando a ponta de uma cadeira frágil, onde uma combinação fora jogada, e uma sandália de pompom escondida embaixo. Atrás da cadeira, via-se um pedaço da mesa de tampo de marfim coberta de frascos, numa penumbra agradável — era, afinal, um cubículo sem janelas, pouco maior que um *closet* grande.

Nunca havia espionado Tansy, nem pensado seriamente em fazê-lo, e, até onde sabia, não fora espionado. Era uma das atitudes que consideravam fundamentais no casamento.

Porém a tentação que o instigava não era propriamente a de espionar. Era mais um gesto de amor ilícito, uma transgressão frívola.

Além do mais, nenhum ser humano tem o direito de se achar perfeito, ou até completamente adulto, a ponto de reprimir todos os impulsos travessos.

Para completar, a janela ensolarada lhe deixou um tanto preocupado com o enigma de Tansy, seu segredo para conseguir resistir e superar a atmosfera sufocante e espinhosa de Hempnell. Não era exatamente um enigma, é claro, e com certeza não um cuja solução se podia encontrar, com esperança, em seu *boudoir*. No entanto...

Por um instante, hesitou.

Totem, com as patas brancas encolhidinhas sob seu colete preto, o observava.

Norman entrou no vestiário de Tansy.

Totem saltou da cama e foi atrás dele devagar.

Ele acendeu o abajur rosa e examinou os vestidos nos cabides, as prateleiras de sapatos. Reinava uma desordem sutil, muito charmosa e saudável. Um leve perfume evocou lembranças prazerosas.

Estudou as fotografias na parede ao redor do espelho. Uma era deles dois usando acessórios indígenas, tirada três verões atrás, quando esteve estudando os yumas. Os dois tinham um aspecto solene, aparentando se esforçarem muito para serem bons índios. Outra, meio desbotada, mostrava o casal em trajes de banho de 1928, de pé num velho píer, sorrindo de olhos semicerrados por causa do sol. Essa o remeteu a Bayport, na Costa Leste, e ao verão anterior ao casamento. Uma terceira mostrava um animado batismo de negros no meio do rio. Foi quando ganhara a bolsa Hazelton e estava colhendo material para o seu livro *Padrões Sociais do Negro do Sul* e depois para o artigo "O elemento feminino da superstição". Tansy foi inestimável naqueles seis meses atarefados em que ele suou para construir a base de sua reputação. Fizeram o trabalho de campo juntos, e ela anotou as recordações nítidas e demoradas que anciões e anciãs lhes contavam, de olhos vivos, sobre a época da escravidão, quando os próprios narradores tinham sido escravizados. Lembrou-se do aspecto franzino, juvenil, intenso e até meio grosseiro de Tansy naquele verão, recém-saídos da Universidade Gorham, antes de vir para Hempnell. Seu porte melhorou a olhos vistos desde então.

A quarta fotografia mostrava um velho curandeiro negro de face enrugada e testa alta e nobre debaixo de um chapéu surrado. De pé, ombros para trás e com olhos de um fulgor silencioso, parecia examinar aquela cultura branca e a rejeitar, pois seu próprio conhecimento era mais profundo, mais potente. Mesmo plumas de avestruz e rosto escarificado não o deixariam mais impressionante. Norman tinha boa lembrança do sujeito — fora um informante dos mais valiosos, e dos mais difíceis, o que exigiu muitas visitas até completar o caderno a contento.

Olhou para a penteadeira e a diversidade de cosméticos. Tansy foi a primeira das esposas dos professores de Hempnell a usar batom e pintar as unhas. Apesar das críticas veladas e do disse me disse sobre "sermos um exemplo para nossas alunas", ela aguentou firme até Hulda Gunnison aparecer no Baile dos Docentes com o que se revelou, após observação minuciosíssima, ser uma desleixada, contudo inconfundível, boca lambuzada de vermelho. Depois disso, tudo correu bem.

Entre dois potes de creme de beleza estava uma fotografia pequena de Norman, e na frente dela tinha uma pilhazinha de moedas de dez e vinte e cinco centavos.

Ficou agitado. Não era essa a espionagem marota que tinha em mente. Abriu uma gaveta qualquer, deu uma olhada rápida no monte de meias enroladas que a preenchia, fechou, pegou o puxador marfim da gaveta ao lado.

Parou.

Que bobagem isso, ocorreu-lhe. Ao mesmo tempo, percebeu que seu bom humor tinha se esgotado. Como quando se afastou da janela, mas agora com um mal presságio, o instante pareceu se congelar, como se toda a realidade, tudo o que vivera até então se revelasse com um relâmpago que em seguida se apagaria, deixando-o em pleno breu. Teve aquela sensação bem comum de zumbido nos ouvidos, de realidade à flor da pele.

Da porta, Totem o observava.

Bobagem maior seria analisar um capricho leviano, como se significasse uma coisa ou outra.

Para mostrar que não significava, abriria outra gaveta.

Estava emperrada, então puxou com força para abri-la.

Uma caixa de papelão grande no fundo da gaveta atraiu seu olhar. Levantou a tampa e tirou um dos inúmeros vidrinhos. Que tipo de cosmético seria este? É muito escuro para ser pó facial. Parece mais amostra de solo de geólogo. Seria um ingrediente de máscara facial? Improvável. Tansy cultivava uma horta de ervas. Teria a ver com isso?

Os grânulos secos, castanho-escuros, deslizavam suavemente, como areia numa ampulheta, à medida que girava o cilindro de vidro. Até que apareceu a etiqueta, escrita na letra legível de Tansy. "Julia Trock, Roseland". Ele não se lembrava de nenhuma Julia Trock. E por que o nome Roseland parecia desagradável? Sua mão derrubou a tampa da caixa para o lado quando foi pegar um segundo vidro, idêntico ao primeiro, com exceção da coloração avermelhada do conteúdo e da etiqueta, que dizia "Phillip Lassiter, Hill". Um terceiro, de conteúdo da mesma cor do primeiro, dizia: "J. P. Thorndyke, Roseland". Então pegou um punhado deles: "Emelyn Scatterday, Roseland", "Mortimer Pope, Hill", "Rev. Bufort Ames, Roseland". Eram respectivamente marrom, avermelhado e marrom.

Um silêncio atroador tomou conta da casa; até a luz do sol que adentrava o quarto parecia fazer um chiado de fritura, quando de repente seu raciocínio se deteve, concentradíssimo, no enigma. "Roseland e Hill, Roseland e Hill, a gente foi pra Roseland e Hill" — como uma canção de ninar que se revela sórdida, tornando repulsivos os frascos em sua mão — "e nunca mais voltou."

De súbito veio a resposta.

Os dois cemitérios da cidade.

Terra de cemitério.

Amostras de solo, sem dúvida. Terra de cemitério de túmulos específicos. Um ingrediente central da conjuração mágica da cultura negra.

Silenciosa, Totem pousou sobre a mesa e, curiosa, começou a cheirar os vidrinhos, saltando para longe quando Norman enfiou a mão na gaveta. Tateou caixas menores atrás da maior e, de repente, puxou a gaveta inteira, que caiu no chão. Numa das caixas viu pedaços de ferro tortos, enferrujados, gastos — pregos de ferradura. Na outra viu envelopes de cartão de visita contendo mechas de cabelo, etiquetados como os vidrinhos. Mas ele conhecia a maioria desses nomes: "Hervey Sawtelle... Gracine Pollard... Hulda Gunnison...". E dentro de um com a etiqueta "Evelyn Sawtelle": aparas de unha com esmalte vermelho.

Na terceira gaveta, não havia nada. Mas a quarta rendeu uma colheita diversa. Pacotes de folhinhas secas e de matéria vegetal em pó — então era isso que Tansy cultivava na horta de ervas com os temperos da cozinha? Verbena, raiz de *vinmoin*, coisa-do-diabo, diziam as etiquetas. Pedaços de pedra-ímã com limalhas de ferro grudadas. Penas de ganso que pingavam mercúrio quando as sacudiu. Pedacinhos quadrados de flanela, do tipo usado por curandeiros negros para fazer as "bolsas de mandinga" ou "patuás". Uma caixa com limalhas e moedas de prata velhas — magia de proteção forte; o que deu significado às moedas empilhadas na frente de sua fotografia.

Mas Tansy era tão sensata, tinha um desprezo tão saudável por quiromancia, astrologia, numerologia e todas as outras superstições passageiras. Uma mulher prática, típica da Nova Inglaterra. Era uma grande entendedora, por ter trabalhado com ele, do histórico psicológico da superstição e da magia primitiva. Uma grande entendedora...

Norman se viu folheando um exemplar cheio de orelhas de seu próprio livro *Paralelismos entre a Superstição e a Neurose*. Parecia o exemplar que havia perdido pela casa — há uns oito anos? Na margem, ao lado de uma fórmula de conjuração, havia uma anotação com a letra de Tansy: "Não funciona. Substituir limalhas de cobre por latão. Tentar na lua nova, não na cheia."

"Norman..."

Tansy estava parada na porta.

CAPÍTULO II

São as pessoas mais próximas que, em raras ocasiões, nos parecem as mais irreais. Por um instante, registramos o rosto familiar como mero arranjo arbitrário de superfícies coloridas, sem nem a sombra de personalidade que atribuímos a um rosto estranho vislumbrado na rua.

Norman Saylor tinha a sensação de estar olhando não para sua mulher, mas para uma pintura dela. Era como se um Renoir ou um Toulouse-Lautrec com poderes mágicos tivesse pintado Tansy usando o ar como tela — com nitidez, esboçou as achatadas maçãs do rosto em tons de pele clara com um leve matiz esverdeado embaixo, uniu os traços num queixinho atrevido; borrou na transversal, com uma destreza tranquila, os lábios vermelhos pensativos, os olhos cinza-esverdeados possivelmente cômicos, as finas sobrancelhas levemente arqueadas e a ruga vertical única entre elas; com uma pincelada preta, criou a franja sinistra de menina, pincelou rapidamente o sombreado da garganta branca e o vestido vinho; captou com perfeição a textura do cotovelo do braço que segurava um embrulho da costureira, enquanto as mãozinhas feias se levantavam para tirar o chapéu minúsculo, que tinha outro tom de vinho e um detalhe brilhoso retratando o enfeite prateado.

Norman sentia que, se estendesse os braços e a tocasse, a tinta se desfaria em tiras pelo ar, como se fosse a irmã ambulante do retrato de Dorian Gray.

Fitou-a perplexo, com o livro aberto na mão. Ele não se ouviu dizer nada, mas sabia que, caso palavras saíssem de sua boca naquele instante, sua voz soaria como a de outrem — a de algum professor tolo.

Então, também sem dizer nada, ou esboçar qualquer alteração perceptível no semblante, Tansy deu meia-volta e saiu rápido do quarto. O embrulho da costureira caiu no chão. Foi só um momento depois que Norman conseguiu se mexer.

Alcançou-a na sala de estar. Dirigia-se à porta da frente. Quando percebeu que ela não se viraria nem pararia, jogou os braços ao seu redor. E enfim Tansy reagiu. Debateu-se como uma fera, porém com o rosto afastado e os braços estirados ao longo do corpo, como se estivessem amarrados.

Com os lábios tensos e a voz baixinha, mas forte, ela falou: "Não encoste em mim."

Norman a segurou com força e firmou os pés. Era horrível o modo como se atirava de um lado a outro, tentando se livrar do seu abraço. Veio-lhe à mente a imagem de uma mulher numa camisa de força.

Ela continuou a repetir: "Não encoste em mim", no mesmo tom, e ele continuou a implorar: "Mas, Tansy..."

De repente, parou de se debater. Norman a soltou e deu um passo atrás.

Ela não relaxou. Ficou lá parada, dura, com o rosto virado — e, pelo que podia ver, estava de olhos fechados, contraídos, e lábios apertados. Ele sentiu uma rigidez semelhante apertar seu coração.

"Querida!", falou. "Estou com vergonha do que fiz. Não importa o resultado, foi um ato mesquinho, desleal, desprezível. Mas..."

"Não é isso!"

Ele titubeou.: "Quer dizer que está se comportando assim porque... você está com vergonha do que descobri?"

Ela ficou em silêncio.

"Por favor, Tansy, a gente precisa falar disso."

Ela continuou em silêncio. Pesaroso, gesticulou com a mão. "Mas tenho certeza que vai ficar tudo bem. Se você me contar... Tansy, por favor..."

Sem alterar sua postura, abriu a boca e cuspiu as palavras: "Por que você não me amarra e enfia alfinetes em mim? Antigamente faziam isso."

"Querida, jamais te faria mal nenhum! Mas a gente tem que falar sobre isso."

"Não consigo. Se você disser mais alguma coisa, vou gritar!"

"Querida, se pudesse, deixaria isso pra lá, mas não dá. A gente precisa conversar."

"Prefiro morrer."

"Mas você tem que me contar. Você tem que me contar!"

Ele estava gritando.

Por um instante, pensou que ela fosse desmaiar. Aproximou-se para segurá-la. No entanto, seu corpo tinha apenas relaxado repentinamente. Tansy foi até a cadeira mais próxima, jogou o chapéu numa mesinha lateral e sentou-se apática.

"Tudo bem", aquiesceu. "Vamos conversar."

18h37: Os últimos raios de sol talhavam a estante de livros e tocavam os dentes vermelhos da máscara demoníaca do lado esquerdo. Tansy estava sentada numa ponta do sofá, e Norman na outra, mas de lado, com o joelho sobre o estofado, observando-a.

Tansy estava inquieta, sacudindo a cabeça com irritação, como se pairasse no ar uma espessa e sufocante fumaça de palavras. "Tudo bem, se é assim que você quer! Tentei de verdade fazer feitiços de conjuração. Fiz tudo que uma mulher civilizada não deve fazer. Quis enfeitiçar as pessoas, as coisas. Mudar o futuro. Eu tentei... Ai, tudo que você possa imaginar!"

Norman assentiu rapidamente com cabeça. Era o mesmo movimento que fazia nas conferências estudantis quando, após aparentemente horas de debate caótico, algum jovem promissor de rosto inexpressivo começava a ter uma ideia vaga do que estavam realmente falando. Ele se inclinou para ela.

"Mas por quê?"

"Pra proteger você e a sua carreira." Ela olhava para baixo.

"Mas, com tudo que sabe sobre a história das superstições, como pôde acreditar que...?" Já não gritava mais. Sua voz estava calma, quase como a de um advogado.

Ela se virou. "Eu não sei. Quando você fala desse jeito... faz sentido. Mas, quando estamos desesperados para as coisas acontecerem, ou não acontecerem, com alguém que se ama... Eu só fiz o que milhões de outras pessoas já fizeram. E outra coisa, Norm... os feitiços que fiz... pareciam funcionar, pelo menos na maior parte das vezes."

"Mas você não percebe", continuou ele com calma, "que essas mesmas exceções provam que as coisas que você estava fazendo *não* funcionavam? Que os êxitos foram só coincidências?"

A voz dela se elevou um pouco. "Não sei, não. De repente, podia ser a atuação de uma força contrária...". Ela se virou para ele impulsivamente: "Ai, não sei no que acreditar! Nunca tive certeza se meus feitiços davam certo. Não tinha como saber. Você não entende que, depois que comecei, não tive coragem de parar?"

"Você tem feito isso esses anos todos?"

Ela assentiu com tristeza. "Desde que a gente veio pra Hempnell."

Olhou-a, tentando compreender. Era quase impossível assimilar de uma só vez a ideia de que na mente dessa criatura moderna e esbelta, a qual conhecia na mais plena intimidade, havia uma região inteira que lhe era desconhecida, constituindo um elemento fundamental das práticas mortas analisadas em seus livros, e que pertencia, não a ele, mas à Idade da Pedra, imersa em escuridão, onde o medo prevalecia e uma ventania monstruosa soprava. Tentou imaginar Tansy balbuciando encantos, costurando patuás de flanela à luz de velas, visitando cemitérios e sabe-se Deus onde mais na busca por ingredientes. Sua imaginação quase não deu conta. Ainda assim, tudo aquilo vinha acontecendo debaixo do seu nariz.

O único aspecto levemente suspeito que lembrava na conduta de Tansy era sua vontade repentina de fazer "caminhadinhas" a sós. Se alguma vez relacionou Tansy a superstições, foi apenas para concluir, com um certo orgulho, que era curiosamente quase desprovida de irracionalidade, para uma mulher.

"Ai, Norm, estou tão confusa e infeliz", irrompeu. "Não sei o que dizer, não sei como começar."

Ele tinha uma resposta para dar, uma resposta de estudioso.

"Me conta como tudo aconteceu, desde o início."

19h54: Ainda estavam sentados no sofá. O recinto se tornara quase escuro. As máscaras demoníacas eram formas ovais irregulares e sombrias. O rosto de Tansy, uma mancha pálida. Norman não conseguia estudar seu semblante, porém, a julgar pela voz, tinha vivacidade agora.

"Só um segundo", interrompeu ele. "Vamos pôr as coisas em pratos limpos. Você disse que sentiu muito medo desde a primeira vez que viemos a Hempnell pra acertar os detalhes do emprego, antes de eu ir pro Sul fazer a pesquisa da bolsa Hazelton?"

"Ai, sim, Norm. Fiquei apavorada com Hempnell. Todo mundo era tão abertamente hostil e presunçoso. Sentia que seria um fracasso no papel de esposa de professor — praticamente disseram isso na minha cara. Não sei o que foi pior, se Hulda Gunnison me medindo de cima a baixo e resmungando com desprezo: 'Acho que você serve', quando cometi o erro de me abrir com ela, ou a velha sra. Carr fazendo carinho no meu braço e dizendo: 'Sei que você e seu marido serão muito felizes aqui em Hempnell. Vocês são jovens, mas Hempnell adora gente jovem e simpática!'. Me senti totalmente desprotegida contra aquelas mulheres! E a sua carreira também corria risco."

"Entendi. Então quando te levei pro Sul pra uma imersão na região mais supersticiosa do país todo, te expondo dia e noite a essas crenças, você estava prontinha pra embarcar na promessa de segurança que a magia oferecia."

Tansy deu um riso desanimado. "Não sei se estava prontinha, mas fiquei impressionada, com certeza. Assimilei tudo que consegui. Acho que, lá no fundo, pensava que um dia poderia precisar daquilo. E no outono, quando voltamos pra Hempnell, me senti mais confiante."

Norman fez que sim. Até que fazia sentido. Parando para pensar, tinha algo de anormal no fervor intenso e quieto que Tansy demonstrou ao mergulhar naquelas tarefas de secretária logo depois do casamento.

"Mas você não chegou a tentar usar feitiçaria", continuou, "até eu pegar pneumonia naquele primeiro inverno?"

"Isso mesmo. Até aquele momento, era só uma nuvem de ideias vagamente tranquilizantes — palavras que eu me pegava repetindo quando acordava no meio da noite, coisas que evitava de forma inconsciente porque não davam sorte, como varrer os degraus à noite ou cruzar garfos e facas. E aí, quando você pegou pneumonia, bem, quando a pessoa que a gente ama está à beira da morte, a gente tenta de tudo."

Por um instante, a voz de Norman foi compreensiva. "Claro." Depois o tom professoral retornou. "Contudo estou certo em deduzir que foi depois do atrito que tive com o Pollard sobre educação sexual e saí por cima, e principalmente depois do meu livro sair em 1931 e receber resenhas bem positivas, que você começou realmente a acreditar que sua magia estava dando certo?"

"Isso mesmo."

Norman recostou-se no sofá. "Ai, Senhor", suspirou.

"O que foi, querido? Você acha que eu quero diminuir o seu mérito no sucesso do livro?"

Norman emitiu um som meio riso, meio resfôlego. "Meu Deus, não. Mas...". Interrompeu-se. "Bem, a gente foi parar em 1930. Continua a partir daí."

20h58: Norman esticou a mão e ligou o interruptor, recuando da luz forte. Tansy abaixou a cabeça.

Ele se levantou, massageando a nuca.

"O que me aborrece", disse ele, "é como isso invadiu cada cantinho da sua vida, pouco a pouco, até você não conseguir mais dar um passo, ou me deixar dar um passo, sem usar alguma mandinga de proteção. Parece até...". Ele ia dizer "com alguns tipos de paranoia".

A voz de Tansy estava rouca, sussurrante. "Eu até uso fecho de gancho em vez de fecho ecler porque supostamente os ganchos capturam os espíritos malignos. E os enfeites espelhados que uso nos chapéus, nas bolsas, nos vestidos... É isso mesmo, é magia tibetana pra refletir e afastar a má sorte."

Ele se postou na frente dela. "Escuta, Tansy, o que te levou a fazer isso?"

"Acabei de te contar."

"Eu sei, mas o que a fez persistir ano após ano se, como admitiu, sempre suspeitou que estava se enganando? Entenderia isso acontecer com outra mulher, mas com você..."

Tansy hesitou. "Sei que você vai achar isso um sentimentalismo barato, mas sempre senti que as mulheres são mais primitivas que os homens, mais próximas das emoções ancestrais", disse apressadamente. "E ainda tinha as minhas lembranças de infância. Umas ideias equivocadas, esquisitas que ouvi nos sermões de papai. Umas histórias que uma senhora lá contava pra gente. Sinais." (Norman pensou: uma casa paroquial no interior! Ambiente saudável pra mente, até parece!) "E também... Ah, tinha milhares de outras coisas. Mas vou tentar te contar."

"Maravilha", disse ele, colocando a mão no ombro da esposa. "Mas é melhor a gente comer algo enquanto conversa."

21h17: Sentavam-se de frente um para o outro na alegre cozinha vermelha e branca. Sobre a mesa, sanduíches não tocados e xícaras de café pela metade. Era evidente que a situação entre os dois havia mudado. Agora era Norman que desviava o olhar e Tansy quem estudava expressões faciais com ansiedade.

"Então, Norman", conseguiu dizer enfim, "acha que sou doida ou que estou ficando doida?"

Era exatamente a pergunta de que ele precisava. "Não acho, não", respondeu com firmeza. "Porém sabe-se lá Deus o que uma pessoa de fora acharia caso soubesse o que andou fazendo. E você pode não ser doida, mas certamente é neurótica — como todos nós somos — e sua neurose assumiu uma forma muito incomum."

Ao se dar conta de sua fome repentina, pegou um sanduíche e começou a mastigar enquanto falava, mordiscando ao redor, pelas beiradas, e só depois a parte central.

"Olha, todos nós temos rituais pessoais — um jeitinho peculiar de comer, de beber, de dormir, de ir ao banheiro. Rituais de que a gente nem se dá conta, mas que pareceriam bem estranhos se a gente parasse pra analisar. Tipo pisar ou não nas fendas da calçada. Coisas assim. Já os seus rituais pessoais, por causa das circunstâncias especiais da sua vida, ficaram totalmente embaralhados com a feitiçaria, ao ponto de não saber distinguir qual é qual." Fez uma pausa em sua fala. "Agora, tem uma questão importante. Enquanto era só *você* quem sabia dos seus rituais, não se repreendia por estar envolvida com feitiçaria, pelo menos não mais do que uma pessoa comum se repreende por usar uma fórmula mágica pra dormir. Não existia conflito social."

Começou a zanzar de um lado para o outro, ainda comendo o sanduíche, enquanto falava.

"Meu Deus, dediquei uma boa parte da minha vida a investigar como e por que os homens e as mulheres são supersticiosos. Será que não devia ter me dado conta de como esse estudo poderia te contagiar? E o que é a superstição senão uma ciência equivocada e não objetiva? E, quando se para pra pensar nisso, será que é tão surpreendente assim as pessoas recorrerem à superstição no mundo de hoje, tão desiludido e cheio de ódio? Deus sabe que seria o primeiro a praticar a magia negra mais forte caso conseguisse, com isso, prevenir o uso da bomba atômica."

Tansy havia se levantado. Seus olhos estavam fora do normal, grandes e brilhosos.

"Então", ela titubeou, "você sinceramente não me odeia, nem acha que estou ficando louca?"

Ele a abraçou. "De jeito nenhum!"

Ela começou a chorar.

21h33: Estavam de volta ao sofá. Tansy havia parado de chorar, porém ainda recostava a cabeça no ombro de Norman.

Ficaram em silêncio por um tempo. Até que Norman falou. Assumindo aquele ar de falsa tranquilidade que um médico adota quando diz ao paciente que será preciso operar mais uma vez.

"É claro que agora você vai ter que parar com isso."

Tansy se empertigou. "Ai, não, Norm, não posso."

"Por que não? Você acabou de concordar que é tudo bobagem. Acabou de me agradecer por abrir os seus olhos."

"Eu sei, mas mesmo assim... Não me obriga a fazer isso, Norm!"

"Seja sensata, Tansy", argumentou. "Você encarou tudo isso com primor até agora. Estou orgulhoso de você, mas não pode parar pela metade, entende? A partir do momento que começou a enfrentar essa sua fraqueza de forma lógica, tem que seguir em frente. Você tem que se livrar de tudo aquilo no seu vestiário, todos os amuletos que escondeu por aí, tudo."

Ela fez que não. "Não me obrigue a isso, Norm", repetiu. "Não tudo de uma vez. Iria me sentir nua."

"Não vai, não. Vai se sentir mais forte. Porque vai descobrir que aquilo que suspeitava ser magia é, na verdade, a sua própria capacidade, pura e simplesmente."

"Não, Norm. Por que eu preciso parar? Que diferença faz? Você mesmo disse que era bobagem, um ritual pessoal."

"Mas, agora que eu sei, deixou de ser pessoal. E, de qualquer forma", acrescentou num tom sério, "é um ritual bem incomum".

"Mas será que não posso parar aos poucos?", suplicou, como uma criança. "Não posso só parar de fazer novos amuletos, mas deixar os antigos?"

Ele negou com a cabeça. "Não, é que nem parar de beber", afirmou, "tem que parar de uma vez por todas."

A voz de Tansy começou a se elevar. "Mas, Norm, eu não consigo. Simplesmente não consigo!"

Estava começando a vê-la como uma criança. "Tansy, você precisa parar."

"Mas nunca teve nada de ruim na minha magia." A infantilidade tornava-se cada vez mais assustadora. "Nunca usei magia pra ferir ninguém nem pra fazer pedidos descabidos, como transformar você em reitor de Hempnell da noite pro dia. Só queria te proteger".

"Tansy, que diferença isso faz?"

Ela estava ofegante. "Estou avisando, Norm, não serei responsável por nada que possa vir a acontecer se me obrigar a tirar essas proteções."

"Tansy, seja sensata. Por que eu precisaria desse tipo de proteção?"

"Ah, então você acha que tudo que conquistou na vida foi pura e simplesmente o resultado da sua capacidade? Você não reconhece como teve sorte?"

Norman lembrou que tinha pensado a mesma coisa naquela tarde, e isso o deixou com mais raiva. "Ah, Tansy..."

"E acha que todo mundo o adora e quer o seu bem, né? Acha que todas aquelas feras de Hempnell são um bando de gatinhos com as garras cortadas? Você desvia do rancor e da inveja deles como se fosse uma coisa banal, nem percebe. Pois fique sabendo..."

"Tansy, pare de gritar!"

"...que tem gente em Hempnell que quer te ver morto — e que teriam providenciado isso há muito tempo, se tivessem descoberto como!"

"Tansy!"

"O que acha que a Evelyn Sawtelle sente por você quando desbanca o marido apalermado dela como candidato à chefia do departamento de sociologia? Acha que ela quer lhe fazer um bolo? Aquele de chocolate e cereja que ela faz? Você acha que a Hulda Gunnison gosta da sua influência sobre o marido dela? É principalmente por sua causa que ela não administra mais o gabinete do Diretor dos Alunos. E a vadia da sra. Carr, aquela velha assanhada, você acha que ela aprecia como a sua política de liberdade e sinceridade com os alunos enfraquece a respeitabilidade hipócrita que ela ostenta, aquela conversinha de 'sexo é só uma palavra feia'? Consegue imaginar o que aquelas mulheres têm feito pelos maridos *delas*?"

"Meu Deus, Tansy, pra que trazer esse papo velho de inveja acadêmica?"

"Acha que elas se satisfazem só com proteção? Pensa que esse tipo de mulher faz alguma distinção entre magia branca e negra?"

"Tansy! Você não sabe do que está falando. Se está sugerindo que... Tansy, quando fala assim, fica parecendo mesmo uma bruxa."

"Ah, é?" Por um instante, sua expressão tensionou-se tanto, que conferiu ao rosto um aspecto de caveira. "Ora, talvez eu seja. E talvez seja sorte sua eu ter feito bruxaria."

Norman pegou-a pelo braço. "Escuta, tive paciência contigo e com essa baboseira, essa ignorância toda. Mas agora quero que mostre que tem juízo, e é pra já!"

Ela contorceu os lábios numa careta horrível. "Ah, entendi. Antes era só a luvinha de veludo, mas agora vai ser a mão de ferro. Se não fizer o que está mandando, serei internada num sanatório. É isso que vai ser?"

"Claro que não! Mas quero que tenha bom senso."

"Mas eu não vou ter!"

"Ora essa, Tansy..."

22h13: O edredom dobrado quicou quando Tansy se jogou na cama. Seu rosto estava vermelho de choro, mas as lágrimas já tinham secado. "Tudo bem", assentiu ela, com voz constipada. "Vou fazer o que quer. Vou queimar tudo."

Norman se sentiu atordoado. Ocorreu-lhe o pensamento: "E pensar que me meti a resolver isso sem a ajuda de um psiquiatra!"

"Tentei parar muitas vezes", acrescentou. "Assim como já quis deixar de ser mulher em algumas ocasiões."

A cena seguinte causou em Norman uma estranha sensação de anticlímax. Primeiro revistaram o vestiário de Tansy à procura de amuletos e tralhas. Norman lembrou-se daquelas comédias de curta-metragem em que um monte de gente desembestava para fora de um táxi — parecia impossível que meia dúzia de gavetas rasas e caixas de sapatos velhas pudessem conter tantos cestos de lixo. Ele jogou o exemplar surrado de *Paralelismos* no último cesto e pegou a agenda de couro de Tansy. Ela sacudiu a cabeça negativamente, com tranquilidade. Após hesitar por um instante, devolveu-a à gaveta sem conferir o que estava escrito.

Depois foi o resto da casa. Tansy andava cada vez mais rápido, disparando entre os cômodos, recolhendo com destreza os patuás de flanela dos estofados das poltronas, de debaixo de tampos de mesa, de dentro de vasos, até Norman ficar atônito ao se dar conta de que morou dez anos naquela casa sem esbarrar em nenhum deles.

"Parece até uma caça ao tesouro, né?", disse ela com um sorriso tristonho.

Havia outros amuletos do lado de fora — debaixo dos degraus da porta da frente e da de trás, na garagem e no carro. A cada punhado lançado na lareira crepitante acesa na sala de estar, a sensação de alívio de Norman aumentava. Enfim Tansy abriu as costuras dos travesseiros e puxou cuidadosamente dois emaranhados de penas amarrados com linha fina que se misturavam ao enchimento macio do travesseiro.

"Olha, é um coração e uma âncora. É pra proteger", explicou. "Magia de Nova Orleans, com penas. Faz anos que você não dá um passo sem ter por perto um dos meus amuletos de proteção."

Os talismãs de pena foram lambidos pelo fogo.

"Pronto", disse ela. "Está sentindo alguma reação?"

"Não", respondeu ele. "É pra sentir?"

Tansy fez que não. "Só que aqueles eram os últimos. Então, se meus amuletos estivessem *realmente* evitando alguma força hostil..."

Norman riu, tolerante. Então, por um momento, sua voz se enrijeceu. "Tem certeza de que não sobrou nenhum? Certeza absoluta de que não deixou passar nenhum?"

"Absoluta. Não sobrou nenhum na casa nem nos arredores, Norm — e eu nunca coloquei nada em outros lugares porque tinha medo de dar... interferência. Já repassei de cabeça todos eles umas dez vezes, e virou tudo...", disse olhando para a fogueira, "...pó! E agora", falou calmamente, "estou cansada, muito cansada. Quero ir direto pra cama."

De repente ela começou a rir. "Ah, mas antes tenho que costurar os travesseiros, senão vai ter pena pra tudo que é lado."

Norman a abraçou. "Está tudo bem agora?"

"Está, sim, querido. Só tem uma coisinha que quero lhe pedir: pra gente não falar disso nos próximos dias. Nem tocar no assunto. Eu não teria cabeça pra... Você me promete, Norm?"

Apertando o abraço, assegurou: "Claro, meu amor. Claro."

CAPÍTULO III

Sentado na beirada gasta da poltrona de couro, Norman se curvava para brincar com os restos da fogueira, batendo a ponta do atiçador num pedaço de lenha incandescente até se esfarelar em pequenos fragmentos contornados por chamas azuis quase imperceptíveis.

No chão, ao seu lado, Totem observava as chamas, com a cabeça entre as patas esticadas.

Norman estava cansado. Deveria ter ido se deitar logo após Tansy, horas atrás, mas quis dar um tempo para apaziguar as ideias. Que amolação essa necessidade de absorver cada nova situação, examinar cada detalhezinho mentalmente, virando-o de um lado a outro, até desgastar. Já Tansy desligou os pensamentos como uma lâmpada e caiu no sono. Isso é a cara da Tansy! Ou talvez seja a fisiologia mais harmoniosa e hiperativa da mulher.

De qualquer forma, ela agiu de maneira prática e sensata. E isso era a cara da Tansy também. Sempre justa. Sempre disposta, no fim das contas, a ouvir a voz da lógica (se fosse com outra mulher numa situação parecida, será que teria sequer tentado argumentar racionalmente?) Sempre... sim, pragmática. Só que desta vez uma sandice a tirou do caminho.

Hempnell era responsável por isso, era um celeiro de neuroses, e a mulher que fosse esposa de professor estava numa das piores posições. Devia ter notado anos atrás a pressão que ela sofria e tomado uma providência. Mas ela fora uma ótima atriz na frente dele. E Norman sempre se esquecia de que as mulheres levavam muitíssimo a sério as intrigas acadêmicas. Elas não podiam fugir, como os maridos, para o mundo calmo e estável da matemática, da microbiologia e das outras disciplinas.

Norman sorriu. Que ideia gozada Tansy deixou escapar no final — que Evelyn Sawtelle, a mulher de Harold Gunnison e a velha sra. Carr praticavam magia também, e da variedade peçonhenta. Até que não era difícil de acreditar, para quem as conhecia! Era o tipo de ideia que um grande satirista poderia explorar com êxito. É só dar um passo adiante — imaginar a maior parte das mulheres como bruxas encantadas, travando uma guerra selvagem com feitiços fatais e contrafeitiços, enquanto os maridos, abobalhados com o mundo real, levam a vida tranquilamente. Vejamos, J. M. Barrie escreveu *What Every Woman Knows** para mostrar como os homens nunca se dão conta de que são suas mulheres as responsáveis por seu sucesso. Cegos como são, será que os homens estariam aptos a perceber que as esposas usam bruxaria com esse intuito?

O sorriso de Norm se transformou em careta. Acabara de lembrar que não era só uma ideia gozada, mas que Tansy realmente acreditava, ao menos em parte, nessas coisas. Ele mordeu os lábios contorcidos. Sem dúvida haveria outras ocasiões desagradáveis como esta, quando a memória o pegaria de surpresa. Depois de hoje, era inevitável.

Pelo menos o pior já tinha passado.

Esticou a mão para afagar Totem, que não tirava os olhos das brasas hipnóticas.

"Hora de ir pra cama, gatona. Já deve ser meia-noite. Não, uma e quinze."

Ao colocar o relógio de volta no bolso, os dedos de sua mão esquerda passaram pelo medalhão na outra extremidade da corrente.

Pesou na palma da mão o coraçãozinho de ouro, presente de Tansy. Era talvez um pouco mais pesado do que a caixa metálica deveria ser? Abriu a tampa com a unha do polegar. Não tinha como ver o que havia atrás da foto de Tansy, então, após um instante de hesitação, retirou com cuidado a pequenina fotografia com a ponta do lápis.

Atrás da foto, encontrou uma trouxinha de flanela delicadíssima.

---

* *O que toda mulher sabe*, peça teatral de 1908.

É típico da mulher — o pensamento veio com cruel rapidez — aparentar se entregar totalmente, mas se agarrar a algo.

Talvez ela tenha esquecido.

Irritado, ele jogou a trouxinha na lareira. A fotografia voou junto, pousou sobre o leito de brasas e foi lambida pelo fogo antes que pudesse pegá-la de volta. Viu de relance o rosto de Tansy encolhendo e escurecendo.

A trouxinha levou mais tempo. Um brilho amarelo atravessou sua superfície, enquanto a penugem chamuscava. Então surgiu uma chama bruxuleante de uns dez centímetros.

No mesmo instante, um calafrio percorreu o corpo de Norman, embora ainda sentisse o calor das brasas. O recinto pareceu escurecer. Sentiu no ouvido um ronco forte ao longe, como motores nas profundezas da terra. Teve a súbita sensação de estar nu e indefeso perante uma estranha ameaça.

Totem estava virada para trás, observando com atenção as sombras no canto distante. Com um rosnado, saltou de lado e disparou para fora da sala.

Norman percebeu que estava tremendo. É só uma reação nervosa, disse a si mesmo. Estava demorando mesmo.

A chama se esvaiu, retraindo-se ao frio estalido do leito de brasas.

O telefone começou a tocar violentamente.

"Professor Saylor? Achou que nunca mais fosse ouvir falar de mim, né? É o seguinte: liguei porque sempre acreditei que devo expressar, seja a quem for, o meu lado da situação, o que, vamos combinar, não é o que todo mundo faz."

Norman afastou o fone da orelha. Embora confuso, o discurso parecia o início de uma conversa telefônica, mas o tom do enunciado, não. Com certeza levaria meia hora de reclamação até que alguém atingisse esse tom de ladainha e raiva — é, a palavra cabia — irracional.

"Escute aqui, Saylor: não vou aceitar o que fizeram comigo de cabeça baixa. Não vou aceitar ser jubilado de Hempnell. Exijo que minhas notas sejam revistas e você sabe por quê!"

Norman reconheceu a voz. Surgiu em sua mente a imagem de um rosto fino fora do comum, pálido, fazendo beiço, de olhos esbugalhados sob uma grande cabeleira ruiva. Ele o interrompeu.

"Preste atenção, Jennings, se achou que recebeu um tratamento injusto, por que não fez uma queixa dois meses atrás, quando saíram as notas?"

"Por quê? Porque deixei que me passasse a perna. O imparcial professor Saylor! Foi só depois que percebi que não me dava a atenção devida, que fui desprezado e ludibriado nas conferências, que só me alertou de uma possível reprovação quando já era tarde demais, que suas provas eram baseadas em questões capciosas das aulas que perdi, que me discriminava por causa das posições políticas do meu pai e porque eu não era um aluno exemplar como aquele Bronstein. Foi só depois..."

"Jennings, seja sensato. Você reprovou em duas disciplinas além da minha no semestre passado."

"Sim, porque você influenciou os professores, fez a minha caveira, induziu as pessoas a me verem como estava fingindo me ver, e fez todo mundo..."

"Quer dizer que só agora percebeu tudo isso?"

"Isso mesmo. Acabei de ter uma revelação agorinha quando estava pensando. Você foi esperto, sem dúvida. Me fez comer na sua mão, aceitar tudo de cabeça baixa, me amedrontou. Mas, quando tive a primeira suspeita, a conspiração inteira ficou clara como a luz do dia. Tudo se encaixava, tudo apontava pra você, tudo..."

"Até o fato de ter sido jubilado de outras duas universidades antes mesmo de vir pra Hempnell?"

"Não falei? Sabia que tinha alguma coisa contra mim desde o início!"

"Jennings", disse Norman, cansado, "não vou ouvir mais nada. Caso tenha alguma queixa, procure o diretor Gunnison."

"Quer dizer que não vai tomar nenhuma providência?"

"Sim, exatamente isso."

"Essa é a sua última palavra?"

"Sim, é a minha última palavra."

"Tudo bem, Saylor. Então só vou dizer o seguinte: abre o olho! Cuidado, Saylor. Abre o olho, hein!"

Houve um clique do outro lado da linha. Delicadamente, Norman pôs o fone no gancho. Ah, aqueles pais malditos de Theodore Jennings! Não só porque eram reacionários, arrogantes, hipócritas e vaidosos, mas porque se empenhavam, com um orgulho cruel, em enfiar um curso universitário goela abaixo de um garoto verborrágico, egoísta, melindroso e abaixo do normal, tão bitolado quanto os pais, mas sem um décimo da astúcia deles. E maldito reitor Pollard, um tolo que se rebaixou diante do dinheiro e da influência política deles, a ponto de aceitar o garoto em Hempnell sabendo perfeitamente que seria um fracasso.

Norman pôs a tela na frente da lareira, apagou a luz da sala e se dirigiu ao quarto sob a claridade amarelada que emanava do corredor.

De novo o telefone tocou. Curioso, Norman o olhou fixamente por um instante antes de atender a ligação.

"Alô."

Ninguém respondeu. Aguardou alguns instantes. Então repetiu: "Alô?".

De novo o silêncio. Ia desligar quando supôs ter ouvido um som de respiração — agitado, irregular, sufocado.

"Quem é?", perguntou impaciente. "Aqui quem fala é o professor Saylor. Responda, por favor."

Ainda parecia ouvir a respiração. Nada mais.

De repente, da pequenina escuridão misteriosa do fone, saiu uma palavra, enunciada devagar e com dificuldade, numa voz baixa, mas que vibrava com uma intimidade quase fantástica.

"Querido!"

Norman engoliu seco. Não conseguia reconhecer a voz de jeito nenhum. Antes que pudesse formular uma resposta, ela prosseguiu mais urgente, mas, salvo isso, inalterada.

"Ai, Norman, como estou contente de finalmente ter tido coragem de tomar a iniciativa, já que você não tomava. Agora estou pronta, meu querido, prontinha. Venha pra mim."

"Sério?" Norman, pasmo, tentava ganhar tempo. Agora notava algo vagamente familiar não no tom da voz, mas em seu ritmo e fraseado.

"Venha pra mim, meu amado, venha. Me leve pra um lugar onde a gente possa ficar a sós. Só a gente. Serei sua concubina. Sua escrava. Me possua. Faça o que quiser comigo."

Norman teve vontade de dar uma gargalhada enorme, mas seu coração estava levemente acelerado. Seria, quem sabe, até interessante se fosse de verdade, mas o tom era cômico demais. Seria um trote?, se perguntou de repente.

"Estou aqui deitada totalmente nua, meu amor. Tem só um abajurzinho rosa do lado da cama. Ai, me leva pra uma ilha tropical, deserta, pra gente fazer amor e se entregar à paixão. Eu te machuco, você me machuca. Depois a gente nada ao luar, deixando um rastro de pétalas brancas na água."

Sim, era sem dúvida um trote, tinha que ser, decidiu, com uma pontada de remorso levemente cômica. Então, de súbito, ocorreu-lhe a única pessoa capaz de passar um trote desses.

"Venha, Norman, venha me levar pro escuro", continuou a voz.

"Tudo bem, vou te levar", respondeu animado. "E, depois da nossa noite de paixão, vou acender a luz e dizer: 'Mona Utell, você não tem vergonha, não?'"

"Mona?" A voz ficou mais aguda. "Mona?"

"Isso mesmo, Mona!", confirmou, rindo. "Você é a única atriz, na verdade, a única mulher que conheço capaz de encarnar uma sedutora cafona com tanta perfeição. O que faria se Tansy tivesse atendido? Uma imitação de Humphrey Bogart? Como vai Nova York? Como vai a festa? O que você está bebendo?"

"Bebendo? Norman, você não sabe quem está falando?"

"Claro que sei. É Mona Utell." Disse começando a duvidar de si. Mona não costumava passar trotes prolongados. E a estranha voz, com uma aura de intimidade exaltada, tornava-se cada vez mais estridente.

"Você não sabe mesmo quem eu sou?"

"Não, então acho que não", respondeu, ríspido, no mesmo tom da pergunta.

"Não mesmo?"

Norman teve a sensação de que aquelas duas palavras armavam o gatilho de uma explosão de emoções. "Não!", respondeu impaciente.

Com isso, a voz do outro lado da linha se transformou em grito. Totem, atravessando a sala furtivamente, virou a cabeça com o som.

"Seu bruto! Seu animal nojento! Depois de tudo que você fez comigo! Depois de ter me atiçado de propósito! Depois de ter me despido com os olhos uma centena de vezes!"

"Ah, por favor..."

"Sedutora cafona! Seu... seu professorzinho primário desprezível! Volta pra sua Mona! Volta pra sua mulherzinha mal-educada! Que vocês três queimem no fogo do inferno!"

Mais uma vez Norman ficou a ouvir uma linha muda. Com um sorriso irônico, pôs o telefone no gancho. Ah, a vidinha sossegada de um professor universitário! Tentou se lembrar de alguma mulher que poderia nutrir uma paixão secreta por ele, mas foi em vão. Certamente o palpite de que seria Mona Utell parecia fazer sentido na hora. Ela era bem capaz de fazer uma ligação interurbana de Nova York só para passar um trote neles. Era de seu feitio aprontar uma dessas para animar o pessoal depois da apresentação noturna.

Mas ela não terminaria o trote daquele modo. Mona sempre queria nos ouvir rindo junto com ela no final.

Talvez outra pessoa estivesse passando o trote.

Ou talvez outra pessoa estivesse realmente... Ele deu de ombros. Que estupidez. Deveria contar a Tansy, que acharia graça. Ele se dirigiu ao quarto.

Só então se lembrou de tudo que havia acontecido mais cedo naquela noite. Os dois telefonemas espantosos quase o fizeram esquecer.

Estava na porta do quarto. Virou-se devagar e olhou para o telefone. Na casa reinava um silêncio profundo.

Ocorreu-lhe que, dependendo do ponto de vista, aqueles dois telefonemas, recebidos naquele momento, representavam uma coincidência bastante desagradável.

Mas um cientista deve manter uma indiferença saudável pelas coincidências.

Podia ouvir a respiração regular e suave de Tansy.

Apagou a luz do corredor e foi para cama.

CAPÍTULO IV

Na manhã seguinte, a um quarteirão de Hempnell, Norman se viu impactado, de forma extraordinária, pelo pseudogótico de Hempnell. Curioso notar como aquela arquitetura ornamentada mascarava o raciocínio erudito precário, toda a preocupação com salários baixos e burocracia administrativa; e, entre os alunos, a mínima paixão por conhecimento e o excesso de paixão — ainda que do tipo capenga derivado da propaganda e estimulado pelo cinema. Mas talvez fosse exatamente isso que aquela arquitetura cinza grandiosa deveria simbolizar, mesmo na época monástica de antigamente, quando seus arcos e pilares tinham utilidade.

As calçadas estavam às moscas, salvo uns poucos passantes apressados, mas em três ou quatro minutos o corpo discente sairia da capela, uma onda dispersa de suéteres e jaquetas de cores berrantes.

Um furgão de entrega apareceu na esquina quando Norman começou a atravessar a rua. Recuou até o meio-fio, arrepiado e aborrecido. Neste mundo obcecado com veículos a gasolina, carros comuns não o incomodavam, mas caminhões, que sugeriam um gigantismo doentio, por algum motivo lhe causavam um indistinto pavor irracional.

Ao olhar rapidamente para os dois lados antes de atravessar a rua novamente, pensou ter visto uma aluna atrás dele, muito atrasada ou até mesmo faltando à igreja. Em seguida percebeu que era a sra. Carr. Esperou que o alcançasse.

Era um equívoco compreensível. Apesar de ter certamente uns setenta anos, a grisalha Diretora das Alunas tinha um porte e uma aparência extremamente joviais. Seu passo era sempre ágil e quase elástico. Foi apenas o segundo olhar que revelou o pescoço escurecido, a pesada rede de rugas e evidenciou a magreza, não da juventude, mas da velhice. Sua postura não parecia ser uma afetação de mocidade nem um triste apego à sexualidade — ou, se fosse, era muito sutil —, e sim uma paixão sedenta pela jovialidade, pela inocência, pelo frescor, tão intensa que influenciava as próprias células e tensões elétricas de seu corpo.

Há um culto da juventude entre os docentes das nossas universidades, Norman começou a ponderar, uma forma específica do grande culto da juventude em voga nos Estados Unidos, uma necessidade quase vampiresca de se alimentar da avidez dos jovens...

A chegada da sra. Carr interrompeu seus pensamentos.

"E como *vai* a Tansy?", perguntou com tanta cortesia que, por um instante, Norman cogitou se a Diretora das Alunas estaria a par da vida pessoal dos professores mais ainda do que já se suspeitava. Mas foi só por um instante. Afinal de contas, cortesia era a marca registrada da Diretora das Alunas.

"Nós sentimos a falta dela na última reunião das esposas", continuou a sra. Carr. "Ela é tão alegre. E nós precisamos *mesmo* de alegria nos dias de hoje." O sol frio matinal brilhava nas lentes espessas dos óculos e coravam suas rubras maçãs do rosto. A diretora o tocou no braço. "Hempnell tem *muito* apreço pela Tansy, professor Saylor."

"E por que não teria?", Norman estava prestes a dizer quando respondeu: "Acho que isso demonstra bom senso". Ele se divertia sarcasticamente ao lembrar que, há dez anos, a sra. Carr era sócia fundadora do clubinho "a influência subversiva dos Saylor".

A risada límpida da sra. Carr gorjeou no ar frio. "Preciso ir, tenho reunião com uma aluna agora", disse ela. "Mas, lembre-se, Hempnell também tem muito apreço pelo senhor, professor Saylor."

Enquanto a observava apertar o passo, perguntou-se se a última frase denotaria um aumento inesperado em sua chance de conseguir a vaga de chefia do departamento de sociologia. Então entrou em Morton Hall.

Quando chegou à sua sala, o telefone estava tocando. Era Thompson, responsável pelas relações públicas de Hempnell — praticamente a única função administrativa considerada essencial demais para ser confiada a um simples professor.

Thompson o cumprimentou com amabilidade excepcional. Como sempre, Norman imaginou um homem que seria muito mais feliz vendendo sabonete. Só um psicanalista, Norman pensou, para descobrir qual compulsão esquisita fazia Thompson se apegar às margens do mundo acadêmico. Tudo o que se sabia era que grandes vendedores em potencial eram atraídos para o cargo.

"É um assunto um tanto delicado", dizia Thompson. Tratar de assuntos delicados era um dos seus fortes. "Um membro do conselho diretor acabou de me ligar. Parece que ouviu uma história muito estranha sobre o senhor e a sra. Saylor, mas não quis me dizer a fonte da informação. Consta que, durante as férias de Natal em Nova York, vocês compareceram a uma festa de um pessoal do teatro, gente famosa, mas muito... hã... alegre. Essa pessoa não soube me dizer ao certo onde aconteceu, pois a festa parece ter rodado toda a cidade de Nova York. Na verdade, tudo pareceu muito improvável. Falou a respeito de um número improvisado, encenado numa casa noturna, com uma beca e uma dançarina de... hã... *striptease*. Disse ao conselheiro que averiguaria. Mas, naturalmente, pensei que... E queria saber se o senhor..."

"Se eu faria uma nota negando o ocorrido? Desculpe, mas não seria honesto da minha parte. No geral, a história é verdadeira."

"Ah... Entendi. Então isso é tudo", respondeu Thompson com coragem após um instante. "Só achei que gostaria de saber. Esse membro do conselho... Fenner... estava fora de si. Me alugou um tempão falando que esse pessoal do teatro em particular vive escandalizando a sociedade com bebedeiras e divórcios."

"Ele tem razão sobre a bebedeira, mas não sobre o divórcio. Mona e Welby Utell são fiéis um ao outro, ao modo deles. São gente fina. Um dia os apresento a você."

"Ah! Sim, seria interessante", respondeu Thompson. "Até logo."

Tocou o sinal de início das aulas. Norman largou o punhal de obsidiana que usava para abrir envelopes, afastou a cadeira giratória da mesa e reclinou-se, um tanto irritado com essa nova manifestação da política de sigilo de Hempnell. Não que tenha realmente tentado esconder a festa dos Utell, que foi um pouco mais descontrolada que o esperado. Mesmo assim, não comentou com ninguém do *campus*. Não tinha necessidade de se arriscar. Agora, depois de meses, veio tudo à tona de qualquer forma.

De onde estava sentado, o espigão do telhado de Estrey Hall desenhava uma diagonal perfeita na janela de sua sala. Havia um dragão de cimento de tamanho médio paralisado no ato de descer pelo espigão. Pela décima vez esta manhã lembrou que os acontecimentos da noite anterior tinham realmente acontecido. Não foi tão fácil. Contudo, no fim das contas, a regressão de Tansy ao medievalismo não era assim tão distante da estranheza da arquitetura de Hempnell, pontuada por gárgulas e outros monstros fabulosos feitos para espantar espíritos malignos. Ao toque do segundo sinal, se levantou.

Sua turma de "Sociedades Primitivas" foi se acalmando quando entrou. Pediu a um estudante que explicasse a importância do laço de parentesco na organização de uma tribo, então ficou cinco minutos organizando os pensamentos e tomando nota de alunos atrasados e ausentes. Quando a explicação, complementada por diagramas genealógicos no quadro negro, tornou-se tão complexa que Bronstein, o aluno exemplar, estava se contorcendo de ansiedade para levantar a mão, ele abriu para observações e críticas, conseguindo engajá-los num debate de alto nível.

Enfim o convencido presidente de fraternidade, sentado na segunda fileira, disse: "Mas todas essas ideias de organização social eram baseadas na ignorância, na tradição e na superstição. A sociedade moderna não é mais assim."

Essa foi a deixa de Norman. Ele se animou e reduziu a pó o defensor da sociedade moderna com uma comparação, item por item, entre as fraternidades e as antigas "casas de moços", até os detalhes das cerimônias de iniciação, que dissecou com prazer científico, e então prosseguiu a uma análise geral dos costumes contemporâneos sob o ponto de vista de um etnólogo marciano hipotético. De passagem, fez uma analogia sarcástica entre as irmandades e o costume primitivo de isolar as meninas do convívio social durante a puberdade.

Os minutos passaram agradavelmente rápido enquanto dava exemplos de atraso cultural de todo tipo, desde etiqueta à mesa até sistemas de medidas. Até o dorminhoco solitário na última fileira acordou e prestou atenção.

"Certamente fizemos inovações importantes, sobretudo o uso sistemático do método científico", afirmou em determinado momento, "mas os fundamentos primitivos permanecem aqui, dominando nosso padrão de vida. Somos macacos antropoides modificados que habitam casas noturnas e navios de guerra. O que mais se pode esperar de nós?"

Casamento e namoro receberam atenção especial. Diante do sorriso encantado de Bronstein, Norman traçou paralelos detalhados entre costumes modernos e o casamento por compra, o casamento por rapto e o casamento simbólico com divindade. Demonstrou que o casamento temporário não era um conceito moderno, mas um costume ancestral consolidado, uma prática bem-sucedida entre os polinésios e outros povos.

Nesse momento, percebeu um rosto roxo de raiva no fundo da sala — era Gracine Pollard, filha do reitor de Hempnell. Ela o encarava, ignorando deliberadamente os colegas ao redor, curiosos com seu semblante ruborizado.

Automaticamente pensou: "Agora imagino que essa neurótica vai se queixar com o papaizinho que o professor Saylor está fazendo apologia ao amor livre." Desconsiderou a ideia e retomou o debate sem alteração. O toque do sinal o interrompeu.

Mas ele se sentia irritado consigo mesmo. Mal prestou atenção às observações e perguntas empolgadas de Bronstein e alguns outros.

De volta à sua sala, encontrou um recado de Harold Gunnison, o Diretor dos Alunos. Como tinha uma hora vaga, atravessou o átrio quadrangular até o prédio da administração, com Bronstein ainda o acompanhando, explicando uma teoria dele próprio.

Mas Norman se perguntava por que tinha baixado a guarda. De fato, suas observações foram um pouco grosseiras. Há muito tempo havia ajustado seu comportamento em sala de aula aos padrões de Hempnell sem abrir mão da integridade intelectual, e o desvio imprudente de hoje cedo, embora trivial, o incomodava.

A sra. Carr passou por ele sem dizer uma palavra, desviando o olhar, ignorando-o. Em seguida, deduziu uma possível razão. Abstraído, acendera um cigarro. Além disso, Bronstein seguira seu exemplo, encantado com a infração do professor a um tabu fortemente consolidado. Os docentes só deveriam fumar na escura sala de recreação ou no sigilo de suas salas.

Franziu as sobrancelhas, mas continuou fumando. Era evidente que as ocorrências da noite anterior perturbaram sua mente mais do que havia percebido. Apagou o toco de cigarro com a sola do sapato nos degraus da entrada do prédio da administração.

Na porta para a antessala, esbarrou com a elegantemente robusta sra. Gunnison.

"Que sorte eu estar segurando firme a minha câmera", resmungou, enquanto ele se abaixava para pegar do chão a bolsa volumosa dela. "Eu não iria gostar nadinha se precisasse trocar as lentes." Depois, arrumando para trás uma mecha de cabelo ruivo caída na testa, ela disse: "Você parece preocupado. Como vai a Tansy?"

Ele deu uma resposta breve ao passar por ela. Essa, sim, era uma mulher que tinha tudo para ser uma bruxa. Vestia roupas caras, mas de modo desleixado; era mandona, esnobe e ríspida; tinha um bom humor vibrante, mas era capaz de passar por cima dos desejos de qualquer um. Sua presença era a única que fazia a autoridade do marido parecer bastante ridícula.

Harold Gunnison interrompeu um telefonema e fez sinal para Norman entrar e fechar a porta.

"Norman", começou Gunnison, franzindo a testa, "este é um assunto delicado".

Norman ficou alerta. Quando Harold Gunnison dizia que se tratava de um assunto delicado, estava falando sério, ao contrário de Thompson. Ele e Norman eram parceiros de *squash* e se davam muito bem. A única objeção de Norman era o clubinho de admiração mútua entre Gunnison e o reitor Pollard, em que referências solenes às ideias políticas de Pollard e exageros de sua amizade com políticos nacionais eram trocados por eventuais elogios pomposos ao Gabinete do Diretor dos Alunos.

Mas Harold dissera "um assunto delicado". Norman se preparou para ouvir o relato de um comportamento excêntrico, indiscreto e talvez até criminoso de Tansy. De repente essa pareceu ser a explicação óbvia.

"Tem uma moça da Agência de Emprego Estudantil trabalhando para você? Uma tal de Margaret Van Nice?"

Num instante Norman percebeu quem tinha feito o segundo telefonema na noite anterior. Disfarçando o choque, esperou um segundo e disse: "É uma garota bem quieta. Ela faz as cópias mimeografadas". Então, seu rosto revelando compreensão espontânea, complementou: "Ela sempre fala sussurrando".

"Bem, agora há pouco ela teve um ataque histérico na sala da sra. Carr. Alegou que você a seduziu. A sra. Carr veio na mesma hora despejar tudo na minha mesa."

Norman conteve o impulso de contar sobre a conversa ao telefone e se contentou com: "E então?"

Gunnison franziu o cenho e o olhou com pesar.

"Sei que esse tipo de coisa já aconteceu", disse Norman. "Aqui mesmo em Hempnell. Mas não desta vez."

"Claro, Norman."

"Com certeza. Mas não faltou oportunidade. A gente trabalhou até tarde da noite várias vezes lá no Morton."

Gunnison pegou uma pasta. "Por acaso, consultei o índice de neurose dela. É bem alto. Ela tem uma porção de complexos. Precisamos tratar disso com delicadeza."

"Quero que ela me acuse na minha frente", disse Norman. "Assim que possível."

"Claro. Marquei uma reunião na sala da sra. Carr. Hoje à tarde, às quatro horas. Por enquanto, ela está com o dr. Gardner. Isso deve acalmá-la."

"Quatro horas", repetiu Norman, levantando-se. "Você vai estar lá?"

"Com certeza. Sinto muito por essa confusão toda, Norman. Sinceramente, acho que a sra. Carr estragou tudo. Ela entrou em pânico. É uma senhora bem idosa."

Na antessala, Norman deteve o olhar num pequeno expositor com itens relativos ao trabalho de Gunnison com físico-química. No momento estavam em exposição gotas do príncipe Rupert e outras excentricidades de alta tensão. Ele fixou um olhar soturno nos brilhantes glóbulos escuros com suas caudas rígidas retorcidas, notando distraidamente o cartão que explicava como eram produzidos, gotejando vidro fundido em óleo quente. Ocorreu-lhe que Hempnell era como uma gota do príncipe Rupert. Martele a cabeça, e apenas a sua mão treme. Mas dê um peteleco no delicado filamento na extremidade da gota, e ela explode na sua cara.

Um pouco fantasioso.

Observou os outros objetos, entre eles um pequenino espelho que, segundo a lenda, viraria pó com o mínimo arranhão ou mudança brusca de temperatura.

No entanto, não era tão fantasioso assim, quando se para pra pensar. Toda instituição com excesso de organização, sob tensão constante e um tanto artificial, como uma universidade pequena, tendia a desenvolver pontos de perigo. E o mesmo se aplicava a uma pessoa ou uma carreira. Dê um peteleco no ponto delicado da mente de uma garota neurótica, e uma explosão de acusações furiosas vem à tona. Ou considere uma pessoa mais sã, como ele próprio. Suponha que alguém o estivesse estudando sigilosamente, à procura do filamento vulnerável, com o dedo preparado para o peteleco...

Porém essa ideia era fantasiosa demais. Ele saiu com pressa para dar sua última aula do turno da manhã.

Ao sair da sala de aula, Hervey Sawtelle alugou seu ouvido.

O colega de departamento de Norman assemelhava-se a uma caricatura grosseira de um professor universitário. Não era muito mais velho que Norman, mas tinha a personalidade de um septuagenário, ou de um adolescente assustado. Sempre apressado, era cheio de tiques nervosos e às vezes carregava duas pastas. Norman o considerava uma das muitas vítimas da vaidade intelectual. Muito provavelmente, durante sua própria graduação, Hervey Sawtelle, incitado por professores arrogantes, começou a acreditar que deveria saber tudo a respeito de tudo, conhecer todas as autoridades em todos os assuntos, incluindo música medieval, equações diferenciais e poesia moderna, ser capaz de gerar uma resposta bem informada imediata a qualquer observação intelectual imaginável, incluindo aquelas articuladas em línguas mortas ou estrangeiras, e nunca, sob hipótese alguma, fazer uma pergunta. Em seguida, ao fracassar na tentativa frenética de se tornar muito mais que um Bacon contemporâneo, Hervey Sawtelle, supõe-se, criou uma profunda convicção de sua insuficiência intelectual, que tentava ocultar, ou talvez apagar da mente, com um detalhismo extremo.

Tudo isso transparecia em seu rosto fino e enrugado, de lábios delgados e sobrancelhas arqueadas. Preocupações diárias percorriam sem descanso suas feições.

Contudo, no momento, uma agitação fútil tipicamente sua o dominava. "Olhe só, Norman, que coisa interessantíssima! Hoje de manhã encontrei por acaso numa estante da biblioteca uma tese de doutorado antiga — de 1930 — de um autor que nunca ouvi falar, com o título de *Superstição e Neurose*." Mostrou um manuscrito datilografado e encadernado que parecia ter envelhecido sem nunca ter sido aberto. "Quase o mesmo título do seu livro *Paralelismos entre a Superstição e a Neurose*. Estranha essa coincidência, não é? Vou dar uma olhada hoje à noite."

Juntos dirigiam-se apressados ao refeitório pela calçada cheia de alunos risonhos e tagarelas, que alegremente lhes davam licença para passarem. Norman estudava o rosto de Sawtelle discretamente. Com certeza o idiota deve lembrar que *Paralelismos* foi publicado em 1931, o que dava a péssima impressão de plágio. Porém não havia malícia no sorriso largo e nervoso de Sawtelle.

Subitamente teve o impulso de chamar Sawtelle num canto e contar que não era uma simples coincidência, e sim algo mais estranho, e que aquilo não maculava de forma alguma a sua própria integridade acadêmica. No entanto aquele não era o lugar adequado.

Contudo, era inegável que o incidente o incomodou um pouco. Ora, fazia anos que nem pensava naquela idiotice da tese de Cunningham, que tinha ficado enterrada no passado — uma vulnerabilidade oculta, esperando um peteleco.

Que fantasia estúpida! Tudo podia ser muito bem explicado, a Sawtelle ou a qualquer outro, num momento mais conveniente.

A mente de Sawtelle retornou para as ansiedades habituais. "Então, devíamos marcar uma reunião para definir o currículo de ciências sociais do ano que vem. Se bem que talvez devamos esperar até...". Ele fez uma pausa, envergonhado.

"Até sabermos qual de nós dois vai conseguir a chefia do departamento?", completou Norman por ele. "Não sei por quê. Vamos trabalhar juntos de um jeito ou de outro."

"Sim, naturalmente. Não tive a intenção de sugerir..."

Outros professores se juntaram a eles na entrada do refeitório. O barulho ensurdecedor das bandejas na ala estudantil foi reduzido a um rumor ligeiramente mais fraco ao entrarem no santuário do corpo docente.

As conversas giravam em torno dos mesmos assuntos de sempre, tendendo a uma certa especulação a respeito das possíveis reorganizações e contratações de pessoal que o ano seguinte traria a Hempnell. Houve menção às ambições políticas do reitor Pollard — Harold Gunnison confidenciou que um certo grupo político tentava persuadi-lo a se candidatar a governador; silêncios discretos aqui e ali ao redor da mesa fizeram as vezes de críticas desfavoráveis a essa possibilidade. O pomo de adão de Sawtelle tremeu convulsivamente quando fizeram uma menção casual à vaga de chefia do departamento de sociologia.

Norman conseguiu engatar uma conversa bem interessante com Holstrom, da psicologia. Ficou contente de estar ocupado com aulas e reuniões até as quatro da tarde. Ele sabia que podia trabalhar cinquenta por cento a mais que um Sawtelle da vida, mas, se tivesse que aguentar um quarto das preocupações que aquele homem tinha...

No entanto, a reunião de quatro horas acabou se revelando um anticlímax. Mal tocou a porta da sala da sra. Carr e ouviu, como se tivesse apertado um gatilho, uma voz aguda e chorosa: "É tudo mentira! Eu inventei!"

Gunnison estava sentado perto da janela, o rosto um pouco virado, braços cruzados, parecendo um elefante levemente entediado e envergonhado. Numa cadeira no meio do recinto estava encolhida uma moça delicada de cabelos louros, com lágrimas escorrendo pelas bochechas magras e soluços histéricos sacudindo seus ombros. A sra. Carr tentava acalmá-la com mãos aflitas.

"Nem sei por que que inventei isso", choramingava a moça numa cena lastimável. "Estava apaixonada por ele, que nem me notava. Iria me matar ontem à noite, mas, em vez disso, resolvi inventar essa história, pra prejudicá-lo, ou pra..."

"Margaret, você precisa se controlar", advertiu a sra. Carr, as mãos pairando sobre os ombros da moça.

"Só um segundo", disse Norman. "Srta. Van Nice..."

Ela olhou ao redor e então para ele, notando sua presença apenas agora, pelo que parecia.

Norman aguardou um instante. Nenhum dos dois se mexeu. Então disse: "Srta. Van Nice, ontem à noite, entre a hora em que decidiu se suicidar e a hora em que decidiu me prejudicar dessa forma, a senhorita fez mais alguma coisa?"

A moça não respondeu, mas instantes depois um rubor brotou em seu rosto marcado de lágrimas, espalhou-se e desceu pelo seu vestido. Pouco depois até seus antebraços estavam avermelhados.

Gunnison exibiu uma leve curiosidade.

A sra. Carr cravou o olhar na moça, curvando-se na direção dela. Por um instante Norman imaginou ter visto algo peçonhento naquele olhar penetrante. Mas devia ser apenas uma ilusão dos óculos espessos, que às vezes deixavam a sra. Carr com olhos arregalados de peixe.

A moça não reagiu quando as mãos da sra. Carr tocaram seus ombros. Ela ainda olhava para Norman, agora com uma expressão de súplica e vergonha angustiada.

"Está tudo bem", disse Norman gentilmente. "Não precisa se preocupar", e sorriu para ela, compreensivo.

Bruscamente mudando a expressão, a moça, livrando-se da sra. Carr, ficou de pé para encarar Norman. "Eu te odeio!", gritou. "Eu te odeio!"

Gunnison o seguiu ao sair da sala. Ele bocejou, sacudiu a cabeça negativamente e observou: "Que bom que isso se resolveu. A propósito, Gardner disse que não há possibilidade de algo ter acontecido à moça."

"Não se tem sossego", respondeu Norman, distraído.

"Ah, aliás", disse Gunnison, tirando um envelope branco e duro do bolso interno do paletó, "este bilhete é pra sra. Saylor. Hulda me pediu pra entregar. Eu acabei esquecendo."

"Eu encontrei a Hulda ao sair da sua sala hoje de manhã", disse Norman, seus pensamentos em outro lugar.

Um tempo depois, de volta a Morton, Norman tentou compreender esses pensamentos, mas os achou bastante escorregadios. O dragão no telhado de Estrey Hall desviou sua atenção. Engraçados esses pequenos detalhes. Você passa anos sem percebê-los e, do nada, eles entram em foco. Quantas pessoas saberiam dizer um único detalhe específico da arquitetura do prédio onde trabalham? Provavelmente nem uma em dez. Ora, se alguém lhe perguntasse sobre esse dragão ontem mesmo, ele não saberia dizer de jeito nenhum se existia um ou não.

Apoiou-se no parapeito da janela, ainda olhando a forma antropoide grotesca e com aspecto de lagarto, banhada pelo dourado do sol e que se supunha simbolizar, sua mente delirante lembrou, as almas dos mortos entrando e saindo do mundo subterrâneo. Abaixo do dragão, projetando-se por debaixo da cornija, havia uma cabeça esculpida, entre as várias de matemáticos e cientistas famosos que decoravam o entablamento. Ele identificou o nome "Galileu", seguido do que parecia ser uma breve inscrição.

Quando se virou para atender ao telefone, parecia que a escuridão tinha subitamente tomado conta da sala.

"Saylor? Só quero avisar que você tem até amanhã..."

"Escute aqui, Jennings", cortou Norman bruscamente, "desliguei na sua cara ontem à noite porque você não parava de gritar ao telefone. Esse seu tom de ameaça não vai ajudar o seu caso."

A voz retomou a frase interrompida, num tom cada vez mais descontrolado: "...até amanhã pra retirar suas acusações e providenciar minha reintegração a Hempnell".

Em seguida, a voz desatou numa gritaria de impropérios tão alta que Norman ainda a ouvia perfeitamente ao devolver o fone ao gancho.

Paranoico — era o que parecia.

Rapidamente sentou-se e permaneceu em silêncio.

Ontem à noite, a uma hora e vinte, queimou um amuleto feito para afastar, supostamente, a influência de forças malignas. O último dos "patuás" de Tansy.

Quase na mesma hora, Margaret Van Nice decidiu confessar sua paixão fantasiosa por ele, e Theodore Jennings decidiu responsabilizá-lo por uma conspiração imaginária.

Na manhã seguinte, Fenner, aquele hipócrita membro do conselho, fez um telefonema para Thompson sobre a festa dos Utell, e Hervey Sawtelle, bisbilhotando as estantes da biblioteca, encontrou...

Que bobagem!

Bufou irritado, rindo de sua própria credulidade, pegou o chapéu e foi para casa.

CAPÍTULO V

Tansy estava radiante, e mais bonita que nos últimos meses. Norman a pegou sorrindo sozinha duas vezes, quando levantou os olhos do prato durante o jantar.

Entregou lhe o bilhete da sra. Gunnison. "A sra. Carr também perguntou por você. Ela se derreteu toda pra cima de mim — como uma dama, claro. Mais tarde...". Conteve-se quando começou a falar do cigarro, da sra. Carr o ignorando e do bafafá com a Margaret Van Nice. Não tinha por que preocupar Tansy agora com coisas que poderiam ser consideradas má sorte. Sabe-se lá o que mais ela imaginaria com base nisso.

Ela correu os olhos pelo bilhete e lhe devolveu.

"Tem aquele saborzinho autêntico de Hempnell, não acha?", observou ela.

Ele leu:

> Querida Tansy, por onde você anda? Só a vi no *campus* uma ou duas vezes neste último mês. Caso esteja ocupada com alguma atividade interessante, por que não compartilha conosco? Que tal vir tomar um chá comigo neste sábado para me contar as novidades?
> Hulda
> Obs.: Você precisa levar quatro dúzias de biscoitos para a Recepção das Esposas de Ex-Alunos no sábado seguinte.

"Meio confuso", disse ele, "mas salta aos olhos o porrete maciço da sra. Gunnison. Ela estava especialmente desleixada hoje."

Tansy riu. "Ainda assim, a gente anda muito antissocial nas últimas semanas. Acho que vou convidá-los para uma noite de *bridge* amanhã. É de última hora, mas eles costumam ter as quartas livres. E os Sawtelle também."

"Precisa mesmo? Aquela chatonilda?"

Tansy riu. "Não sei como você se viraria sem mim...". Ela interrompeu a frase. "Acho que vai ter que tolerar a Evelyn. Afinal de contas, o Hervey também é importante no departamento, e é de bom-tom que tenham alguma interação social. Pra fechar duas mesas, vou convidar os Carr."

"Três mulheres horripilantes", respondeu Norman. "Se elas representam a média das esposas de professores, tive sorte em achar você."

"Volta e meia penso o mesmo dos maridos das esposas de professores", disse Tansy.

Enquanto fumavam tomando café, falou com hesitação: "Norm, eu disse que não queria falar sobre a noite de ontem. Mas agora tem uma coisa que quero te contar."

Norman concordou com um aceno de cabeça.

"Não te contei ontem, Norm, porém, quando queimamos aquelas... coisas, fiquei muito apavorada. Senti que a gente estava esburacando os muros que levei anos para levantar, e que agora não teria nada para afastar o..."

Ele não respondeu, mantendo-se em silêncio absoluto.

"Ah, é tão difícil de explicar, mas, desde que comecei a... mexer com essas coisas, comecei a ficar consciente da pressão exterior. Um medo levemente neurótico, tipo o que *você* sente em relação a caminhões. Como se algo estivesse tentando entrar e nos atacar. E tive que combater isso e revidar com a minha... É como aquela prova de força que os homens fazem, tentando forçar o braço do outro contra a mesa. Mas não era isso que ia dizer.

"Fui dormir me sentindo péssima e assustada. A pressão externa continuou me oprimindo por todos os lados, e não conseguia aguentar, porque a gente tinha queimado aquilo tudo. E então, de súbito, quando estava deitada no escuro, mais ou menos uma hora depois de ter ido para a cama, senti um alívio enorme. A pressão desapareceu, como se tivesse chegado à superfície depois de quase morrer afogada. E aí tive certeza... eu tinha superado minha loucura. É por isso que estou tão feliz."

Era difícil para Norman não contar a Tansy o que estava pensando. Eis aqui mais uma coincidência, mas que causava um rebuliço nas outras. Quase na mesma hora em que ele queimou o último amuleto, e teve uma sensação de medo, Tansy sentiu um grande alívio. Bela lição para ensiná-lo a não teorizar com base em coincidências!

"Porque eu estava um pouquinho doida, querido", dizia. "Não são muitas pessoas que levariam numa boa como você levou."

"Não estava doida, e esse é um termo relativo, mesmo assim, aplicável a qualquer um", respondeu ele. "Só foi ludibriada pela perfídia das coisas."

"Perfídia?"

"Sim. O jeito como às vezes os pregos insistem em entortar quando você os martela, como se estivessem propícios a isso. Ou o jeito como as máquinas se recusam a funcionar. A matéria é uma coisa engraçada. Em grandes agregados, obedece à lei natural, mas, quando se chega ao nível do elétron ou do átomo individual, é em grande medida uma questão de acaso ou capricho...". A conversa não estava seguindo o rumo o que ele queria, e ficou grato quando Totem pulou na mesa, criando uma distração.

Acabou sendo a noite mais agradável que passaram juntos em muitos anos.

Mas na manhã seguinte, quando chegou a Morton, Norman desejou não ter enveredado por aquela ideia da "perfídia das coisas". Virou uma ideia fixa. Começou a ficar intrigado com as menores bobagens — como a posição exata daquele dragão de cimento idiota. Veio-lhe a lembrança de que ontem o dragão parecia estar precisamente no meio do espigão do telhado. Mas agora via que a estátua estava obviamente a dois terços da parte mais alta, bem perto da arquitrave no topo do enorme e imprestável portal gótico construído entre Estrey e Morton. Mesmo um cientista social deveria ter a faculdade de observação mais apurada!

O tilintar do telefone coincidiu com o sinal das nove horas.

"Professor Saylor?", disse Thompson com voz pesarosa. "Desculpe incomodá-lo de novo, mas acabei de receber uma queixa de outro membro do conselho — Liddell, dessa vez. Sobre um discurso informal que o senhor teria dado na mesma hora daquela... hã... festa. O tema era 'O que está errado com a educação universitária'."

"Ué, qual o problema? Você está sugerindo que não tem nada de errado com a educação universitária ou que o tema é tabu?"

"Ah, não, não, não. Mas o membro do conselho teve a impressão de que o senhor estava criticando Hempnell."

"Universidades pequenas como Hempnell, sim. Hempnell especificamente, não."

"Bem, aparentemente ele ficou com receio de que isso afete negativamente as inscrições para o ano que vem. Comentou que vários amigos dele com filhos em idade universitária ouviram o seu discurso e tiveram uma impressão desfavorável."

"Então devem ser impressionáveis demais."

"Também parece acreditar que o senhor fez um comentário desrespeitoso sobre... hã... as atividades políticas do reitor Pollard."

"Me desculpe, mas tenho uma aula agora e preciso ir."

"Muito bem", disse Thompson, e desligou. Norman fez um esgar. A perfídia das coisas não se comparava à perfídia das pessoas! Levantou-se de um salto e correu para a aula de "Sociedades Primitivas".

Gracine Pollard estava ausente, notou com um sorriso irônico mental, perguntando-se se a aula de ontem teria sido demais para o distorcido senso de decoro da moça. Mas até filhas de reitores de universidade deveriam ouvir umas verdades cruas de vez em quando.

E, nos demais alunos, a aula de ontem tivera um efeito estimulante notável. Vários alunos rapidamente escolheram assuntos afins para o trabalho final da disciplina, e o presidente da fraternidade tirou proveito do vexame de ontem e esboçou um artigo humorístico para o jornal universitário *Bufão*, sobre o significado primitivo das cerimônias de iniciação das fraternidades. No geral, foi uma aula muito animada.

Mais tarde, Norman se pegou pensativo, refletindo com bom humor sobre como os estudantes universitários eram incompreendidos por muita gente.

No geral os universitários eram vistos como perigosamente rebeldes e radicais, e sua moralidade, como escandalosamente experimental. De fato, as classes mais baixas tendiam a imaginá-los como monstros de imoralidade e perversão, assassinos em potencial de criancinhas e participantes de vários cultos equivalentes à Missa Negra. Porém, na verdade, eram mais convencionais do que muitos estudantes de ensino médio. E, quanto à experimentação sexual, estavam bem atrás dos jovens cuja educação terminou no ensino fundamental.

Em vez de se levantarem com ousadia para proferir discursos rebeldes, tinham uma tendência à bajulação hipócrita, buscando dizer apenas aquilo que mais agradaria ao professor. Perigo mínimo de saírem do controle! Muito pelo contrário, era preciso atraí-los lentamente para o caminho da autenticidade, para longe dos tabus e da caretice do lar. E esses problemas se tornavam mais complexos e carentes de solução quando se vivia numa época de moralidade provisória como a de hoje, quando a lealdade nacional e a fidelidade apenas à família estavam se diluindo em favor de uma lealdade mais abrangente e um amor mais amplo — ou em favor de uma selva caótica e egoísta do cada um por si e da bomba atômica, caso o espírito humano fosse cerceado, podado e tolhido pelos medos e vaidades tradicionais.

Os professores universitários tinham a imagem tão distorcida quanto a dos alunos universitários perante a sociedade. Na verdade, são um grupo bastante medroso, altamente sensível à reprovação social. O fato de eventualmente expressarem com coragem suas opiniões era ainda mais louvável.

Tudo isso, naturalmente, refletia a tendência, ainda vigente e longe de sumir, de ver os professores não como educadores, mas como virgens vestais de certo modo, sacrifícios vivos feitos no altar da respeitabilidade, alojados em prédios convenientemente lúgubres e julgados com base num código moral muito mais rigoroso do que o aplicado a empresários e donas de casa. E, para a função de virgem vestal, a virgindade contava muito mais que o zelo pela chama débil da curiosidade criativa e da investigação intelectual genuína. Na verdade, se dependesse da maioria das pessoas, a chama poderia ser deixada de lado sem perigo, contanto que os professores continuassem sentados ao seu redor no templo — testemunhos imaculados, amargurados e praticamente imóveis, evidências de que alguém, em algum lugar, preservava os valores morais.

Norman pensou cinicamente: ora, eles querem *mesmo* que a gente faça bruxaria, mas do tipo inofensivo. E eu obriguei Tansy a parar!

A ironia o divertiu, fazendo-o sorrir.

Seu bom humor durou um pouco além do final da última aula naquela tarde, quando esbarrou com os Sawtelle na frente de Morton Hall.

Evelyn Sawtelle era uma mulher esnobe e pseudointelectual. A ilusão que mais tentava projetar era o fato de ter sacrificado uma grande carreira no teatro para se casar com Hervey. Quando na realidade jamais conseguiu ser diretora do grupo de teatro estudantil de Hempnell e teve de se contentar com um cargo menor no departamento de oratória. Exibia um porte afetado e um gosto pretensioso para roupas que, ao lado de suas achatadas maçãs do rosto e da falta de brilho dos cabelos e olhos pretos, remetia ao tipo de criatura que se pavoneava no saguão do teatro nos intervalos de concertos e apresentações de balé.

No entanto, longe de ser uma pessoa boêmia, Evelyn Sawtelle tendia a ficar ainda mais aflita com as minúcias do prestígio e da convenção social do que a maioria das esposas de professores de Hempnell. Mas, dada sua incompetência generalizada, essa ansiedade não gerava tato social, mas o oposto disso.

O marido estava totalmente sob o seu domínio. Ela o dirigia como a uma empresa — grosseiramente, com excesso de zelo, contudo com alguma eficácia tenaz.

"Hoje eu almocei com Henrietta... digo, a sra. Pollard", anunciou a Norman com ar de quem tinha acabado de voltar de uma visita à realeza.

"Escute, Norman...", começou Hervey com empolgação, levantando sua pasta.

"Nós tivemos uma conversa muito interessante", sua mulher o interrompeu. "E também falamos sobre você, Norman. Parece que Gracine interpretou errado alguns assuntos que você abordou em aula. Ela é uma moça tão delicada."

"Tão idiotinha, quer dizer", corrigiu Norman mentalmente. "Ah, é?", murmurou para se mostrar educado.

"Nossa querida Henrietta ficou um pouco confusa sobre como resolver isso, mas obviamente é uma pessoa muito cosmopolita e tolerante. Só comentei porque pensei que gostaria de saber. Afinal de contas, é muito importante que ninguém tire nenhuma conclusão equivocada do departamento. Não concorda comigo, Hervey?" Ela concluiu bruscamente.

"O que foi, querida? Ah, sim, sim. Escuta, Norman, quero te contar sobre aquela tese que eu mostrei ontem. Que coisa impressionante! Os principais argumentos são quase os mesmos do seu livro! Um caso impressionante de pesquisadores independentes um do outro chegando às mesmas conclusões. Ora, é como Darwin e Wallace, ou..."

"Ué, você não me contou nada sobre isso, querido", interveio a esposa.

"Só um instante", disse Norman.

Ele odiava ter que explicar na presença da sra. Sawtelle, mas não tinha jeito.

"Me perdoe, Hervey, por rejeitar uma coincidência científica intrigante em favor de uma história um tanto sórdida. Aconteceu quando comecei aqui como professor, em 1929. Um aluno de pós-graduação chamado Cunningham pegou minhas ideias — a gente tinha uma relação amistosa — e as incorporou na tese de doutorado dele. Meu trabalho sobre superstição e neurose era uma atividade paralela na época, e, em parte porque tive pneumonia por dois meses, só fui ler a tese depois de ele já ter conseguido o título de doutor."

Sawtelle piscou. Seu rosto retomou a expressão preocupada habitual. Uma vaga frustração relampejou nos olhos pretos e redondos da sra. Sawtelle, como se ela quisesse ler a tese, examinando cada parágrafo, dando carta branca a suas suspeitas antes de ouvir a explicação.

"Fiquei possesso", continuou Norman, "e pretendia desmascarar o sujeito. Mas aí ouvi dizer que ele tinha morrido. Corria um boato sobre suicídio. Era um cara desequilibrado. Não sei como esperava sair impune depois de um roubo tão descarado. Enfim, resolvi não fazer nada, pelo bem da família dele. É que seria dar um motivo para pensarem que ele *realmente* tinha cometido suicídio."

A sra. Sawtelle parecia incrédula.

"Mas, Norman", Sawtelle comentou ansioso, "será que isso foi sensato? Você ter ficado em silêncio. Será que você não se arriscou? Quero dizer, em relação à sua reputação acadêmica?"

A atitude da sra. Sawtelle mudou abruptamente.

"Devolva isso pra biblioteca, Hervey, e esqueça esse assunto", ordenou ela, ríspida. E sorriu para Norman com malícia. "Sempre esqueço que tenho uma surpresa pra você, professor Saylor. Venha comigo até a cabine de som, que vou mostrar. Vai ser rapidinho. Venha, Hervey."

Norman não tinha uma desculpa pronta, então acompanhou os Sawtelle até as salas do departamento de oratória, do outro lado de Morton, perguntando-se como o departamento de oratória encontrava utilidade numa pessoa de voz tão anasalada e afetada como Evelyn Sawtelle, ainda que, por acaso, ela fosse a mulher de um professor e uma atriz trágica frustrada.

Estava escuro e silencioso na cabine de som, uma caixa robusta com paredes à prova de som e janelas duplas. A sra. Sawtelle tirou um disco do armário, colocou num dos três toca-discos e ajustou uns botões. Norman teve um sobressalto. Por um instante pensou que um caminhão acelerava na direção da cabine de som e, a qualquer momento, se chocaria contra as paredes isolantes. Então o ruído abominável que saía do amplificador virou um zumbido ou gemido estranhamente vibrante, como o de uma corrente de vento invadindo uma casa. Este barulho, contudo, remeteu a uma lembrança menos vívida na memória agitada de Norman.

A sra. Sawtelle voltou correndo e girou os botões.

"Me enganei", disse ela. "Isso é música modernista ou algo do tipo. Hervey, acenda a luz. Este é o disco que queria." Falou enquanto o ajeitava num dos toca-discos.

"Seja o que for, era horrível", observou o marido.

Norman identificou a lembrança. Era um zunidor australiano que um colega uma vez lhe mostrara. A ripa arqueada de madeira, amarrada na ponta de uma corda, fazia exatamente o mesmo som. Os aborígines o usavam em seus feitiços de chuva.

"...mas se, nestes tempos de divergências e disputas, esquecermos, de propósito ou por descuido, que toda palavra, todo pensamento deve se referir a algo no mundo real, se permitirmos que referências ao irreal e ao inexistente se infiltrem em nossas mentes..."

Norman teve outro sobressalto. Pois agora era a sua própria voz que saía do amplificador, e ele teve a estranha sensação de ser lançado de volta ao passado.

"Surpreso?", perguntou Evelyn Sawtelle com falsa timidez. "É aquela palestra sobre semântica que você deu semana passada para os alunos. Colocamos um microfone na tribuna do orador — você deve ter pensado que era pra amplificar o som — e fizemos uma gravação oculta, como se diz. Nós gravamos aqui."

Ela apontou para o prato giratório mais pesado, sobre uma base de cimento, usado para fazer as gravações. Suas mãos pairavam de um botão a outro.

"Dá pra fazer de tudo aqui", tagarelava ela. "Mixar todo tipo de som. Música e vozes, e..."

"As palavras nos *podem* ferir. E, por mais estranho que pareça, são as palavras que se referem a coisas que *não existem* que mais nos ferem. Ora..."

Era difícil para Norman parecer minimamente contente. Tinha consciência de que seus motivos não eram mais sensatos do que os do selvagem com medo de alguém descobrir seu nome secreto, mas ainda assim não gostava da ideia de Evelyn Sawtelle brincando com a sua voz. Como seus olhinhos fundos, sem brilho e maliciosos, isso era um indício de sua curiosidade por fraquezas ocultas.

Então Norman fez um movimento involuntário pela terceira vez. Pois de repente, do amplificador, mas agora mixado à sua voz, saiu o som do zunidor ainda com aquela insinuação infernal de um caminhão acelerando.

"Olha aí, eu me embananei de novo", disse Evelyn Sawtelle rapidamente, mexendo nos botões. "Estraguei a sua linda voz com essa música horrorosa". Ela fez uma careta. "Mas, como você mesmo disse, professor Saylor, os sons não podem ferir."

Norman não corrigiu a citação errada, um hábito dela. Apenas a olhou com curiosidade por um instante. Ela devolveu o olhar, de frente, mãos para trás. O marido, com o nariz se contorcendo, tinha se aproximado dos toca-discos ainda em rotação e cutucava com cuidado um deles.

"Não", disse Norman devagar, "não podem". E então se despediu, ríspido: "Bem, obrigado pela demonstração".

"Nos vemos hoje à noite", gritou Evelyn, após ele sair. Soou um pouco como: "Você não vai se livrar de mim."

Como odeio essa mulher, pensou Norman, subindo apressado a escada escura e atravessando o corredor.

De volta à sua sala, dedicou-se por uma hora inteira a suas anotações. Então, ao se levantar para acender a luz, seus olhos se depararam com a janela.

Após alguns instantes, virou-se com pressa e foi pegar os binóculos no armário.

Alguém deve ter um senso de humor muito sombrio para pregar uma peça tão complicada.

Atento, ele observou o cimento no encontro do espigão com as garras dos pés, à procura de rachaduras que denunciassem o ato. Não conseguiu achar uma sequer, mas a luz fraca do pôr do sol também não ajudava.

O dragão de cimento estava agora na ponta da calha, como se estivesse prestes a atravessar até Morton pela arquitrave do grande portal.

Ele levantou os binóculos até a cabeça da criatura — inexpressiva e mal-acabada como uma caveira incompleta. Teve então o impulso de olhar a fileira de cabeças esculpidas embaixo, concentrou-se em Galileu e leu a curta inscrição que não conseguira identificar antes.

"*Eppur si muove.*"

Eram as palavras que, reza a lenda, Galileu resmungou após se retratar perante a Inquisição de sua crença na revolução da Terra ao redor do Sol.

"Contudo, se move."

O assoalho rangeu atrás dele, e ele se virou.

Ao lado de sua mesa estava um jovem, pálido como cera, de cabelos ruivos espessos. Seus olhos saltavam do rosto como duas bolas de gude leitosas. Uma mão branca de tendões protuberantes segurava uma pistola de tiro ao alvo calibre 22.

Norman dirigiu-se até ele, andando ligeiramente à direita.

O cano curto da pistola se elevou.

"Olá, Jennings", disse Norman. "Você foi reintegrado. Alterei todas as suas notas para 10."

O cano da arma se deteve por um instante.

Norman avançou.

A arma disparou sob seu braço esquerdo, furando a vidraça da janela.

A arma baqueou no chão. O corpo magro de Jennings amoleceu. Quando Norman o sentou na cadeira, ele começou a chorar convulsivamente.

Norman pegou a arma pelo cano, colocou-a numa gaveta e passou a chave, guardando-a no bolso. Então pegou o telefone e pediu uma ligação para um número no *campus*. A ligação foi rapidamente completada.

"Gunnison?", perguntou.

"Diga, eu já estava de saída."

"Os pais de Theodore Jennings moram pertinho da universidade, não moram? O rapaz que foi jubilado no semestre passado."

"Exatamente. O que houve?"

"É melhor chamá-los aqui rápido. E mande trazerem o médico dele. Ele acabou de tentar me dar um tiro. Isso, o médico *dele*. Não, ninguém se feriu. Mas depressa."

Norman desligou o telefone. Jennings continuava chorando copiosamente. Norman o observou com asco por um momento, depois deu uns tapinhas em seu ombro.

Uma hora depois, Gunnison sentou-se na mesma cadeira, suspirando de alívio.

"Que bom que concordaram em providenciar a internação dele no sanatório", disse. "Foi muita bondade sua, Norman, não insistir em chamar a polícia. Essas coisas acabam com a reputação de uma universidade."

Norman sorriu, cansado. "Qualquer coisa acaba com a reputação de uma universidade. Mas esse rapaz era louco, óbvio. E, claro, entendo que os pais dele, com a influência e as relações políticas que eles têm, significam muito pro Pollard."

Gunnison fez que sim. Acenderam um cigarro e fumaram em silêncio por um tempo. Norman pensou em como a vida era diferente de uma história de detetive, em que uma tentativa de homicídio era geralmente considerada um caso seríssimo, uma ocasião de muito tumulto, muitos telefonemas e aglomeração de detetives de polícia e particulares. Enquanto aqui, por ser uma área da vida regida pela respeitabilidade, não pelo sensacional, o ocorrido era facilmente abafado e esquecido.

Gunnison olhou o seu relógio. "Preciso correr. São quase sete, e temos que estar na sua casa às oito."

Mas ele protelou a saída, aproximando-se devagar da vidraça para examinar o furo de bala.

"Você se incomodaria em não comentar o ocorrido com Tansy?", pediu Norman. "Não quero que fique preocupada."

Gunnison concordou. "É melhor deixar o assunto só entre nós." Então apontou para a janela. "Aquele ali é um dos queridinhos da minha mulher", observou em tom jocoso.

Norman notou que o dedo indicava o dragão de cimento, agora friamente revelado pela luz forte dos postes de iluminação.

"Ela deve ter", continuou Gunnison, "dezenas de fotos dele. Hempnell é a especialidade dela. Se não me engano, fotografou cada uma das esquisitices arquitetônicas do *campus*. Aquele ali é o preferido dela." Comentou rindo. "Geralmente é o marido que costuma se enfiar numa câmara escura, mas não lá em casa. E logo eu, que sou químico."

A mente sobrecarregada de Norman remeteu-se inexplicavelmente ao zunidor. De imediato se deu conta da analogia entre a gravação de um zunidor e a fotografia de um dragão.

Norman secamente deixou de lado a sequência de perguntas fantásticas que desejava fazer a Gunnison.

"Vamos lá!", disse. "A gente precisa ir."

Gunnison se espantou com a rispidez de sua voz.

"Poderia me dar uma carona?", pediu Norman num tom mais calmo. "Deixei o carro em casa."

"Claro que sim", respondeu Gunnison.

Após desligar as luzes, Norman deteve-se por um instante, com o olhar fixo na janela. Lembrou-se das palavras.

"*Eppur si muove.*"

CAPÍTULO VI

Mal tinham terminado de tirar a mesa do apressado jantar, quando soou o primeiro tilintar da campainha da porta da frente. Para o alívio de Norman, Tansy aceitou sem questionar sua desculpa meio esfarrapada por ter chegado em casa tão tarde. Mas sua serenidade nos últimos dois dias era um tanto misteriosa. Ela costumava ser muito mais curiosa e atenta. É claro que Norman teve o cuidado de omitir os acontecimentos perturbadores, e só podia sentir-se satisfeito com o fato de que sua esposa estava com os nervos tão calmos.

"Queridíssima! Faz *anos* que não a vemos!" A sra. Carr deu um abraço carinhoso em Tansy. "Como vai você? Como vai você?" A pergunta soou estranhamente ávida e incisiva. Norman a atribuiu à afetação típica de Hempnell. "Ai, nossa, acho que entrou um cisco no meu olho", a sra. Carr continuou. "O vento está ficando tão forte."

"Tempestuoso", disse o professor Carr, do departamento de matemática, exibindo um prazer inofensivo em encontrar a palavra exata. Era um homem baixo, de bochechas coradas, com bigode e cavanhaque brancos, inocente e desligado como se espera que professores universitários sejam. Dava a impressão de habitar permanentemente um paraíso especial de números transcendentais e transfinitos e de hieróglifos da lógica simbólica, que ele manipulava com perícia nacionalmente reconhecida entre os matemáticos. Russell e Whitehead podem ter inventado esses hieróglifos, mas, quando o assunto era tratar, apreciar e adular os enervantes e misteriosos símbolos, Carr era o prestidigitador-mor.

"Parece que já passou", disse a sra. Carr, ignorando com um aceno o lenço de Tansy e experimentando piscar os olhos, desagradavelmente nus até ela recolocar os óculos espessos. "Ah, devem ser os outros", acrescentou ao soar da campainha. "Não é uma *maravilha* todo mundo de Hempnell ser tão pontual?"

Ao se dirigir até a porta da frente, Norman teve a impressão absurda, por um instante, de que alguém estava girando um zunidor do lado de fora, até perceber que só podia ser o vento crescente, como previa a descrição do professor Carr.

Deparou-se com a figura ossuda de Evelyn Sawtelle, a ventania batendo o casaco preto contra suas pernas. Seu rosto igualmente ossudo, de olhos pequenos, foi empurrado na direção do rosto dele.

"Deixe-nos entrar, ou o vento vai nos enfiar porta adentro", disse ela. Como a maioria de suas tentativas de humor acanhado ou irônico, foi um fracasso, talvez por seu tom estúpido soar tão sombrio.

Ela entrou, trazendo Hervey no cabresto, e dirigiu-se a Tansy.

"Minha querida, como vai você? O que afinal você tem feito ultimamente?" De novo Norman ficou impressionado com a pergunta ávida e expressiva. Por um instante se perguntou se a mulher teria farejado de alguma forma o comportamento excêntrico e a crise recente de Tansy. Mas a sra. Sawtelle era tão atenta à própria voz que sempre enfatizava as palavras de forma errada.

Deu-se um grande alvoroço de cumprimentos. Totem berrou e fugiu da multidão de seres humanos. A voz da sra. Carr destacou-se das demais, como a de uma mocinha estridente.

"Ah, professor Sawtelle, quero que saiba que gostamos *demais* da sua palestra sobre planejamento urbano. Foi de uma importância *genuína*!" Sawtelle contorceu-se.

Norman pensou: "Então agora o favorito ao cargo de chefia é *ele*."

O professor Carr já estava nas mesas de *bridge* manuseando as cartas com ar de reflexão.

"Andei estudando a matemática de embaralhar cartas", começou com entusiasmo assim que Norman se aproximou. "O propósito de embaralhar é permitir que a mão que você recebe seja uma questão de acaso. Mas isso está longe da verdade." Ele abriu um baralho novo e espalhou as cartas. "Os fabricantes organizam as cartas por naipes — treze de espadas, treze de copas e assim por diante. Agora suponha que eu embaralhe com perfeição — dividindo o baralho em partes iguais e intercalando as cartas uma a uma."

Tentou demonstrar, mas as cartas escaparam de suas mãos.

"Na verdade, não é tão difícil como parece", continuou, cordialmente. "Alguns jogadores fazem isso sempre, num piscar de olhos. Mas isso não vem ao caso. Suponha que eu embaralhe duas vezes com perfeição um maço novo. Então, independentemente de como se corte o baralho, cada jogador vai receber treze cartas de um naipe só — uma ocasião que, considerando apenas as leis do acaso, aconteceria só uma vez em cerca de cento e cinquenta e oito bilhões de vezes em relação a uma *única* mão, que dirá todas as quatro."

Norman concordou com um aceno de cabeça, e Carr sorriu satisfeito.

"Esse é só um exemplo. A questão é a seguinte: o que se denomina vagamente como acaso é, na verdade, a resultante de vários fatores perfeitamente definidos — principalmente o jogo de cartas em cada mão e os hábitos dos jogadores ao embaralhar." Ele fez parecer tão importante quanto a Teoria da Relatividade. "Em algumas noites as mãos vêm muito comuns. Já em outras elas vêm cada vez mais inusitadas — naipes longos ou falhos e por aí vai. Às vezes, as cartas favorecem constantemente a dupla de norte e sul. Outras vezes, a de leste e oeste. Sorte? Acaso? Nada disso! É o resultado de causas conhecidas. Alguns jogadores experientes realmente chegam a usar esse princípio pra determinar a localização provável de cartas-chaves. Eles lembram como as cartas foram jogadas na última mão, como os montes foram reunidos, como os hábitos de quem embaralha desarrumaram as cartas. Aí interpretam essa informação de acordo com as declarações e as saídas iniciais na próxima vez que as cartas são jogadas. Ora, é bem simples, na verdade — ou seria para um mestre do xadrez de olhos vendados. E, claro, todo bridgista realmente bom deveria..."

A mente de Norman começou a divagar. E se esse princípio fosse aplicado fora do *bridge*? E se essa coincidência e outros acontecimentos fortuitos não fossem mesmo tão casuais quanto parecem? E se houvesse pessoas com uma aptidão especial para fazer os lances, para receber uma mão boa? Embora fosse uma ideia bem óbvia — nada que causasse a ninguém o arrepio que sentiu.

"Queria saber por que os Gunnison estão demorando", dizia o professor Carr. "A gente podia começar uma mesa agora. Quem sabe dá tempo de jogar uma partida extra", complementou esperançoso.

O toque da campainha resolveu a questão.

Gunnison estava com cara de quem engoliu o jantar e Hulda parecia um tanto aborrecida.

"Nós tivemos de nos apressar tanto", resmungou em tom ríspido, enquanto Norman segurava a porta para que entrassem.

Como as duas outras mulheres, ela praticamente o ignorou e concentrou seus cumprimentos em Tansy. Um leve desconforto o invadiu, como na época em que eram novatos em Hempnell e as visitas dos colegas lhe davam nos nervos. Tansy parecia estar em desvantagem, desprotegida, em oposição ao ar agressivo das outras três.

Mas o que isso importa? — pensou com seus botões. Era um comportamento normal das esposas de professores de Hempnell. Elas agiam como se passassem as noites tramando envenenar quem estivesse entre seus maridos e a cadeira de reitor.

Enquanto Tansy... Mas isso parecia com o que Tansy vinha fazendo, ou antes, o que Tansy dissera que *elas* faziam. *Ela* não fazia isso. Ela só fazia... Os pensamentos de Norman começaram a girar, confusos, e ele os desligou.

Os jogadores tiraram as duplas.

As cartas pareciam determinadas a ilustrar a teoria que Carr tinha explicado. As mãos foram uniformemente comuns — inusitadamente regulares. Nenhum naipe longo. Nada além de distribuição 4-4-3-2 e 4-3-3-3. Declara uma; faz duas. Declara duas; fica devendo uma.

Depois da segunda rodada, Norman recorreu ao seu remédio pessoal para o tédio — o jogo de "Encontre o Primitivo". A pessoa joga sozinha, em segredo. Era só um exercício para a imaginação de um etnólogo.

Consiste em fingir que as pessoas ao redor eram integrantes de uma raça selvagem, e tentava descobrir como suas personalidades se manifestariam nesse ambiente.

Na noite de hoje, o jogo funcionou quase bem demais.

Nada de extraordinário nos homens. Gunnison, claro, seria um chefe de tribo afortunado; talvez um pouco mais gordo, com donzelas o servindo, mas com uma esposa ciumenta e vingativa esperando a hora do ataque. Carr poderia ser o artesão de cestos da aldeia — um velho ágil, sorrindo como um macaquinho, trançando as palhas do cesto em complexas matrizes matemáticas. Sawtelle, claro, seria o bode expiatório da tribo, alvo de um sem-fim de troças desagradáveis.

Mas as mulheres!

Veja a sra. Gunnison, a parceira de Norman no jogo. Dê-lhe uma pele amarronzada. Deixe o cabelo ruivo, mas enrole uns enfeites de cobre nele. E ela seria ainda mais robusta, uma mulher colossal mesmo, mais forte que a maioria dos homens da tribo, capaz de empunhar uma lança ou uma clava. Teria o mesmo olhar selvagem, mas o lábio inferior se projetaria, expondo mais diretamente o semblante rabugento e dominador. Era fácil demais imaginar o que ela faria com as infelizes donzelas por quem seu marido exibisse muito interesse. Ou como martelaria a política da tribo na cabeça dele quando se retirassem para a cabana. Ou como sua voz trovejaria os cantos de morte entoados pelas mulheres para ajudar os homens que estavam longe na guerra.

Em seguida a sra. Sawtelle e a sra. Carr, que formaram a primeira mesa com ele e a sra. Gunnison. A sra. Sawtelle primeiro. Deixe-a mais magra. Escarifique as achatadas maçãs do rosto para deixar cicatrizes ornamentais. Tatue a espinha dorsal. Uma bruxa. Amarga como quinino, pois o marido era um inútil. Pense nela saltitando na frente de um fetiche cravejado de pregos. Pense nela gritando encantos com sua voz aguda e arrancando a cabeça de uma galinha...

"Norman, não é a sua vez de jogar", alertou a sra. Gunnison.

"Desculpe."

E a sra. Carr. Deixe-a um pouco esmirrada, com apenas alguns tufos de cabelo no couro cabeludo. Tire os óculos, para deixar a vista embaçada. Ela piscaria e apertaria os olhos para enxergar, lançaria um olhar de soslaio malicioso e desdentado, dedilhando o ar com suas garras ossudas. Uma velha índia gentil e inofensiva, que reunia as crianças da tribo ao seu redor (sempre sedenta de juventude!) e lhes contava lendas. Mas sua mandíbula ainda teria a agilidade de uma armadilha de aço, suas garras aplicariam veneno na flecha com destreza e seus olhos não seriam mesmo tão necessários, pois enxergaria de outras formas, e até o guerreiro mais corajoso ficaria nervoso caso ela cravasse os olhos nele por muito tempo.

"Esses craques na primeira mesa estão muito quietos", observou Gunnison, rindo. "Devem estar levando o jogo muito a sério."

Bruxas, todas as três, empenhadas na ascensão dos maridos ao topo da hierarquia da tribo.

Do vão escuro da porta no final da sala, Totem espiava com curiosidade, como se ponderasse uma possibilidade semelhante.

Mas Norman não conseguia encaixar Tansy no quadro. Conseguia imaginar mudanças físicas, como cabelo frisado, argolões nas orelhas e desenho pintado na testa. Contudo não conseguia concebê-la como integrante da mesma tribo. Ela permanecia em sua imaginação como uma forasteira, uma cativa, vista com aversão e desconfiança pelas outras. Ou porventura uma mulher da mesma tribo, mas que cometeu um erro e perdeu a confiança de todas as outras. Uma sacerdotisa que violou um tabu. Uma bruxa que renunciou à bruxaria.

De repente, seu campo de visão se restringiu ao bloco de pontuação. Evelyn Sawtelle rabiscava bonequinhos de palito, à toa, enquanto a sra. Carr ponderava sobre a saída. O primeiro desenho era um homem de braços erguidos e três ou quatro bolas acima da cabeça, como se fizesse malabarismo. Depois foi o desenho de uma rainha, como a coroa e a saia indicavam. Depois, uma torrezinha ameada. Depois, algo em forma de L com um boneco pendurado — uma forca. Por fim, um veículo rudimentar — um retângulo com duas rodas — avançando sobre um homem de braços estendidos na direção do carro, amedrontado.

Apenas cinco rabiscos. Mas Norman sabia que quatro deles remetiam a um conhecimento fora do comum enterrado em algum lugar de sua mente. Uma olhadela no morto exposto lhe deu uma pista.

Cartas.

Mas esse conhecimento vinha da história antiga das cartas de baralho, quando o maço todo era encharcado de magia, quando havia um cavaleiro entre o valete e a dama, quando os naipes eram espadas, bastões, taças e moedas, e quando havia no baralho vinte e duas cartas especiais, de tarô ou adivinhação, das quais apenas o curinga chegou ao presente.

Mas Evelyn Sawtelle ciente de algo tão recôndito quanto cartas de tarô? Ciente a ponto de conseguir esboçá-las? A idiota, afetada, convencional da Evelyn Sawtelle? Era inconcebível. Contudo, quatro das cartas de tarô eram o Malabarista, a Imperatriz, a Torre e o Enforcado.

Apenas o quinto desenho, o homem e o veículo, não se encaixava. Caminhão? A vítima fanática enfim se curvando prestes a morrer debaixo das rodas do gigantesco carro do ídolo hindu? Isso chegava mais perto — e era mais um ponto para a sabedoria esotérica da tapada da Evelyn Sawtelle.

Subitamente lhe ocorreu. Ele e um caminhão. Um caminhão enorme. Era isso que significava o quinto desenho.

Mas estaria Evelyn Sawtelle ciente de sua fobia?

Olhou-a fixamente. Ela riscou os desenhos e lhe dirigiu um olhar soturno.

A sra. Gunnison se inclinou para a frente, mexendo os lábios como se contasse os trunfos.

A sra. Carr sorriu e fez a saída. O vento crescente voltou a fazer o zunido intermitente que fizera momentaneamente mais cedo.

Norman deu uma risadinha, e as três mulheres o olharam. Ora, que tolo! Preocupado com bruxaria quando o que Evelyn Sawtelle desenhava era só uma criança brincando — o filho que não podia ter; uma rainha de palito — ela própria; uma torre — a chefia do departamento de sociologia para o marido, ou outra potência mais essencial; um enforcado — a impotência de Hervey (que boa ideia!); um homem pávido e um caminhão — sua energia sexual assustando e esmagando o Hervey.

Ele deu outro risinho, e as três mulheres ergueram as sobrancelhas. Enigmático, olhou cada uma delas ao redor da mesa.

"Mas, por outro lado", perguntou-se, retomando suas ponderações anteriores, com uma disposição, de início, muito mais amena, "por que não?"

Três bruxas usando magia, como a Tansy havia usado, para avançar as carreiras dos maridos e as suas próprias.

Aplicando o conhecimento especial dos maridos para dar um toque moderno à magia. Desconfiadas e preocupadas por Tansy ter largado a magia; receosas de ela ter descoberto uma variedade bem mais poderosa e estar planejando usá-la.

E Tansy — inesperadamente desprotegida, talvez inconsciente da mudança de atitude das outras perante ela, porque, ao largar a magia, havia perdido também a sensibilidade ao sobrenatural, sua "intuição feminina".

Por que não dar um passo adiante? Talvez todas as mulheres fossem assim. Guardiãs das tradições e costumes ancestrais da humanidade, inclusive da prática da bruxaria. Lutando as batalhas dos maridos nos bastidores, com feitiçaria. Mantendo tudo em sigilo; e, quando eram descobertas, explicavam convenientemente que era apenas uma suscetibilidade feminina às tendências supersticiosas.

Metade da raça humana até hoje se dedicando à prática ativa da feitiçaria. Por que não?

"É a sua vez, Norman", disse a sra. Sawtelle, gentil.

"Parece preocupado", observou a sra. Gunnison.

"Como você está se saindo aí, Norm?", perguntou ao marido. "Essas mulheres estão te tapeando?"

Tapeando? Norman voltou à realidade com um sobressalto. Era exatamente o que quase tinham feito. E tudo porque a imaginação humana era um instrumento completamente duvidoso, como uma régua de borracha. Vejamos, caso jogasse o rei, isso poderia firmar uma dama na mão da sra. Gunnison para que esta pudesse jogar uma sequência de espadas.

Quando a sra. Carr o cobriu com o ás, Norm notou seus lábios enrugados fixos num sorriso misterioso.

Após essa rodada, Tansy serviu um lanche. Norman a acompanhou até a cozinha.

"Reparou nos olhares que lhe lançou?", sussurrou espirituosa para Norman. "Às vezes acho que essa vadia está apaixonada por você."

Ele deu um risinho. "A Evelyn?"

"Claro que não. A sra. Carr. Por dentro ela é uma sereia. Nunca reparou como ela olha para as alunas, desejando ser sedutora por fora também?"

Norman lembrou que estava pensando o mesmo de manhã cedo.

Tansy continuou: "E não digo isso pra me gabar, mas já a flagrei me olhando de modo parecido. Fico toda arrepiada".

Norman concordou. "Ela me lembra a Bruxa...", se deteve.

"A Bruxa Má da Branca de Neve? Pois é. E agora é melhor você voltar logo, querido, ou virão aqui me azucrinar dizendo que o lugar de um professor de Hempnell não é na cozinha."

Quando retornou à sala de estar, o papo de trabalho de sempre havia começado.

"Estive com o Pollard hoje", Gunnison comentou, servindo-se uma fatia de bolo de chocolate. "Ele me contou que vai encontrar os membros do conselho diretor amanhã de manhã para decidir, entre outras coisas, a chefia do departamento de sociologia."

Hervey Sawtelle se engasgou com um pedaço de bolo e quase entornou sua xícara de chocolate quente.

Norman flagrou a sra. Sawtelle o encarando com olhar vingativo. Ela mudou a expressão e sussurrou: "Que interessante". Ele sorriu. Esse tipo de ódio podia compreender. Não é preciso confundir com bruxaria.

Em seguida foi à cozinha buscar um copo d'água para a sra. Carr e encontrou a sra. Gunnison saindo do banheiro. Ela estava guardando um livrinho de couro em sua bolsa espaçosa. Lembrava o diário de Tansy. Provavelmente era uma agenda de endereços.

Totem saiu de trás dela, bufando educadamente ao se esquivar de seus pés.

"Detesto gatos", disse com franqueza a sra. Gunnison enquanto passava por ele.

O professor Carr organizou uma partida final, uma mesa de homens, outra de mulheres.

"Que barbaridade", disse Tansy com uma piscadela. "Você não acredita mesmo que a gente sabe jogar *bridge*."

"Muito pelo contrário, minha cara, sei que jogam muito bem", respondeu Carr, sério. "Mas eu confesso que às vezes prefiro jogar com os homens. Consigo perceber melhor o que se passa na cabeça deles. Mulheres ainda me deixam perplexo."

"Como deve ser, meu querido", acrescentou a sra. Carr, provocando uma gargalhada geral.

As cartas começaram, de repente, a vir esquisitíssimas, com distribuição irregular de naipes, e o jogo tomou um rumo inesperado. Mas Norman não conseguia se concentrar, deixando seu parceiro Sawtelle ainda mais agitadiço que o normal.

Continuava atento ao que as mulheres diziam na outra mesa. Sua imaginação rebelde insistia em interpretar significados ocultos nos comentários mais inofensivos.

"Geralmente suas mãos são maravilhosas, Tansy. Mas hoje não estão boas", disse a sra. Carr. Era uma referência às cartas ou à habilidade de coser patuás?

"Bem, azar no jogo... vocês sabem". Como a sra. Sawtelle terminaria a frase? Sorte no amor? Sorte na feitiçaria? Que ideia idiota!

"Essa é a sua segunda declaração psíquica seguida, Tansy. Cuidado. Nós vamos alcançá-la." O que uma declaração psíquica poderia significar no glossário da sra. Gunnison? Um tipo de blefe na bruxaria? Fingir ter largado a magia?

"Fico me perguntando, querida", murmurou gentilmente a sra. Carr para Tansy, "se não está escondendo uma mão muito forte desta vez, tentando nos iludir?"

Régua de borracha. Esse era o problema da imaginação. De acordo com uma régua de borracha, um elefante não seria maior que um rato, uma linha em zigue-zague e uma curva poderiam ser igualmente retas. Ele tentou pensar no *slam* que havia declarado.

"Falar de *bridge* as mulheres sabem", sussurrou Gunnison à meia-voz.

Gunnison e Carr venceram uma longa partida de dois mil e, num tom agradável, ainda comemoravam a vitória enquanto esperavam para ir embora.

Norman lembrou-se da pergunta que queria fazer à sra. Gunnison.

"O Harold me contou que você tem várias fotos daquele dragão de cimento, ou seja lá o que for aquilo no telhado de Estrey. É bem na direção da minha janela."

Olhando-o fixamente por um instante, confirmou.

"Acho que tenho uma aqui comigo. Fotografei há quase um ano."

Então tirou uma foto amassada da bolsa.

Estudando a imagem, estremeceu. Isso não fazia o menor sentido. Em vez de estar no centro do espigão do telhado, ou próximo à extremidade inferior, o dragão estava quase no topo. O que havia por trás disso? Seria alguém pregando uma peça ao longo de dias, de semanas? Ou — sua mente empacou, como um cavalo arisco. Contudo — *eppur si muove.*

Ele virou a foto. Tinha uma inscrição confusa no verso, em giz de cera vermelho. A sra. Gunnison a puxou de suas mãos para mostrar aos outros.

"O vento soa como uma alma perdida", disse a sra. Carr, aconchegando-se no casaco enquanto Norman abria a porta.

"Mas uma alma um tanto falante — provavelmente uma mulher", acrescentou o marido com um risinho.

Quando o último deles se foi, Tansy pôs o braço ao redor da cintura do marido e lhe disse: "Devo estar ficando velha. Não achei tão sofrido como de costume. Nem mesmo o flerte mórbido da sra. Carr me incomodou. Pra variar, todos pareciam quase humanos."

Norman a observou com atenção. Ela sorria em paz. Totem havia reaparecido e se roçava nas pernas dela.

Com esforço, Norman assentiu com a cabeça e disse: "É verdade. Mas, meu Deus, aquele chocolate quente, hein! Vamos tomar um pouco!"

CAPÍTULO VII

Havia sombras por toda parte, e o chão era macio e trêmulo sob os pés de Norman. O terrível rugido estridente, que parecia existir desde o início da eternidade, estremeceu até seus ossos. No entanto, não abafou o tom uniforme, desagradável e monótono daquela outra voz que lhe mandava repetidamente fazer algo — o que exatamente ele não sabia, mas incluía ferir a si mesmo, embora ouvisse a voz de forma clara, como se houvesse alguém falando dentro de sua cabeça. Ele tentou seguir na direção oposta à que a voz o induzia, mas mãos pesadas o puxavam de volta. Queria olhar por cima do ombro para a coisa que certamente seria mais alta que ele, mas não conseguia reunir coragem. As sombras pertenciam às grandes nuvens impetuosas que assumiam momentaneamente a forma de cabeças gigantescas pairando sobre ele, com buracos escuros no lugar dos olhos, boca zangada, feroz, e uma enorme massa de cabelo ondeando para trás.

Não era obrigatório obedecer às ordens da voz. E, no entanto, sentia que era inescapável. Lutou com fervor. O som aumentou até virar um pandemônio de tremer a terra. As nuvens se tornaram uma escuridão abundante, engolindo tudo.

Até que, de repente, o quarto se misturou à outra imagem, e ele lutou para acordar.

Esfregou o rosto, ainda inchado de sono, e buscando sem êxito lembrar-se o que a voz queria que fizesse. Continuava sentindo o som reverberar em seus ouvidos.

A fraca luz do dia atravessava as cortinas. O relógio marcava quinze para as oito.

Tansy ainda estava aconchegada, um braço para fora da coberta. Um sorriso torcia os cantos de seus lábios e enrugava seu nariz. Norman desceu da cama com cuidado. Seu pé descalço pisou numa tachinha de carpete solta. Suprimindo um grunhido de raiva, saiu mancando.

Pela primeira vez em meses, cortou-se fazendo a barba. A lâmina nova deslizou rápido de lado duas vezes, removendo com destreza pequeninos segmentos de pele. Olhou irritado para o rosto esbranquiçado e manchado de vermelho no espelho, desceu a lâmina pelo queixo bem devagarinho, mas apertando um pouco forte demais, e fez um terceiro talho.

Quando chegou à cozinha, a água que pusera no fogo já estava fervendo. Ao despejá-la na cafeteira, o cabo frouxo da panela se soltou totalmente, e os respingos queimaram seus tornozelos nus. Totem escapuliu, depois voltou devagar para a tigela de leite. Norman xingou, depois sorriu. O que foi mesmo que disse a Tansy sobre a perfídia das coisas? Para comprovar a ideia com um último exemplo ridículo, mordeu a língua enquanto comia o bolo de café. Perfídia das coisas? Estava mais para perfídia do sistema nervoso humano! Ficou vagamente ciente de uma emoção não identificada e extremamente perturbadora — um resquício do sonho? — como se vislumbrasse uma forma desagradável nadando sob a vegetação aquática.

Parecia quase uma sensação de raiva em leve ebulição, pois, ao se dirigir apressado até Morton Hall, viu-se numa guerra interna contra a ordem estabelecida, em especial as instituições educacionais. A antiga cólera estudantil contra as hipocrisias e concessões da sociedade civilizada cresceu e transbordou da represa que um realismo maduro construíra para contê-la. Que vida ótima para um homem levar! Ficar mimando cérebros imaturos de fedelhos que só têm tamanho, e com sorte ter um aluno meio promissor ao ano. Jogar *bridge* com um bando de caretas. Ficar em função de incompetentes agoniados como Hervey Sawtelle. Baixar a cabeça para as mil e uma regras e tradições bestas de uma universidade de segunda. E para quê?!

Nuvens irregulares percorriam o céu, prenunciando chuva. Lembraram-lhe o sonho. Sentiu um impulso de afrontar aqueles rostos lá em cima com um berro infantil.

Um caminhão passou silencioso, lembrando-lhe o desenhinho de Evelyn Sawtelle no bloco de *bridge*. Seguiu com o olhar. Quando voltou o rosto, viu a sra. Carr.

"Você se cortou", comentou com gentileza, olhando atentamente através dos óculos.

"Pois é."

"Que infelicidade!"

Ele nem concordou. Atravessaram juntos o portão entre Estrey e Morton. Mal conseguia enxergar que o focinho do dragão de cimento protuberava sobre a calha de Estrey.

"Queria ter dito ontem à noite como fiquei angustiada, professor Saylor, com o caso da Margaret Van Nice, mas, é claro, não era o momento propício. Sinto muitíssimo por terem convocado o senhor. Que acusação mais repugnante! Imagino como deve ter se sentido!"

Aparentemente sem entender a careta irônica que ele fez, continuou: "É claro que nunca imaginei que o *senhor* teria tido qualquer comportamento impróprio, mas pensei que devia ter *alguma coisa* por trás da história da moça. Ela deu tantos *detalhes*." Ela estudava o rosto dele com interesse. As lentes espessas deixavam seus olhos grandes como os de coruja. "Sinceramente, professor Saylor, algumas das moças que entram em Hempnell hoje em dia são *terríveis*. Não faço ideia de onde tiram esses pensamentos obscenos."

"A senhora gostaria de saber de onde?"

Como uma coruja diurna, fitou-o sem expressão.

"Elas os tiram", explicou concisamente, "de uma sociedade que busca estimular e ao mesmo tempo inibir um dos impulsos mais essenciais que elas têm. Pra resumir, extraem essas ideias de vários adultos de mente suja!"

"Francamente, professor Saylor! Por que..."

"Existem várias moças aqui em Hempnell que seriam muito mais saudáveis tendo casos amorosos verdadeiros, em vez de imaginários. Uma boa proporção delas, é claro, já se ajustou satisfatoriamente."

Ele sentiu o prazer de ouvi-la emitir um suspiro de espanto enquanto entrava subitamente em Morton. Seu coração batia forte, num ritmo agradável. Trazia os lábios apertados. Chegando ao escritório, pegou o telefone e solicitou uma ligação interna.

"Thompson? É Saylor. Tenho duas notícias pra você."

"Ótimo, ótimo! Quais são?", respondeu Thompson, ávido, como quem espera com um lápis em punho.

"Primeira, o tema do meu discurso para o grupo de Mães de Alunos daqui a duas semanas: 'Relações pré-maritais e o estudante universitário'. Segunda, meus amigos do teatro — os Utell — farão uma apresentação na cidade nesse dia, e vou convidá-los a visitar a universidade."

"Mas...", o lápis em punho certamente fora largado como se fosse um atiçador em brasa.

"É só isso, Thompson. Talvez eu tenha um comunicado mais interessante outra hora. Até logo."

Norman sentiu uma picada na mão. Estava manuseando o pequeno punhal de obsidiana, e deu um talho no dedo. O sangue sujou o vidro vulcânico brilhante na extremidade onde, no passado, dizia a si mesmo, houvera sangue de um sacrifício ou de um ritual de escarificação. Desajeitado, procurou um curativo adesivo pela mesa. A gaveta onde se lembrava de tê-los guardado estava trancada. Abriu-a e lá estava o revólver de cano fino que havia tirado de Theodore Jennings. O sinal tocou. Fechou a gaveta, passou a chave, rasgou uma tira de pano do seu lenço e envolveu depressa a ferida ensanguentada.

Enquanto atravessava o corredor com pressa, Bronstein acertou o passo com ele.

"A gente está torcendo pelo senhor hoje, dr. Saylor", sussurrou com entusiasmo.

"Do que você está falando?"

Bronstein sorriu como quem guardava um segredo. "Uma moça que trabalha no gabinete do reitor disse que estão decidindo quem vai levar a chefia do departamento de sociologia. Espero que os velhos rabugentos tenham algum bom senso pra variar."

A dignidade acadêmica enrijeceu a resposta de Norman. "Seja qual for o resultado, vou ficar satisfeito com a decisão deles."

Bronstein notou a recusa. "Claro, não tive intenção de..."

"É claro que não teve."

De imediato arrependeu-se do tom ríspido. Por que diabo deveria censurar um aluno por não reverenciar os membros do conselho como se fossem representantes de divindades? Por que fingir que não queria a chefia do departamento? Por que esconder seu desprezo por metade do corpo docente? A raiva que supunha ter eliminado de seu sistema irrompeu com violência redobrada. Tomado por um súbito e irresistível impulso, descartou o plano de aula e adentrou a sala para contar à turma suas opiniões sobre o mundo e sobre Hempnell. É melhor que saibam enquanto ainda são jovens!

Quinze minutos depois retomou a consciência com um sobressalto no meio de uma frase sobre "velhas de mente suja, cuja ambição por prestígio social atingiu a magnitude de uma perversão". Ele não conseguia se lembrar da metade do que estava dizendo. Examinou os rostos dos estudantes. A maioria parecia estimulada, mas confusa, e alguns pareciam escandalizados. Gracine Pollard tinha um olhar de fúria. Isso! Agora se lembrava de ter feito uma análise ótima, mas cruel, das ambições políticas de um certo reitor de universidade que só podia ser Randolph Pollard. E em algum momento havia entrado no assunto das relações pré-maritais, com uma abordagem no mínimo obscena. E tinha...

Explodido. Como uma gota do príncipe Rupert.

Concluiu com meia dúzia de banalidades. Estava ciente de que deviam ser bem impróprias, pois as expressões faciais tornaram-se mais perplexas.

Entretanto a turma parecia estar muito distante. Um calafrio percorreu sua espinha, tudo por conta de umas palavras que se fixaram em sua mente.

As seguintes palavras: um peteleco no filamento psíquico.

Sacudiu a cabeça, embaralhando as letras. As palavras desapareceram.

Restavam trinta minutos para o fim da aula. Queria ir embora. Avisou que daria um teste surpresa, escreveu duas perguntas no quadro-negro e saiu da sala de aula. Em seu escritório, notou que o sangue do dedo cortado estava atravessando o curativo. Lembrou que o giz estava manchado de sangue.

E havia sangue seco no punhal de obsidiana. Conteve o impulso de passar o dedo no punhal e ficou sentado, contemplando a superfície da mesa.

Tudo remontava à aberração que era a bruxaria de Tansy, pensou. Aquilo o abalou mais do que ousara admitir. Ele havia tentado tirar isso da cabeça rápido demais. E Tansy parecia ter esquecido o incidente rápido demais também. Não é possível se livrar de uma obsessão assim tão facilmente. Precisavam conversar e esgotar o assunto, para não deixar a coisa infeccionar.

O que ele estava pensando?! Tansy parecia estar tão feliz e aliviada nos últimos três dias que remexer nesse assunto não seria a melhor alternativa.

Contudo, perguntava-se, como Tansy conseguiu superar essa grave obsessão de modo tão tranquilo? Isso não era normal. Lembrou-se dela sorrindo ao dormir. Todavia, não era Tansy que estava se comportando de forma estranha agora. Era ele. Como se um feitiço... Mas que asneira! Foi tomado pela irritação com aquele bando de velhas burras e conservadoras, aquelas dragoas velhas...

Seus olhos desviaram-se momentaneamente para a janela, mas o toque do telefone o trouxe de volta.

"Professor Saylor? Estou ligando em nome do doutor Pollard. O senhor pode comparecer ao gabinete do dr. Pollard hoje à tarde? Às quatro horas? Obrigada."

Com um sorriso, reclinou-se na cadeira. Pelo menos, disse consigo, conseguiu a chefia do departamento.

Escureceu com o decorrer do dia, as nuvens irregulares descendo mais e mais. Estudantes apressados andavam nas calçadas. Mas o temporal só caiu quando já eram quase quatro horas.

Gordos pingos de chuva molhavam os degraus empoeirados quando se abrigou sob o pórtico do prédio da administração. Os trovões estalavam e ribombavam, como se hectares de chapas metálicas fossem sacudidas acima das nuvens. Norman virou-se para assistir. Um relâmpago colocou os telhados e torres góticas em nítido relevo. Mais um estalo, culminando no ribombo do trovão. Lembrou que tinha deixado uma janela aberta em sua sala. Mas não havia nada que a chuva pudesse danificar.

O vento soprou pelo pórtico com um rugido estridente e vibrante. A voz desarmônica que falou em seu ouvido era do mesmo tipo.

"Que tempestade bonita, não acha?"

Evelyn Sawtelle estava sorrindo, para variar. O movimento causava um efeito grotesco em suas feições, como se um cavalo de repente aprendesse a dar um sorriso debochado.

"Você soube da novidade, não é?", continuou ela. "Do Hervey."

Hervey saiu de trás dela. Também estava sorrindo, porém com vergonha. Resmungou algo que se perdeu na tempestade e estendeu a mão às cegas, como se estivesse numa fila de recepção.

Evelyn não tirava os olhos de Norman. "Não é uma maravilha?", disse. "É claro que esperávamos por isso, mas ainda assim..."

Norman adivinhou. Forçou-se a apertar a mão de Hervey, que agitado já a retirava.

"Parabéns, coroa", disse brevemente.

"Estou muito orgulhosa do Hervey", anunciou Evelyn, possessiva, como se ele fosse um menininho que ganhou um prêmio por bom comportamento.

Os olhos dela seguiram a mão de Norman. "Ah, você se cortou." O sorriso debochado parecia ter entrado de vez para o seu rol de expressões faciais. O vento uivava diabolicamente. "Vamos, Hervey!" E saiu andando no temporal como se nada estivesse acontecendo.

Hervey arregalou os olhos para ela, surpreso. Resmungou alguma desculpa a Norman, sacudiu sua mão de cima a baixo mais uma vez e, obediente, correu atrás da esposa.

Norman os observou. Havia algo impressionante, mas desagradável, em como Evelyn Sawtelle marchava sob as lâminas de chuva, deixando-os ambos encharcados sem nenhum motivo, a não ser para satisfazer uma teimosia estranha. Percebeu que Hervey tentava apressá-la, sem sucesso. Um relâmpago brilhou com violência, no entanto sem que aparentasse provocar alguma reação na figura ossuda e desajeitada dela. Mais uma vez Norman experimentou uma vaga emoção estranha e explosiva no seu âmago.

Então isso quer dizer que aquele poodle dela, pensou, vai ter a palavra final sobre a política educacional do departamento de sociologia. Por que diabo o Pollard quer me encontrar então? Para me dar os pêsames?

Quase uma hora mais tarde, bateu a porta, tenso de raiva, ao sair do gabinete de Pollard perguntando-se por que não pediu demissão na mesma hora. Sofrer um interrogatório sobre seus atos como se fosse um moleque, certamente por incitação de abelhudos como Thompson, a sra. Carr e Gracine Pollard! Ter que ouvir aquela patacoada toda sobre sua "conduta" e "a alma de Hempnell", além das insinuações veladas sobre o "código moral" dele.

Pelo menos ele rebateu as acusações e saiu por cima! Conseguiu inserir um tom de desordem naquela voz cortês de orador, fazendo aquelas sobrancelhas grisalhas pularem mais de uma vez!

Precisou passar na frente do gabinete do Diretor dos Alunos. A sra. Gunnison estava na porta. Como uma lesma gorda, lodosa e cascuda, disse consigo, observando as meias de seda torcidas e a bolsa estufada como uma sacola de surpresas, a inevitável câmera pendurada ao lado. Sua exasperação se dirigiu a ela.

"Sim, me cortei", lhe disse, ao notar a direção de seu olhar. Sua voz estava rouca por conta da diatribe proferida contra Pollard.

Ocorreu-lhe então uma lembrança e não parou para medir suas palavras. "Sra. Gunnison, a senhora pegou o diário da minha mulher ontem à noite... por engano. Poderia, por gentileza, me devolver?"

"Foi engano *seu*", respondeu, tolerante.

"Vi a senhora saindo do quarto dela com o diário."

Ela semicerrou os olhos. "Nesse caso, devia ter dito ontem à noite. Você está transtornado, Norman. Eu entendo." Apontou com a cabeça para o gabinete de Pollard. "Deve ter sido uma grande decepção."

"Estou lhe pedindo pra devolver o diário!"

"Acho melhor você ir cuidar desse corte", continuou, tranquila. "Esse curativo não foi muito bem-feito e parece estar sangrando. Infecção é coisa séria."

Após proferir essas palavras, girou nos calcanhares e foi embora. Seu reflexo o confrontava, turvo e escuro na vidraça da porta externa. Ela estava sorrindo.

Fora do prédio, Norman olhou para sua mão. Evidentemente, o corte abriu quando bateu na mesa de Pollard. Ele amarrou a atadura mais forte.

A tempestade havia passado. Debaixo da cortina de nuvens baixas a oeste, o sol amarelo inundava a paisagem, brilhando intenso nos telhados molhados e nas janelas superiores. Resquícios da chuva pingavam das árvores. O *campus* estava vazio. As risadas vindas do dormitório feminino, um ácido leve e inofensivo, gravaram-se no silêncio. Ele pôs a raiva de lado e deixou seus sentidos absorverem a beleza do cenário recém-banhado.

Sentiu orgulho de poder gozar do momento presente. Parecia-lhe um importante sinal de maturidade.

Tentou pensar como um pintor, identificando matizes e sombras, buscando o rosa e o verde tênues, ocultos nas sombras. Havia pontos positivos na arquitetura gótica. Embora não fosse funcional, ela conduzia o olhar agradavelmente pela cantaria, de um detalhe extravagante a outro. Agora veja aqueles florões no topo da torre de Estrey...

Então, de repente, a luz do sol ficou mais fria que gelo, os telhados de Hempnell se assemelharam aos telhados do inferno, e os risos distantes, às gargalhadas cristalinas de demônios. Sem perceber, se desviou da direção de Morton, saindo da calçada e cruzando a grama molhada, embora só faltasse andar metade do *campus*.

Não é preciso voltar à sua sala, disse consigo, trêmulo. Subir aquela escadaria para pegar meia dúzia de anotações. Elas podiam esperar até amanhã. E por que não ir para casa por uma rota diferente hoje? Por que sempre tomar o caminho reto que dá no portão entre Estrey e Morton, debaixo daquelas cornijas protuberantes e escuras? Por que...

Forçou-se a olhar de novo na direção da janela aberta da sua sala. Estava vazia agora, como esperado. Aquela outra coisa deve ter sido só um vulto que passou nos seus olhos, e sua imaginação acabou tomando asas, como quando uma pequena sombra deslizando no chão vira uma aranha.

Ou talvez uma cortina balançando para fora...

Mas uma sombra teria dificuldade para se rastejar ao longo da cornija debaixo das janelas. Um vulto não poderia se mover tão devagar ou adquirir uma forma tão definida.

E a maneira como a coisa parou, espiou lá dentro e enfim entrou pela janela. Como... Como um...

Claro que era tudo bobagem. E realmente não precisava se preocupar em pegar as anotações nem fechar a janela. Seria como ceder a um medo passageiro. Um trovão ribombou ao longe.

...Como um lagarto enorme, de cor e textura de pedra.

CAPÍTULO VIII

"...e daí em diante acredita-se que sua alma está unida à pedra. Caso quebre, será um mau presságio; dizem que a pedra foi atingida pelo trovão e que aquele que a possui morrerá em breve..."

Era inútil. Seus olhos se perdiam pela tipografia espessa. Deixou de lado o exemplar de *O Ramo de Ouro* e recostou-se no assento. Em algum lugar ao leste, ainda trovejava de leve. Mas o couro familiar da poltrona transmitia uma sensação de segurança e distanciamento.

E se admitisse a hipótese, num mero exercício intelectual, de analisar os infortúnios e as visões dos últimos três dias sob a perspectiva da feitiçaria?

O dragão de cimento seria um caso óbvio de magia simpática. A sra. Gunnison o animou por meio de suas fotografias — o velho truque de fazer com o retrato o que se quer causar no objeto, de modo análogo a enfiar alfinetes num boneco de cera. Talvez tenha reunido várias fotos para criar uma imagem *em movimento*. Ou pode ter conseguido uma foto do interior da sala dele e colado uma foto do dragão por cima. Sussurrando os encantamentos corretos, é claro. Ou, mais simples ainda, pode ter jogado uma foto do dragão num de seus bolsos. Ele começou a apalpá-los, então lembrou que era só um exercício intelectual, uma diversão boba de um cérebro exausto.

Mas prossiga até o fim. Você esgotou a sra. Gunnison. E quanto a Evelyn Sawtelle? Sua gravação do zunidor, notável por invocar tempestades, explicaria perfeitamente, segundo a magia, a ventania de ontem à noite e o temporal e ventania de hoje — ambos associados aos Sawtelle. E o som parecido que ouviu no sonho... Ele fez uma careta de desgosto.

Ouvia Tansy chamando Totem na varanda dos fundos, fazendo barulho com a tigelinha de metal.

Entrariam em outra categoria os ferimentos autodestrutivos de hoje. O punhal de obsidiana. A lâmina de barbear. A panela de cabo frouxo. A tachinha do carpete. O fósforo que queimou seus dedos há pouco.

Talvez a lâmina de barbear estivesse sob um feitiço, como a espada ou o machado enfeitiçado que fere a pessoa que o empunha. Talvez tivessem roubado o punhal de obsidiana ensanguentado e o jogado na água, para que o corte continuasse aberto. Era uma superstição consagrada.

Um cão trotava ao longo da calçada em frente. Norman ouvia claramente o plec-plec das patas.

Tansy ainda estava chamando por Totem.

Talvez fosse um feiticeiro ordenando que se destruísse centímetro por centímetro — ou milímetro por milímetro, considerando a lâmina de barbear. Isso explicaria todos os ferimentos autodestrutivos de uma só vez. Eram as ordens da voz monótona do sonho.

O cão estava na entrada da garagem. Suas unhas faziam um som áspero no concreto.

Os diagramas das cartas de tarô esboçados pela sra. Sawtelle funcionariam como um mecanismo de controle mágico. O desenho do caminhão avançando no homem sugeria um incidente nefasto se fosse interpretado à luz de seu velho medo irracional.

Na verdade, não soava muito como os passos de um cachorro. Devia ser o filho do vizinho arrastando aos solavancos algum trambolho até sua casa. O filho do vizinho dedicava todo o seu tempo livre a colecionar tralha.

"Totem! Totem!", em seguida: "Tudo bem, fique aí fora se quiser"; e o som da porta dos fundos se fechando.

Por fim, sentiu aquela banalíssima "sensação de presença" logo atrás de si. Mais alta que ele, mãos prontas para o bote. Mas sempre que olhava por cima do ombro, se esquivava. Uma figura semelhante apareceu no sonho — provavelmente era a fonte daquela voz monótona. E se fosse esse o caso...

Ele perdeu a paciência. Exercício intelectual com certeza! Para imbecis! Apagou o cigarro.

"Bom, já cumpri meu dever. Aquela gata que se vire." Tansy sentou-se no braço da poltrona e pôs a mão no ombro de Norman. "Como vão as coisas?"

"Não muito bem", respondeu com tranquilidade.

"A chefia do departamento?"

Gesticulou concordando. "Sawtelle levou."

Tansy xingou à beça. Fez-lhe bem ouvi-la.

"Dá vontade de voltar pra magia?" Ficou impassível. Certamente não tivera a intenção de dizer isso.

Observando-o de perto.

"O que pretende dizer com isso?", ela perguntou.

"É brincadeirinha."

"Tem certeza? Sei que tem se preocupado comigo ultimamente, desde que descobriu. Deve ter se perguntado se eu estava ficando totalmente neurótica, e quais seriam os próximos sintomas. Querido, não precisa negar. Era natural isso acontecer. Esperava que você ficasse desconfiado de mim por um tempo. Com o seu conhecimento de psiquiatria, seria impossível você acreditar que uma obsessão pudesse ser superada tão rápido. Fiquei tão feliz de me ver livre daquilo tudo, que sua desconfiança nem me incomodou. Estava convencida de que isso passaria."

"Mas, querida, juro que não fiquei desconfiado", refutou. "Talvez devesse ter ficado, mas não fiquei."

Os olhos cinza-esverdeados o fitavam, esfíngicos. "Então por que está se preocupando?"

"Por nada." Agora ele precisava tomar cuidado.

Sacudindo a cabeça de um lado a outro: "Isso não é verdade. Está preocupado. Ah, percebo que tem escondido coisas de mim. Não é isso?"

Olhou-a de forma repentina.

Ela fez que sim. "A chefia do departamento. O tal aluno que está te ameaçando. E aquela moça, a tal da Van Nice. Você achava, Norman, que Hempnell me pouparia desses escândalos deliciosos?" Tansy sorriu brevemente quando ele começou a protestar. "Ora essa, sei que não é do tipo que seduz operadoras de mimeógrafo, pelo menos não as neuróticas." Voltou a ficar séria. "Isso é tudo café-pequeno, você tira de letra. Sei que não quis me contar, por receio de uma recaída minha. Não foi isso?"

"Foi."

"Sinto que a sua preocupação vai muito mais fundo que isso. Ontem e hoje até senti que queria pedir a minha ajuda, mas não teve coragem."

Ele ficou imóvel, como se pensasse como formular sua resposta com precisão. Entretanto, estudava o rosto de sua esposa, tentando interpretar cada expressão peculiar e familiar ao redor da boca e dos seus olhos. Estava muito contida, mas era só uma máscara, pensou. Na verdade, apesar do que dizia, ela ainda devia estar à beira da obsessão. Um empurrãozinho, como meia dúzia de palavras descuidadas que dissesse... Como diabo foi se deixar emaranhar em suas preocupações e nas projeções ridículas de sua imaginação excêntrica? A poucos centímetros dele estava a única coisa que importava — a mente por trás dessa testa serena e desses olhos cinza-esverdeados; mantê-la longe das ideias ridículas que vinha nutrindo nos últimos dias.

"Pra falar a verdade", disse, "tenho me preocupado com você, sim. Pensei que, se contasse, isso abalaria sua autoconfiança. Talvez não tenha sido sensato, já que acabou intuindo no final das contas, mas foi o que eu pensei. Com o seu estado de espírito de agora, é claro, não tem problema nenhum você saber."

Ocorreu-lhe como era assustadoramente fácil dizer uma mentira convincente a quem se ama.

Sem ceder de primeira: "Você tem certeza?", indagou. "Ainda tenho a sensação de que há algo a mais no ar."

De repente, sorriu e se rendeu à pressão dos braços de seu marido. "Deve ser o MacKnight em mim, minha ascendência escocesa", falou rindo. "Somos absurdamente teimosos. Monomaníacos. Quando cismamos com uma coisa, vamos com tudo, mas, quando largamos, é pra valer. Como o meu tio-avô Peter, aquele que abandonou o ministério presbiteriano e o cristianismo no mesmo dia em que ficou convencido de que Deus não existia. Aos setenta e dois anos, lembra?" Ouviu-se um longo ribombar de trovão.

A tempestade retornava.

"Bom, fico contente que esteja somente preocupado comigo", continuou. "Fico lisonjeada, e gostei de saber."

Apesar de sorrir com felicidade, ainda havia um enigma no olhar, algo reprimido. Enquanto Norman se parabenizava pela resolução bem-sucedida, ocorreu-lhe que a mentira podia ser uma via de mão dupla. Tansy também poderia estar escondendo algum segredo. Talvez estivesse tentando protegê-lo de suas preocupações mais tenebrosas. A sutileza dela poderia minar a sua. Não há razão alguma para suspeitar disso, e, no entanto...

"Que tal um drinque", Tansy sugeriu, "pra gente decidir se você sai de Hempnell este ano, e procura campos mais verdes."

Ele aceitou. Ela dobrou a quina da sala em L.

...E, no entanto, era possível amar e viver com uma pessoa por quinze anos e não saber o que havia por trás de seus olhos.

Ouvia-se o tilintar de copos no bufê, e o agradável som de uma garrafa cheia sendo posta sobre o móvel.

Então, em sintonia com o trovão, porém bem mais perto, ouviu-se um grito arrepiante de animal. Foi interrompido antes de Norman se levantar com um salto.

Dobrando a quina da sala, viu Tansy atravessar a porta da cozinha. Um pouco adiantada, ela já descia a escada dos fundos.

A luz das janelas da casa vizinha iluminava a área de serviço, revelando o corpo estirado de Totem, a cabeça esmagada no concreto.

Ouviu um som curto se iniciar e cessar na garganta de Tansy. Pode ter sido um suspiro de espanto, um soluço, um rosnado.

A luz mostrava pouco além do corpo. Norman posicionou os pés sobre duas ranhuras salientes no concreto, perto do corpo. Podem ter sido causadas pelo impacto de um tijolo ou pedregulho, talvez o objeto que destruíra Totem, mas sua posição em relação ao cadáver era tão sugestiva que quis evitar dar asas à imaginação de Tansy.

Pouco expressiva, ergueu o rosto.

"É melhor que entre", disse Norman.

"Você vai..."

"Vou", assentiu ele.

Parou na metade dos degraus. "Repugnante, revoltante alguém fazer uma coisa dessas."

"Sim."

Tansy deixou a porta aberta. Pouco depois saiu e pôs no parapeito da varanda uma mantinha quadrada, coberta de pelo. Em seguida entrou e fechou a porta.

Ele enrolou o corpo da gata e passou na garagem para pegar a pá. Não perdeu tempo procurando nenhum tijolo, pedregulho ou projétil. Nem examinou mais de perto as pegadas fortes que imaginou ter visto na grama depois da área de serviço.

Começou a relampejar quando a pá penetrou a terra macia ao lado da cerca dos fundos. Concentrou-se no trabalho a fazer. Cavou num ritmo constante, mas sem muita pressa. Quando apalpou a última pá de terra e seguiu para casa, os relâmpagos estavam mais intensos, deixando os momentos de hiato ainda mais escuros. O vento começou a soprar, agitando as folhas.

Não se apressou. E se o relâmpago mostrasse nitidamente um grande cão perto da entrada da casa? Existiam muitos cães de grande porte na vizinhança. Não eram selvagens. Totem não foi morta por um cão.

Tranquilamente guardou a pá na garagem e retornou a casa. Apenas quando entrou e olhou para trás pela tela da porta da cozinha é que, por um instante, perdeu o controle dos seus pensamentos.

O relâmpago, ainda mais claro, mostrou o cão dobrando a esquina. Foi só um vislumbre. Um cão da cor do concreto. Andando de pernas duras. Norman fechou logo a porta e passou o ferrolho.

Então lembrou que as janelas do escritório estavam abertas. Precisa fechá-las. Depressa.

Pode entrar chuva.

CAPÍTULO IX

Quando entrou na sala de estar, o rosto de Norman era uma máscara de serenidade. Tansy estava sentada na cadeira, ligeiramente inclinada para frente, uma expressão atenta e sombria no olhar. Suas mãos brincavam distraidamente com um pedaço de barbante.

Acendeu um cigarro com cuidado.

"Quer aquele drinque?", perguntou, num tom não muito casual nem muito abrupto.

"Não, obrigada. Mas tome você." Suas mãos atavam e desatavam nós no barbante.

Norman sentou-se e pegou seu livro. Da poltrona, podia observá-la discretamente.

E agora, já sem cova para abrir nem outro trabalho braçal a fazer, não tinha como fugir de seus pensamentos. Mas ao menos podia mantê-los isolados, circulando dentro de uma pequena esfera em seu crânio, sem afetar seu semblante nem a direção de seus outros pensamentos, concentrados na proteção de Tansy.

"A feitiçaria *existe*", diziam os pensamentos dentro da esfera. "Uma invocação fez algo descer de um telhado. As mulheres são bruxas lutando a favor de seus homens. A Tansy era uma bruxa. Estava protegendo-o. No entanto, obrigou-a a parar."

"Nesse caso", retrucou com rapidez aos pensamentos na esfera, "por que Tansy não está ciente do que está acontecendo? Não dá para negar que se comporta como se estivesse aliviada e feliz."

"Tem certeza de que ela não está ciente ou começando a tomar pé da situação?", respondeu os pensamentos na esfera. "Além do mais, ao perder seus instrumentos mágicos, provavelmente perdeu a sensibilidade à magia. Sem os instrumentos dele — como um microscópio ou um telescópio —, um cientista estaria tão apto quanto um selvagem a ver os germes da febre tifoide ou as luas de Marte. Se duvidar, seu equipamento sensorial natural seria até inferior ao do selvagem."

E os pensamentos enclausurados zumbiram forte, como abelhas tentando fugir de uma colmeia entupida.

"Norman", disse Tansy de modo abrupto, sem encará-lo, "você achou e queimou aquele patuá no medalhão do seu relógio, não foi?"

Pensou por um instante. "Sim, queimei", disse tranquilamente.

"Me esqueci totalmente daquele. Eram tantos."

Ele virou uma página e depois outra. O estampido do trovão ressoou e a chuva começou a tamborilar no telhado.

"Norman, o diário foi queimado também, não foi? Você agiu bem, claro. Não falei dele porque não tinha feitiços de verdade, já usados, só as fórmulas. Então, seguindo uma lógica distorcida e incoerente, fingi que não contava. Mas o diário foi mesmo queimado?"

Essa era uma pergunta mais difícil de responder. Parecia que estava numa brincadeira de chicotinho-queimado e que Tansy estava perigosamente "quente". Os pensamentos na esfera mental zumbiram triunfantes: "O diário está com a sra. Gunnison, que agora sabe de todos os feitiços de proteção de Tansy."

Norman mentiu: "Queimei, sim. Me desculpa, mas pensei que..."

"Claro", interrompeu Tansy. "Você agiu certo." Seus dedos manuseavam o barbante com maior rapidez. Ela não baixava os olhos para o emaranhado.

Com os relâmpagos, piscavam na janela imagens pálidas da rua e das árvores. O tamborilar da chuva virou um temporal. Porém, no meio do barulho, Norman imaginou ter ouvido o rumor de patas sobre o cascalho. Ridículo... A chuva e a ventania estavam muito barulhentas.

Seu olhar se fixou no padrão dos nós feitos pelos dedos agitados de Tansy. Eram nós complexos e aparentemente fortes que se desmanchavam com um único puxão certeiro, remetendo-o à dedicação de Tansy a estudar as camas de gato dos índios. Lembrou-se ainda como os povos primitivos usam os nós para amarrar e soltar os ventos, para segurar entes queridos, para laçar inimigos distantes, para inibir ou liberar processos físicos e fisiológicos de todos os tipos. E como as Parcas usam fios para tecer os destinos. Era muito agradável observar o padrão dos nós e os movimentos ritmados que os produziam. Pareciam transmitir segurança. Até que se desmanchavam.

"Norman", perguntou com voz preocupada e acelerada, "que foto era aquela que pediu pra Hulda Gunnison te mostrar ontem à noite?"

Ele sentiu uma pontada de pânico. Tansy estava "muito quente". Era nessa parte da brincadeira que se gritava: "Fervendo!"

E então ouviu o plec-plec duro e pesado sobre as tábuas da varanda da frente, como que explorando o comprimento da parede. A esfera dos pensamentos estranhos começou a exercer uma pressão centrífuga irresistível. Parecia que ataques internos e externos estavam sufocando sua razão. Com muita calma, bateu as cinzas do cigarro na borda do cinzeiro.

"Era uma foto do telhado de Estrey", respondeu despreocupadamente. "O Gunnison me disse que a Hulda tinha uma porção de retratos desse tipo. Quis ver um deles."

"Tinha uma espécie de criatura na foto, não tinha?" Os nós se atavam e desatavam numa velocidade desconcertante. Teve a súbita impressão de que não era só o barbante que sua esposa manipulava, não era só o ar que ela amarrava e soltava. Como se os nós criassem uma influência, assim como a corrente elétrica ao longo do fio torcido cria um campo magnético complexo.

"Não", respondeu, e forçou um risinho, "a não ser que isso inclua um ou outro dragão de cimento desgarrado." Ele observava o vaivém do barbante. Volta e meia parecia brilhar, como se houvesse nele um fio de metal.

Se cordas e nós comuns, sob o efeito de magia, podiam controlar os ventos, o que uma corda com alguns fios de metal controlaria? Relâmpagos?

O estalo e estrondo do trovão foi ensurdecedor. Um raio pode ter caído na vizinhança. Tansy não moveu um músculo. "Esse foi sensacional", Norman comentou. Então, quando a trovoada diminuiu e a chuva estiou de novo, ouviu o som de algo pesado pulando da varanda da frente até o janelão baixo, atrás dele.

Ficou de pé e deu alguns passos na direção da janela, para olhar a tempestade. Ao passar pela cadeira de Tansy, viu que seus dedos agitados estavam criando um nó estranho, similar a uma flor, com sete alças no lugar das pétalas. Com olhar fixo, semelhante a uma sonâmbula. Foi quando postou-se entre ela e a janela, protegendo sua mulher.

O relâmpago seguinte revelou o que esperava ver. A figura estava agachada, de frente para a janela. A cabeça ainda era inexpressiva e mal-acabada como uma caveira incompleta.

No instante de escuridão que se seguiu, a esfera dos pensamentos estranhos se expandiu de imediato, até ocupar toda a sua mente.

Olhou de relance para trás. As mãos de Tansy estavam imóveis. O estranho nó de sete alças, suspenso entre elas.

Enquanto se virava, viu as mãos se afastarem num gesto ágil, transformando as alças numa armadilha de sete laços, e segurarem o padrão.

Naquele mesmo instante em que se virava, viu a rua se iluminar como se fosse dia e um raio descomunal partir o olmeiro do outro lado, ramificando-se em várias correntes que cruzaram a rua na direção da janela e da figura de pedra diante dela.

Em seguida, uma luz ofuscante e um formigamento elétrico ao longo do seu corpo inteiro.

Mas em sua retina estava gravado o rastro incandescente do raio, cujas várias correntes, movendo-se depressa até a figura de pedra, convergiram nela como se atraídas por um nó de sete laços.

A esfera dos pensamentos estranhos se expandiu para além de seu crânio num ritmo vertiginoso e desapareceu.

Seu riso incontrolável e ofegante ressoou mais alto que as derradeiras reverberações da explosão titânica do trovão. Abriu a janela de correr, puxou um abajur de chão e tirou a cúpula para que a luz da lâmpada iluminasse lá fora.

"Olha, Tansy!", exclamou, ainda tomado pelo riso maníaco. "Olha o que aqueles alunos pirados fizeram! Foram os rapazes da fraternidade que zoei na aula, aposto. Olha só o que arrastaram do *campus* até o nosso jardim. Que loucura... Vamos ter que ligar pro Setor de Prédios e Pátios vir buscar isso amanhã."

A chuva respingava no seu rosto. Ele sentia um odor metálico e sulfuroso. Ela pôs a mão em seu ombro. Inexpressiva, olhava fixo para fora, ainda como sonâmbula.

A coisa ficou lá, postada diante da parede, maciça e inerte como apenas o inorgânico o é. Em alguns pontos, o cimento estava chamuscado e fundido.

"E que coincidência louca", disse, ofegante, "o raio cair e atingir essa coisa."

Num impulso ele estendeu a mão e tocou a figura. Ao sentir a superfície áspera e dura, ainda quente da descarga do raio, seu riso teve fim.

"*Eppur si muove*", sussurrou consigo, tão baixinho que Tansy, ao seu lado, nem deve ter ouvido. "*Eppur si muove.*"

CAPÍTULO X

No dia seguinte, o semblante que Norman exibiu em Hempnell era bem similar ao do soldado com fadiga de combate. Dormiu um longo e pesado sono, mas parecia estar entorpecido de cansaço e tensão nervosa. E estava. Harold Gunnison chegou a comentar sobre sua aparência.

"Não é nada", respondeu Norman. "Só estou meio lento."

Gunnison sorriu com incredulidade. "Tem trabalhado demais. Isso acaba com a produtividade. É melhor racionar suas horas. As tarefas não vão passar necessidade se você só se dedicar oito horas por dia."

"Os membros do conselho são uns turrões", continuou com aparente irreverência. "E de certa forma Pollard é mais político do que educador. No entanto, arrecada fundos, e é pra isso que serve um reitor de universidade."

Norman ficou grato pelo compadecimento diplomático de Gunnison por sua perda da chefia do departamento de sociologia, principalmente por saber como era custoso a Harold criticar Pollard, ainda que minimamente. Entretanto se sentia tão distante de Gunnison quanto das hordas de alunos de roupas alegres que lotavam as calçadas e socializavam em grupos. Era como se houvesse uma parede de vidro levemente embaçada entre ele e os demais. Seu único objetivo — e até isso estava turvo — era prolongar seu estado atual de fadiga, causado pelos eventos de ontem à noite, e evitar todos os pensamentos.

Os pensamentos são perigosos, disse com seus botões, e os pensamentos contrários à ciência, ao equilíbrio mental e à inteligência civilizada como um todo são dos mais perigosos. Sentia que estavam presentes aqui e ali em seu cérebro, como bolsões de veneno, inofensivos contanto que os deixasse encistados e não os furasse.

Um deles era mais familiar que os outros. Estava presente ontem à noite no auge do temporal. Norman se sentiu vagamente grato por não conseguir mais enxergar o interior dessa área.

Outro cisto de pensamento preocupava-se com Tansy e o fato de ela parecer tão contente e esquecida hoje de manhã.

Havia um — muito grande, por sinal — que de tão imerso em sua mente só conseguia ver um pedacinho da sua superfície globular. Sabia que esse estava ligado a uma emoção destrutiva, furiosa e estranha experimentada ontem mais de uma vez em si mesmo, o qual não devia ser importunado sob circunstância alguma. Sentia o seu pulso ritmado e lento, como o de um monstro adormecido na lama.

Também tinha um que se relacionava às mãos — mãos em luvas de flanela.

Mais um — pequenino, mas evidente — que dizia respeito a cartas.

E existiam outros, muitos outros.

A situação dele era como a do herói mitológico que precisa atravessar um longo e estreito corredor, resistindo bravamente à tentação mórbida de tocar as paredes envenenadas.

Estava ciente de que não conseguiria evitar o contato com os cistos de pensamento para sempre, os quais, nesse meio-tempo, poderiam se retrair e desaparecer.

O dia combinava com seu ânimo superficialmente moroso, letárgico. Em vez da friagem que sucede à tempestade, havia um clima de verão antecipado no ar. A presença em sala de aula caiu drasticamente. Os alunos que compareceram estavam desatentos e manifestavam outros sintomas de febre da primavera.

Apenas Bronstein parecia animado. Com frequência juntava outros alunos de Norman em grupos de dois e três e sussurrava algo com animação e vigor. Norman descobriu que era uma campanha para assinar uma petição contra a nomeação de Sawtelle. Norman pediu que parasse. Bronstein se recusou, contudo, de qualquer forma, parecia estar fracassando no trabalho de angariar adeptos.

As aulas de Norman foram enfadonhas. Contentou-se em transformar suas anotações em afirmações verbais idênticas, com um mínimo de esforço mental. Observou os lápis seguindo os movimentos metódicos da escrita ou se perderem em desenhos detalhados. Duas moças se entretinham com o esboço do belo perfil do presidente da fraternidade sentado na segunda fileira. Observou o franzir de testas quando elas retomavam a atenção na aula e o relaxamento posterior quando a deixavam de lado.

Enquanto isso, sua própria mente se perdia por veredas muito oníricas e irracionais para serem chamadas de pensamentos. Eram meras sequências de palavras, como o teste de associação de um psicólogo.

Uma dessas trilhas teve início quando se lembrou do epigrama que dizia que a aula era um processo de transferência do conteúdo do caderno do professor para os cadernos dos alunos, sem passar pela mente de nenhuma das duas partes. Isso o remeteu seu pensamento ao ato de mimeografar.

Mimeógrafo, em seguida. Margaret Van Nice. Theodore Jennings. Arma. Vidraça da janela. Galileu. Pergaminho... (Desvie daí! Território proibido.)

O devaneio retrocedeu e seguiu outro rumo. Jennings. Gunnison. Pollard. Reitor. Imperador. Imperatriz. Malabarista. Torre. Enforcado... (Pare! Não dê mais um passo.)

À medida que o dia longo e maçante passava, os devaneios gradualmente assumiram uma coloração uniforme.

Arma. Punhal. Estilhaço. Vidro quebrado. Prego. Tétano.

Depois da última aula, se recolheu à sua sala e ocupou o tempo com pequenas tarefas, tão preocupado que às vezes até esquecia o que estava fazendo. Os devaneios continuavam a desorientá-lo.

Guerra. Corpos mutilados. Destruição. Assassinato. Corda. Forca. (Desvie de novo!) Gás. Arma. Veneno.

A coloração do sangue e lesões físicas.

E, cada vez mais forte, sentia o vibrar da respiração vagarosa do monstro nas profundezas de sua mente, sonhando com pesadelos de carnificina dos quais em breve despertaria, erguendo-se com força da lama. E Norman, impotente para detê-lo. Era como se, sob as crostas de um pântano, a água subterrânea estivesse empurrando o solo aparentemente saudável pouco a pouco — até a hora em que explodiria numa imensa erupção de lodo.

A caminho de casa, Norman esbarrou com o sr. Carr.

"Boa noite, Norman", cumprimentou o velho senhor, levantando o chapéu-panamá para secar a testa, que se unia a uma extensa área calva.

"Boa noite, Linthicum", respondeu Norman. Mas sua mente se ocupava de especular como um homem, após deixar a unha do polegar crescer e a afiar com cuidado, poderia cortar as veias do seu pulso e sangrar até a morte.

O sr. Carr passou o lenço debaixo da barba.

"Eu gostei demais do jogo de *bridge*", disse ele. "Será que nós quatro conseguimos jogar uma partidinha quando as mulheres estiverem na reunião das esposas na quinta-feira que vem? Você e eu podemos fazer parceria e usar as convenções de *slam* do Culbertson." Sua voz assumiu um tom tristonho. "Não aguento mais jogar sempre com a convenção Blackwood."

Norman assentiu com um gesto de cabeça, porém estava pensando na técnica que os homens aprendiam de engolir a língua para, quando necessário, morrer de asfixia. Tentou se controlar. Esse tipo de especulação pertencia só ao campo de concentração. Visões de morte continuavam a invadir sua mente, uma após a outra. Sentia a pulsação da coisa debaixo dos seus pensamentos adquirir uma intensidade quase insuportável. O sr. Carr fez um aceno gentil de cabeça e virou a esquina. Norman apertou o passo, como se as paredes do corredor envenenado estivessem se apertando contra o herói mitológico, que seria obrigado, se não chegasse logo ao final, a empurrá-las com violência.

De soslaio viu uma de suas alunas. Perplexa, o olhava ou então para algo atrás si. Norman passou rente a ela de modo apressado.

Chegou à avenida. O sinal estava aberto. Parou no meio-fio. Um caminhão vermelho roncava rumo ao cruzamento a uma velocidade considerável.

Então ele soube exatamente o que aconteceria, e que seria incapaz de se conter.

Quando o caminhão chegasse bem perto se jogaria debaixo das rodas. Fim do corredor.

Era esse o significado do quinto desenho, a figura de tarô que fugia à tradição.

Imperatriz... Malabarista... O caminhão estava bem perto. Torre... O sinal começava a mudar, mas o caminhão não ia parar. Enforcado...

Foi apenas quando se inclinou para frente, tensionando os músculos das pernas, que a vozinha monótona falou em seu ouvido, num tom invariável porém diabolicamente cômico, como em seus sonhos:

"Ainda não, só daqui a duas semanas, pelo menos. Só daqui a duas semanas."

Retomou o equilíbrio. O caminhão passou trovejando. Olhou por cima do ombro — primeiro para cima, depois ao redor. Ninguém exceto um menino preto e um homem idoso, meio maltrapilho, carregando uma sacola de compras. Nenhum dos dois estavam próximos. Um calafrio correu por sua espinha.

Alucinações, é claro, disse a si mesmo. Aquela voz vinha de sua cabeça. Contudo, seus olhos atentos se moviam de um lado a outro, sondando o ar à procura de sinais do invisível ao atravessar a rua e tomar o rumo de casa. Assim que chegou, serviu-se de uma dose generosa. Curiosamente, Tansy havia deixado água gasosa e uísque sobre o bufê. Preparou o *highball* e virou o copo. Repetiu a dose, tomou um gole e observou o copo com ar de dúvida.

Foi quando ouviu o carro estacionar e, num instante, Tansy entrou com um embrulho nas mãos. Seu rosto sorridente estava um pouco corado. Com um suspiro de alívio, pôs o embrulho de lado e afastou a franja escura da testa.

"Ufa! Que mormaço! Achei que iria querer uma bebidinha. Deixa que termino essa pra você."

Quando ela largou o copo, só tinha gelo. "Pronto, agora somos irmãos de sangue ou algo assim. Faz outra pra você."

"Essa era a minha segunda", falou para a esposa.

"Poxa, achei que estava te enganando." Se sentou na ponta da mesa e balançou o dedo no rosto dele. "Escute aqui, o senhor precisa de um descanso. Ou de uma diversão. Não sei exatamente qual. Quem sabe as duas coisas. Meu plano é o seguinte. Vou preparar um jantar frio — sanduíches. Aí, quando escurecer, a gente entra no Oscar e sobe a Serra. Tem anos que não vamos lá. Que tal, hein?"

Ele hesitou. Com a ajuda da bebida, começava a divagar. Uma metade da sua mente ainda estava angustiada com a alucinação recém-vivida, que instigou preocupantemente impulsos suicidas desconhecidos e... não sabia ao certo o que mais. A outra metade estava encantada com a alegria de Tansy.

Ela esticou o braço e deu um beliscãozinho no seu nariz. "Que tal, hein?"

"Tudo bem", respondeu.

"Ei, cadê a animação?" Levantando-se da mesa, dirigiu-se até a cozinha e acrescentou por cima do ombro, sombria: "Mais tarde ela aparece."

Tansy estava provocantemente bonita. Ele não via a menor diferença entre hoje e quinze anos atrás. Parecia a centésima vez que a via pela primeira vez.

Sentindo-se enfim parcialmente relaxado, ou ao menos entretido, sentou-se na poltrona. Mas, ao fazê-lo, percebeu um objeto anguloso e duro marcar sua coxa. Levantou-se depressa, enfiou a mão no bolso da calça e tirou o revólver de Theodore Jennings.

Olhou assustado para a arma, incapaz de lembrar quando foi que a tirou da gaveta de sua sala. Então, olhando de relance para a cozinha, correu até o bufê, abriu a última gaveta e enfiou a arma debaixo de uma pilha de toalhas de mesa.

Quando os sanduíches chegaram, estava lendo o jornal vespertino. Havia acabado de encontrar uma notícia local no fim da página cinco.

ESTUDANTES APRONTAM NOVAMENTE

Pregar uma peça vale todo o sacrifício e esforço físico. Pelo menos, essa é a opinião de um grupo de universitários de Hempnell, ainda não identificados. Mas qual terá sido a opinião do professor Norman Saylor ao olhar para sua janela hoje cedo e dar de cara com uma gárgula de pedra de quase cento e cinquenta quilos no meio do seu jardim? Ela foi trazida do telhado de um dos prédios da universidade. Como os estudantes conseguiram remover, descer do telhado e transportar a estátua até a residência do professor Saylor ainda é um mistério.

Questionado sobre os brincalhões, o reitor Randolph Pollard respondeu com bom humor: "Parece que o nosso programa de educação física está abastecendo os nossos alunos de reservas extraordinárias de força e energia."

Quando falamos com o reitor Pollard, ele estava de saída para dar um discurso no Lions Clube sobre "A Grande Hempnell: Universidade e Município". (Para detalhes sobre o discurso, consultar a página 1.)

Exatamente o que se poderia esperar. As incorreções de sempre. Não era uma gárgula; gárgulas são desaguadouros ornamentais. E o texto não mencionava o raio. O repórter, pelo visto, deixou a informação de fora por não se encaixar em nenhum dos modelos convencionais de notícias supostamente não convencionais. Dizem que os jornais adoram coincidências, mas, nossa, eles deixavam passar umas fantásticas!

E, para arrematar, o velho costume de transformar a matéria em propaganda do departamento de educação física. Era preciso admitir que o setor de publicidade de Hempnell era eficiente, embora um tanto desajeitado.

Tansy puxou o jornal de suas mãos.

"O mundo pode esperar", disse ela. "Toma, prova o meu sanduíche."

CAPÍTULO XI

Estava quase de noite quando partiram rumo à Serra. Norman dirigia com atenção, sem pressa nos cruzamentos. A outra metade de seus pensamentos só se mantinha sob controle por conta da alegria de Tansy.

Ela sorria de maneira misteriosa. Usava um vestido esportivo branco. Parecia uma de suas alunas.

"Eu poderia ser uma bruxa", arriscou, "te levando para um encontro no alto da serra. O nosso sabá particular."

Norman tomou um susto. Porém logo lembrou que, ao soltar essas frases, as fazia com o intuito corajoso de tirar sarro do seu comportamento anterior. Ele não deve, de jeito nenhum, deixar transparecer a outra metade dos seus pensamentos.

Não seria nada bom se sua preocupação consigo fosse notada.

As luzes urbanas ficaram para trás. Depois de quase um quilômetro, ele fez uma curva fechada para pegar a estrada que circundava a Serra. Estava mais esburacada que da última vez, pelo que se lembrava — já fazia dez anos? E as árvores estavam mais espessas, os galhos roçavam no para-brisa.

Quando chegaram à clareira de uns dois mil metros quadrados no topo, a lua nascia vermelha, dois dias após a lua cheia.

Tansy apontou para a lua e exclamou: "Olha! Eu cronometrei certinho. Mas cadê todo mundo? Costumava ter sempre dois ou três carros aqui em cima. Ainda mais numa noite como essa!"

Estacionaram o carro na beira do campo. "Os refúgios de namorados saem de moda como qualquer outra coisa", explicou. "A gente veio revisitar um costume em desuso."

"Sempre o sociólogo!"

"Imagino que seja isso. De repente a sra. Carr descobriu este lugar. E os alunos devem ir pra mais longe hoje em dia."

Ela recostou a cabeça em seu ombro. Ele desligou os faróis, tornando visíveis as sombras suaves do luar.

"A gente costumava fazer isso em Gorham", murmurou Tansy. "Quando assistia às suas aulas e você era o jovem professor, tão sério. Até descobrir que não era diferente dos rapazes da faculdade — só melhor. Lembra?"

Norman assentiu e pegou a mão de Tansy. Observou a cidadezinha, identificou o *campus*, com seus holofotes chamativos destinados a expulsar casais de cantos escuros. Aqueles prédios góticos banhados pela iluminação excessiva e pomposa pareciam simbolizar, no momento, um mundo cheio de competição intelectual estéril e tradicionalismo invejoso, um mundo que naquela hora parecia absurdamente estranho.

"Será que é por isso que odeiam tanto a gente?", indagou, quase sem pensar.

"Do que é que você está falando?" A pergunta parecia relaxada.

"Dos outros membros do corpo docente, ou da maioria deles. Será que é porque a gente pode fazer esse tipo de coisa?"

Ela riu. "Finalmente está despertando. Olha, a gente não faz isso com tanta frequência."

Prosseguiu falando. "É um mundo de inveja e rivalidade diabólicas. E a rivalidade dentro de uma instituição pode ser a pior que há, porque é um ambiente tão confinado. Você não acha?"

"Faz anos que aguento isso", respondeu Tansy, simplesmente.

"Claro que é tudo uma grande mesquinharia. Mas emoções mesquinhas podem exceder os bons sentimentos. O tamanho delas é mais adequado à mente humana."

Enquanto falava, observava Hempnell lá embaixo e querendo dimensionar a quantidade de ressentimento e inveja que acumulou sem ter como evitar. Sentiu um leve calafrio percorrendo a sua pele. Percebeu por onde essa linha de pensamento o conduzia. A metade mais sombria da sua mente se acendeu.

"Aqui, filósofo", disse Tansy, "toma um trago."

Estava lhe oferecendo uma garrafinha prateada.

Norman a reconheceu. "Não acredito que guardou isso todos esses anos."

"Pois é. Lembra da primeira vez que te ofereci uma bebida nela? Acho que ficou um pouco chocado."

"Eu tomei."

"Sim. Então toma essa."

Tinha sabor de fogo e especiarias. Também remeteu a certas lembranças, lembranças da época doida da Lei Seca, de Gorham e da Nova Inglaterra.

"Conhaque?"

"Grego. Me dá um gole."

As lembranças inundaram o lado mais sombrio de sua mente, que desapareceu sob as ondas. Olhou para o cabelo sedoso de Tansy e seus olhos enluarados. É óbvio que se trata de uma bruxa, pensou levianamente. Ela é Lilith. Ishtar. Ele diria isso a ela.

"Se lembra daquela vez", perguntou, "em que nós descemos a ribanceira para fugir do vigia noturno de Gorham? Teria sido um escândalo danado caso fossemos flagrados."

"Ai, sim, e aquela vez…"

Quando desceram a serra, a lua estava uma hora mais alta. Dirigia o carro bem devagar. Não era preciso repetir as práticas mais imprudentes da época da Lei Seca. Um caminhão barulhento passou por ele. "Daqui a duas semanas." Que besteira! Quem achava que era para ouvir vozes? Joana D'Arc?

Se sentia um tolo. Queria contar a Tansy todas as coisas ridículas que vinha imaginando nos últimos dias, para rirem juntos. Daria uma história de fantasma formidável. Havia um motivo para não lhe contar, mas agora parecia um motivo insignificante — elemento essencial dessa vida hempnelliana rígida, distorcida e de excessiva cautela da qual deveriam se distanciar com mais frequência. De que valia a vida, enfim, se era necessário ficar se lembrando de não mencionar isso, aquilo e aquilo outro porque outra pessoa poderia se ofender?

Então, quando entraram na sala de estar e Tansy se jogou no sofá, começou: "Sabe, Tansy, esse negócio de bruxaria… Quero te contar uma coisa…"

Quando começou a falar, foi pego completamente desprevenido pela força, real ou imaginária, que o golpeou. No instante seguinte, estava sentado na poltrona, totalmente sóbrio; o mundo externo exercia uma pressão gelada sobre os seus sentidos; o interno era uma esfera giratória de pensamentos estranhos; e o futuro, um corredor escuro ao longo de duas semanas.

Foi como se uma mãozona calejada tivesse tapado a sua boca, e como se outra mão o tivesse agarrado pelos ombros, o sacudido e atirado na poltrona de couro.

Como se?

Olhou ao redor, apreensivo.

Talvez tenha sido um trabalho de mãos.

Aparentemente Tansy não percebeu nada. Sua face era uma elipse branca na escuridão. Ainda cantarolava o trecho de uma canção. Não se interessou pelo que tinha começado a dizer.

Ele se levantou, cambaleou até a sala de jantar e serviu um drinque no bufê. No caminho, acendeu as luzes.

Quer dizer que não podia contar a Tansy nem a mais ninguém, mesmo que quisesse? Era por isso que nunca se tinha notícias de vítimas reais de bruxaria, disse consigo, totalmente fora de si no momento. E era por isso, aparentemente, que não conseguiam escapar, mesmo que houvesse como fugir. Não era falta de força de vontade. Eram *monitorados*. Como um gângster que é tirado de uma casa noturna cara para dar uma volta de carro. Ele deve se desculpar com o grupo barulhento em sua mesa e dar uma boa risada, parar para conversar com amigos e flertar com as mocinhas bonitas, porque logo atrás dele estão os capangas de echarpe branca armados, com as mãos nos bolsos dos sobretudos de gola de veludo. Não adianta morrer agora. Melhor fazer o jogo deles. Pode haver uma chance.

Mas isso era coisa de filme de suspense.

Assim como as mãos calejadas.

Olhando-se no espelho acima do bufê, acenou com a cabeça.

"Conheça o professor Saylor", disse, "o distinto etnólogo e crente convicto da existência de bruxaria."

Mas o rosto no espelho parecia mais assustado do que indignado.

Preparou mais um drinque para si, e outro para Tansy, e voltou à sala de estar.

"Um brinde à rebeldia", disse Tansy. "Se tocou que não ficou nem um tantinho bêbado desde o Natal?»

Ele deu um sorriso largo. Ficar bêbado era exatamente o que o gângster do filme faria, para se distrair por um instante quando o mandachuva o colocasse na berlinda. Não era má ideia.

Devagarinho, e de início num tom menor e melancólico, o clima da Serra voltou. Conversaram, botaram discos antigos para tocar, contaram piadas que de tão velhas voltavam a ser novas. Tansy martelava ao piano, e cantavam juntos uma miscelânea de músicas, canções folclóricas, hinos cristãos, hinos nacionais, canções de trabalhadores e de protesto, *blues*, Brahms, Schubert — titubeando no início, depois a plenos pulmões.

Rememoraram o passado.

E continuaram bebendo.

Mas o tempo todo, como numa bruxuleante esfera de cristal, os pensamentos estranhos giravam na mente de Norman. O álcool lhe permitia considerá-los com serenidade, sem a repulsa incessante em nome do bom senso. Com a obstinação da embriaguez, sua mente de estudioso começou a reunir evidências de bruxaria espalhadas pelo mundo.

Por exemplo, não seria provável que todos os impulsos autodestrutivos resultassem de bruxaria? Esses impulsos universais eram uma contradição direta às leis de autopreservação e sobrevivência. Para explicá-los, Poe engendrou o fantasioso "Demônio da Perversidade", e os psicanalistas desenvolveram com diligência a hipótese do "desejo de morte". Seria tão mais simples atribuir esses impulsos a forças malignas exteriores ao indivíduo, operando por meios ainda não analisados e, portanto, classificados como sobrenaturais.

Suas experiências nos últimos dois dias dividiam-se em duas categorias. A primeira incluía as hostilidades e infortúnios naturais de que a magia de Tansy o protegera. O atentado contra a sua vida cometido por Theodore Jennings provavelmente entraria nessa categoria. Há grandes chances de Jennings ser mesmo psicopata. É bem provável que teria posto em prática seu atentado homicida numa data anterior, não fosse a magia de Tansy para detê-lo. Assim que a proteção foi desfeita, assim que Norman queimou o último patuá, a ideia eclodiu na mente de Jennings como uma flor de estufa. O próprio Jennings o admitira. "Não tinha me dado conta até agora..."

A acusação de Margaret Van Nice, o súbito interesse de Thompson por suas atividades extracurriculares e a descoberta fortuita da tese de Cunningham, por Sawtelle, provavelmente pertenciam à mesma categoria.

Na segunda categoria — bruxaria maléfica efetiva, direcionada à sua pessoa.

"No que está pensando, hein?", indagou Tansy, olhando sobre a borda do copo.

"Estava pensando na última festa de Natal", respondeu calmamente, mas com voz um tanto confusa, "e no Welby de quatro imitando um são-bernardo, com o tapete de pele de urso nos ombros e a garrafa de uísque pendurada no pescoço. E fiquei me questionando por que as brincadeiras mais divertidas sempre parecem tão vulgares depois. Mas prefiro ser vulgar a ser respeitável." Sentiu um orgulho infantil de sua astúcia ao evitar a cilada da confissão. Pensava em Tansy como, ao mesmo tempo, uma bruxa autêntica e um indivíduo possivelmente neurótico a ser protegido de sugestões perigosas, custe o que custar. O álcool permitiu que sua mente trabalhasse por partes, cada uma independente da outra.

Foi acontecendo aos trancos e barrancos. Começou a perder a consciência, mas, nos intervalos de lucidez, seus pensamentos continuaram com uma exagerada seriedade intelectual.

Cantavam em alto e bom som a letra de "St. James Infirmary".

Pensava: "Por que não seriam as mulheres as bruxas? Afinal são elas as intuitivistas, as tradicionalistas, as irracionalistas. Pra começo de conversa, são supersticiosas. E, como a Tansy, a maioria, é muito provável, nunca sabe ao certo se sua magia funciona de verdade ou não."

Tinham afastado o tapete e agora dançavam ao som de "Chloe". Em algum momento, Tansy trocou de roupa e vestiu o penhoar rosa.

Continuou a pensar: "Na segunda categoria, entraria o dragão de Estrey. Animado por uma alma humana ou não humana conjurada para dentro dele pela sra. Gunnison e controlado por fotografias. Entraria também o punhal de obsidiana, o vento obediente e o caminhão obstinado."

Na sequência puseram o "Bolero" de Ravel para tocar, e ele ficou marcando o ritmo com o punho.

Pensava: "Os empresários compram ações seguindo conselhos de videntes, a numerologia guia a carreira das estrelas de cinema, meio mundo conduz a vida com base na astrologia, a propaganda usa e abusa da retórica da magia e do milagre, e grande parte da arte moderna e toda a arte surrealista nada mais são do que uma tentativa de bruxaria, emprestando suas formas do xamã primitivo e suas ideias do teosofista moderno."

Observava Tansy cantar "St. Louis Blues" com uma voz rouca e vibrante. Era verdade o que Welby sempre dizia: ela tinha mesmo um verdadeiro dom teatral. Daria uma ótima cantora de cabaré.

Divagava: "Tansy deteve o dragão de Estrey com os nós. Mas vai ser complicado para ela conseguir fazer algo parecido de novo, porque a sra. Gunnison está com o caderno de fórmulas e pode descobrir maneiras de contorná-la."

Dividiam um *highball* que teria queimado sua garganta caso já não estivesse dormente pelas bebidas, e ele parecia estar bebendo a maior parte.

Ele pensava: "O desenho do homem e do caminhão é capital para um grupo de feitiçarias associadas. Nos primórdios, as cartas de baralho eram ferramentas de magia, como a arte pictórica. Os feitiços são para me destruir. O zunidor amplifica o efeito. O ser invisível atrás de mim, com voz monótona e mãos pesadas, é um guardião, garantindo que não desviarei do caminho traçado. Do corredor estreito. Daqui a duas semanas."

O estranho é que esses pensamentos não eram de todo desagradáveis. Tinham uma beleza venenosa, sombria e selvagem muito própria, um bruxuleio fatal e atraente. Exibiam a fascinação do impossível, do incrível. Sugeriam panoramas inimagináveis. Mesmo quando eram pavorosos, não perdiam sua beleza pungente e arrepiante. Eram como visões conjuradas por uma droga proibida. Uma espécie de tentação de um pecado desconhecido e da maior das blasfêmias. Norman conseguia entender a força que impelia os praticantes de magia negra a correr qualquer risco.

Sua embriaguez lhe fornecia uma sensação de segurança. O álcool havia decomposto sua mente em partículas mínimas, por isso era incapazes de sentir medo, pois não podiam ser feridas. Tal como os átomos de um homem não são destruídos quando uma bala o mata.

Contudo agora as partículas giravam num turbilhão caótico. A consciência estava vacilando.

Ele e a esposa estavam um nos braços do outro.

Tansy indagava ansiosa, num tom persuasivo: "Tudo que é meu é seu? Tudo que é seu é meu?"

A pergunta despertou uma suspeita em sua mente, que não foi capaz de entender com clareza. Algo o fez pensar que essas palavras escondiam uma arapuca. Mas que arapuca? Seus pensamentos cambaleavam.

Ela dizia, soando como na Bíblia: "Bebi do seu cálice e você bebeu do meu..."

O rosto dela era uma elipse embaçada, seus olhos eram como gemas brumosas.

"Tudo que você tem é meu? Você me cede tudo sem restrição e de livre e espontânea vontade?"

Em algum lugar, tem uma arapuca.

Mas a voz era muito persuasiva, como o afago de dedos macios.

"Tudo que você tem é meu? Diz só uma vez, Norm, só uma vezinha. Por mim."

Claro que ele a amava. Mais do que tudo no mundo. Ele puxou a face embaçada na sua direção e tentou beijar os olhos brumosos.

"Sim... sim... tudo...", se ouviu dizendo.

E então sua mente tropeçou e afundou num oceano impenetrável de escuridão, silêncio e paz.

CAPÍTULO XII

A luz do sol deu uma coloração cremosa e brilhante à cortina fechada. Os raios de sol filtrados tomavam conta do quarto como um líquido incandescente tranquilo. Os pássaros gorjeavam com pompa. Norman fechou os olhos novamente e se espreguiçou com vontade.

Vejamos, já era hora de começar o artigo para a *American Anthropologist*. E ainda tinha que finalizar a revisão do seu livro *Etnologia Geral*. O prazo está longe, mas é melhor se livrar disso o quanto antes. E precisava ter uma conversa séria com Bronstein sobre sua dissertação. O rapaz tinha boas ideias, no entanto carecia de uma roda de equilíbrio. E o discurso para o grupo de Mães de Alunos. É melhor dizer logo alguma coisa de útil...

De olhos ainda fechados, gozava da melhor de todas as sensações — o arranque do trabalho que um homem aprecia e sabe fazer bem, mas que não precisa ser feito de imediato.

Pois hoje era com certeza um ótimo dia para jogar golfe. Podia descobrir o que Gunnison estava fazendo. Além do mais, ele e Tansy não foram ao campo nem uma vez durante a primavera inteira. Faria essa proposta no desjejum. O café da manhã de sábado era um acontecimento. Ela deve estar preparando tudo neste instante. Pensou que uma boa ducha abriria um apetite danado. Deve ser tarde.

Abriu um olho e viu o relógio do quarto. Meio-dia e trinta e cinco? Ué, que horas foi dormir ontem? O que ficou fazendo?

A memória dos últimos dias se desenrolou como uma espiral, tão rápido que seu coração começou a palpitar. Contudo, havia agora uma diferença nas suas lembranças. Desde o primeiro instante, pareciam inacreditáveis e irreais. Sua impressão era de estar lendo o detalhadíssimo histórico médico de outra pessoa, cuja mente estava cheia de ideias curiosas sobre bruxaria, suicídio, perseguição e tudo o mais. Essas memórias não se adequavam à sensação de bem-estar atual. O mais estranho é que nem chegavam a perturbar de verdade essa sensação de bem-estar.

Revistou a mente à procura de rastros do medo do sobrenatural, da sensação de ser observado e vigiado, daquele impulso autodestrutivo monstruoso. Não conseguiu encontrar nem sugerir a si mesmo o nível mínimo dessas emoções. Quaisquer que tenham sido, faziam agora parte do passado, fora do alcance de tudo, salvo da memória intelectual. "Esferas de pensamentos estranhos!" Ora, que conceito bizarro. E, ainda assim, de alguma forma tudo aconteceu. *Alguma coisa* aconteceu.

Seus movimentos o conduziram automaticamente para o chuveiro. E agora, enquanto se ensaboava debaixo da água morna, cogitava a necessidade de se consultar com Holstrom, da psicologia, ou com um psiquiatra profissional. O contorcionismo mental que realizou nos últimos dias seria material para um tratado completo! Mas hoje de manhã se sentia tão sadio que era impossível nutrir qualquer possibilidade de um transtorno mental grave. Não, o que aconteceu foi apenas um daqueles espasmos esquisitos e inexplicáveis de irracionalidade que podem se manifestar nas pessoas mais sãs, talvez por *serem* tão sãs — uma espécie de descarga de morbidade há muito reprimida. Era uma pena ter preocupado Tansy com isso, embora tenha sido o complexo de bruxaria dela, agora enfim superado, que o provocara. Coitada, fez de um tudo para levantar seu ânimo ontem à noite. Devia ter sido o contrário. Bem, iria recompensá-la.

Fez a barba com calma e prazer. A lâmina de barbear se comportou como devia.

Terminando de ser vestir, ocorreu-lhe uma dúvida. De novo vasculhou a mente, fechando os olhos como quem tenta escutar um som quase inaudível.

Nada. Nem o menor vestígio de medo mórbido nenhum.

Ele entrou na cozinha assoviando.

Nenhum sinal do desjejum. Na bancada da pia havia copos sujos, garrafas vazias e uma fôrma de gelo com água morna.

"Tansy!", chamou. "Tansy!"

Saiu andando pela casa, com o leve receio de que ela poderia ter desmaiado antes de chegar à cama. Eles tinham bebido como gambás. Foi até a garagem e conferiu que o carro ainda estava lá. Talvez tenha ido ao mercado comprar algo para o café da manhã. Na volta, começou a se apressar.

Desta vez, quando olhou no escritório, notou o frasco de tinta virado e o pedaço de papel ao lado, à beira da poça negra já quase seca. Por pouco a tinta não cobriu a mensagem.

Escrito num garrancho apressado — a ponta da caneta rasgara o papel duas vezes —, o bilhete terminava no meio da frase, mas era sem sombra de dúvida a letra de Tansy.

Ele não está me olhando agora. Não fazia ideia de que ele seria forte demais para mim. Não daqui a duas semanas — daqui a dois dias! Não venha atrás de mim. A única chance é fazer exatamente o que eu mandar. Pegue quatro tiras de dez centímetros de...

Seus olhos seguiram a mancha que ia da poça negra ao que parecia a marca de uma mão, e sem querer sua imaginação criou uma cena. Tansy estava escrevendo, desesperada, olhando de relance por cima do ombro. Então a *coisa* percebeu o que ela estava fazendo, deu um safanão na caneta e a sacudiu com brutalidade. Norman se lembrou da força daquelas mãozonas calejadas e estremeceu. Depois... depois reuniu seus pertences, bem quietinha, embora dificilmente ele fosse acordar, atravessou a porta de casa e desceu a rua. E, se esbarrasse com algum conhecido, jogaria papo fora e daria umas risadas, porque a *coisa* estava atrás dela, à espera do menor movimento em falso, da menor tentativa de fuga.

Assim ela se foi.

Norman quis correr para o meio da rua e gritar o nome de sua esposa.

No entanto a poça de tinta havia secado, formando flocos negros cintilantes ao redor de toda a margem. Deve ter entornado há horas.

Aonde teria ido, a altas horas da noite?

A qualquer lugar. Onde quer que o corredor estreito terminasse para ela, não mais em duas semanas, mas em apenas dois dias.

Num clarão de entendimento, compreendeu o motivo. Se não tivesse se embriagado ontem à noite, teria adivinhado.

Era uma das mais ancestrais e consagradas formas de conjuração do mundo. Transferência de males. Como o curandeiro que conjura a doença para uma pedra, ou para um inimigo, ou para si mesmo — por ser mais apto a combatê-la —, Tansy absorveu para si a maldição contra ele. Ingeriu a bebida e a comida dele ontem à noite. Usou de mil artifícios para efetuar a união dos dois. Era tudo tão óbvio! Ele quebrou a cabeça para relembrar as palavras que foram usadas. "Tudo que é seu é meu? Tudo que você tem é meu?"

Estava se referindo ao malefício jogado sobre o marido.

E Norman tinha respondido: "Sim".

Alto lá! Que diabo de raciocínio estava seguindo? Levantou seu olhar às prateleiras de livros de encadernação sóbria. Ora, já estava cedendo às mesmas bobagens que sua mente fraca vinha cogitando nos últimos dias — justo quando algo importante corria risco. Não, não tinha nada de sobrenatural nisso — nada de *coisa*, de guardião, a não ser nas mentes neuróticas deles dois. O que houve *de fato* foi ter *sugerido* toda essa besteira à esposa. Foi ele que lhe impôs os frutos de sua imaginação mórbida. Certamente balbuciou tolices quando estava bêbado. Todas as suas fantasias infantis. E isso acabou influenciando a natureza sugestionável da esposa — que já acreditava em bruxaria — até que ela teve a ideia de transferir o malefício dele para si mesma, e se convenceu de que a transferência tinha realmente acontecido. E foi embora, sabe-se Deus para onde.

Isso já era problema o suficiente.

Percebeu que estava olhando de novo para os garranchos rabiscados. Perguntou-se automaticamente: "Mas tiras de dez centímetros de quê?"

A campainha tocou de leve. Ele tirou uma carta da caixa de correio e a abriu rasgando. Estava endereçada com um lápis fraco e o grafite tinha manchado. Mas ele reconheceu a caligrafia.

A escrita estava tão tremida e irregular demorou para conseguir ler. A mensagem começava e terminava no meio de uma frase.

corda branca e um pedaço de tripa, um pouco de platina ou irídio, um pedaço de pedra-ímã, uma agulha de vitrola que só tenha tocado a "Sonata n. 9" de Scriabin. Depois amarre...

"Corda." Claro!

Havia só isso. A continuação do primeiro bilhete, com a fórmula bizarra. Será que ela realmente se convenceu da presença de um guardião a vigiando, e de que só conseguia se comunicar nos raros instantes em que o supunha desatento? Norman sabia a resposta. Quando a pessoa tinha uma obsessão, se convencia de qualquer coisa.

Olhou o carimbo postal e reconheceu o nome da cidadezinha que ficava vários quilômetros a leste de Hempnell. Não conseguia se lembrar de ninguém que conhecessem lá, nem nada sobre o local. Seu primeiro impulso foi entrar no carro e pisar fundo. Mas o que faria ao chegar lá?

Olhou de novo. O telefone estava tocando. Era Evelyn Sawtelle.

"É você, Norman? Pode chamar a Tansy, por gentileza? Gostaria de falar com ela."

"Desculpe, mas ela não está."

Evelyn Sawtelle não pareceu surpresa com a resposta — fez a segunda pergunta muito rápido. "E onde está então? Preciso entrar em contato com ela."

Ele pensou um instante. "Ela foi pro interior", disse, "visitar amigos nossos. Gostaria de deixar um recado?"

"Não, gostaria de falar com ela. Qual o número dos seus amigos?"

"Eles não têm telefone!", disse com raiva.

"Não? Ah, não é nada importante." Ela parecia curiosamente contente, como se a raiva dele a deixasse satisfeita. "Ligo depois. Preciso ir agora. O Hervey está tão ocupado com as novas responsabilidades. Até logo."

Ele devolveu o fone ao gancho. Ora, por que diabo... De repente uma explicação lhe ocorreu. Talvez alguém tenha visto Tansy saindo da cidade, e Evelyn Sawtelle farejou a possibilidade de algum escândalo e quis investigar. Talvez Tansy estivesse carregando uma mala.

Olhou no vestiário de Tansy. A mala pequena não estava lá. Gavetas estavam abertas. Parecia ter feito as malas às pressas. Mas e o dinheiro? Verificou a sua própria carteira. Estava vazia. Uns quarenta dólares a menos.

Dava para ir longe com quarenta dólares. Os garranchos tremidos do bilhete sugeriam que foram escritos no trem ou no ônibus.

As horas seguintes foram um tormento para Norman. Conferindo os itinerários, descobriu que inúmeras linhas de trem e ônibus passavam pela cidade onde a carta de Tansy fora postada. Foi de carro até as estações e fez perguntas cuidadosas, sem sucesso.

Queria fazer tudo o que se deve fazer quando uma pessoa desaparece, mas se segurou. Afinal, o que diria? "Senhor, minha mulher está desaparecida. Está sofrendo de uma alucinação que a faz..." E se ela fosse encontrada e interrogada em seu atual estado mental, e examinada por um médico, antes que a encontrasse?

Não, era algo que devia resolver sozinho. Mas, se não tivesse logo uma pista do paradeiro dela, não teria escolha. Teria que ir à polícia e inventar alguma história para encobrir os fatos.

Ela tinha escrito "daqui a dois dias". Se acreditava que seu destino era morrer em dois dias, será que a crença não seria suficiente?

Ao cair da noite dirigiu de volta para casa, reprimindo a esperança utópica de que ela teria retornado durante a sua ausência. O carteiro já entrava no carro. Norman parou ao lado.

"Alguma correspondência para Saylor?"

"Sim, senhor. Está na caixa de correio."

O bilhete era maior desta vez, mas tão difícil de ler quanto o anterior.

Finalmente ele não está prestando atenção em mim. Caso consiga controlar minhas emoções, meus sentimentos não ficam tão perceptíveis. Mas foi difícil postar a última carta. Norman, você deve fazer o que eu mandar. O prazo de dois dias termina no domingo. Depois é a Baía. Você deve seguir todas as instruções. Faça nas quatro tiras brancas um nó torto, um nó direito, um nó boca de lobo e um nó de ajuste. Faça um nó de laço na tripa. Em seguida, acrescente...

Olhou o carimbo postal. O local ficava mais de trezentos quilômetros a leste. Não era perto das linhas ferroviárias, até onde lembrava. Isso já restringe as possibilidades.

Uma palavra da carta se repetia em sua mente, como uma nota musical tocada à exaustão até se tornar intolerável.

Baía. Baía. Baía. Baía.

Veio-lhe à mente a lembrança de uma tarde quente de anos atrás. Foi pouco antes de se casarem. Estavam sentados na beirada de um píer em ruínas. Lembrou-se do salgado cheiro de peixe e das tábuas de madeira velhas, cinzentas e cheias de farpas.

"Engraçado", dissera ela, fitando a água verde, "mas sempre achei que fosse acabar lá no fundo. Não que eu tenha medo. Sempre nadei até longe. Mas, mesmo quando era menina, olhava a Baía — ora verde, ora azul, ora cinza, ora coberta de espuma das ondas, ora brilhando ao luar ou encoberta pela neblina — e pensava: 'Tansy, a Baía vai te pegar, mas só daqui a muitos e muitos anos.' Engraçado, né?"

E na ocasião ele riu e lhe deu um abraço apertado, e a água verde continuou marulhando junto aos pilares cobertos de algas.

Foram visitar a família dela, quando o pai ainda estava vivo, na casa perto de Bayport, na margem sul da Baía de Nova York.

O corredor estreito terminava para ela na Baía, à meia-noite de amanhã.

Tansy deve estar indo para a Baía.

Ele fez várias ligações — primeiro para as companhias rodoviárias, depois as ferroviárias e aéreas. Foi impossível conseguir passagem de avião, mas o trem da noite o deixaria em Jersey City uma hora antes do ônibus no qual ela devia estar, deduzindo pelos locais e horários dos carimbos postais.

Sabia que tinha tempo de sobra para reunir uns pertences e descontar um cheque a caminho da estação.

Espalhou os três bilhetes dela sobre a mesa — um a caneta e dois a lápis. Releu a fórmula incompleta e absurda.

Franziu as sobrancelhas. Um cientista negligenciaria a chance de um em um milhão? O comandante de um exército encurralado recusaria um estratagema só porque não constava no manual? Aquilo parecia um monte de rabiscos sem sentido. Ontem teria tido algum significado. Hoje, era só baboseira. Mas, amanhã à noite, essa fórmula poderia representar uma incrível e derradeira chance.

Mas fazer concessões à magia?

"Norman, você *deve* fazer o que eu mandar." As palavras o encaravam.

De qualquer forma, poderia precisar dessa quinquilharia para acalmá-la se a encontrasse à beira de um surto.

Foi à cozinha e pegou um rolo de barbante.

Remexeu no armário até achar a raquete de *squash* e cortou as duas cordas centrais. Isso vai servir de tripa.

A lareira não foi limpa desde que queimaram os objetos tirados da penteadeira de Tansy. Procurou na beirada até achar um pedacinho de pedra escurecida que atraísse uma agulha. Pedra-ímã.

Encontrou o disco com a "Sonata n. 9" de Scriabin e ligou a vitrola, colocando uma agulha nova. Olhou para o relógio de pulso e ficou andando de um lado a outro, impaciente. Aos poucos a música tomou conta dele. Não era uma música agradável. Tinha uma qualidade torturante e irritante, uma melodia grave e contínua, sequências curtas ao fundo, trinados agudos e floreios elaborados que se retorciam de um lado a outro do teclado do piano. Dava nos nervos.

Lembrou-se de coisas que ouviu falar sobre a composição. Tansy não disse que Scriabin chamou a "Sonata n. 9" de "Missa Negra" e desenvolveu uma aversão a tocá-la? Scriabin, que concebeu um órgão de cores, tentou traduzir musicalmente o misticismo e morreu de uma infecção labial estranha. Um russo de aspecto inocente e bigodão *moustache*. As críticas que Tansy lhe contou pairavam em sua mente. "A peçonhenta 'Sonata n. 9' — a peça musical mais pérfida já composta..." Ridículo! Como seria possível a música ser algo mais do que um padrão abstrato de intervalos musicais?

Contudo, ao ouvir a obra, era possível ter outra opinião.

O andamento se acelerava mais e mais. O segundo tema, encantador, foi contaminado, distorcido por um trecho estridente e dissonante — uma marcha dos condenados — uma dança dos condenados — que se interrompeu de repente ao atingir um tom intolerável. Então repetiu-se o tema grave inicial, finalizando com uma nota leve, mas áspera, no baixo do teclado.

Norman retirou a agulha, a colocou num envelope e guardou o resto de suas coisas. Somente então se perguntou por que, se estava reunindo essa tralha só para acalmar Tansy, tinha se preocupado em tocar a "Sonata n. 9" com a agulha. Com certeza uma agulha virgem serviria. Deu de ombros.

Instantes depois, teve a ideia de arrancar a página do dicionário com a lista ilustrada de nós.

O toque do telefone o deteve quando estava de saída.

"Ah, professor Saylor, se incomodaria de chamar a Tansy ao telefone?" O tom de voz da sra. Carr estava muito cordial.

Repetiu o que havia dito à sra. Sawtelle.

"Que bom que ela foi descansar no interior", disse a sra. Carr. "Sabe, professor Saylor, acho que a Tansy não parece estar muito bem ultimamente. Ando meio preocupada. Tem certeza de que ela está bem?"

Naquele exato momento, sem qualquer tipo de aviso, outra voz interrompeu.

"Que história é essa de me monitorar? Acha que sou criança? Sei o que estou fazendo!"

"Cale a boca!", disse a sra. Carr, ríspida. Depois com sua voz gentil: "Acho que foi uma linha cruzada. Até logo, professor Saylor."

A linha ficou muda. Norman franziu o cenho. Aquela segunda voz era parecidíssima com a de Evelyn Sawtelle.

Ele pegou a mala e saiu.

CAPÍTULO XIII

O motorista de ônibus que indicou para Norman em Jersey City tinha ombros largos e olhos sonolentos e competentes. Estava encostado no muro, fumando um cigarro.

"Com certeza, ela devia estar no ônibus, sim", disse a Norman após pensar um instante. "Mulher bonita, pequena, de roupa cinza, com o broche que você falou. Com uma mala clara de couro de porco. Achei que estivesse indo visitar alguém muito doente ou acidentado talvez."

Norman refreou sua impaciência. Se não fosse o atraso de uma hora e meia na entrada de Jersey City, o trem teria chegado bem antes do ônibus, e não vinte minutos depois.

Esclareceu: "Estou tentando descobrir aonde ela foi depois que saiu do ônibus. Os homens do balcão não souberam me dizer."

O motorista olhou para Norman. Mas não perguntou: "Pra que tu quer saber?" — e Norman ficou grato por isso.

Ele disse: "Não sei ao certo, senhor, mas estava saindo um ônibus municipal que desce o litoral. Acho que ela embarcou nele."

"Esse ônibus faz parada em Bayport?"

O motorista confirmou.

"Saiu há quanto tempo?"

Há uns vinte minutos."

"Será que chego em Bayport antes dele caso pegue um táxi?"

"Talvez sim. Se pagar a corrida de ida e volta, além de uma boa gorjeta, acho que o Alec pode levar o senhor." Acenou para um taxista parado pouco depois da estação. "Mas, senhor, não tenho certeza absoluta que ela entrou naquele ônibus, não."

"Não tem importância. Muito obrigado."

Sob a luz do poste, os olhos espertos de Alec se mostravam mais curiosos que os do motorista de ônibus, no entanto o taxista não fez nenhum comentário.

"Posso levar, sim", disse, animado, "mas a gente não pode perder tempo. Entra aí."

A estrada litorânea atravessava trechos solitários de pântanos e desertos. Eventualmente, Norman ouvia o farfalhar sibilante das léguas de vegetação marinha alta e firme e, em meio aos fedores químicos industriais, sentia uma catinga repugnante exalando das enseadas escuras sob as pontes baixas e compridas. O fedor da Baía...

Indistintamente avistava fábricas, refinarias de petróleo e casas espaçadas.

Ultrapassaram três ou quatro ônibus sem Alex fazer comentário algum. Estava extremamente atento ao volante.

Após um bom tempo, Alex disse: "Aquele deve ser o dela."

Uma constelação de lanternas traseiras verdes e vermelhas desaparecia no declive adiante.

"Faltam uns cinco quilômetros até Bayport", continuou. "O que eu devo fazer?"

"Só chegue em Bayport um pouco antes dela e pare na estação de ônibus."

"Tudo bem."

Alcançaram o ônibus e o ultrapassaram. As janelas eram muito altas, e Norman não conseguia enxergar os passageiros. Além disso, as luzes internas estavam apagadas.

Ao avançarem, Alec confirmou: "É ela, sem dúvida."

A estação de ônibus de Bayport era também a estação ferroviária. Norman lembrava-se vagamente das tábuas frouxas da plataforma e do pavimento que a separava dos trilhos de trem. Diferente da imagem que havia em sua memória, a estação era menor e mais suja, entretanto ainda ostentava a carpintaria ornamental grotesca da época em que Bayport havia sido um refúgio de veraneio para os ricos de Nova York. As janelas da estação estavam escuras, mas havia vários carros e um único táxi local estacionados, além de uns homens conversando baixo e alguns soldados, que supôs serem provavelmente do Forte Monmouth em Sandy Hook, perto dali.

Norman teve tempo de sentir a maresia no ar, com seu aroma suave e não desagradável de peixe. Então o ônibus estacionou.

Desceram vários passageiros, olhando ao redor em busca de quem os esperava.

Tansy foi a terceira. Ela olhava fixo para frente. Carregava a mala de couro de porco.

"Tansy", chamou.

Ela não olhou. Norman notou uma grande mancha preta na mão direita dela, e lembrou-se da tinta derramada na mesa do escritório.

"Tansy", disse, chamando-a. "Tansy!"

Sua esposa passou direto por ele, tão rente que chegou a roçar na manga da blusa que usava.

"Tansy, o que está acontecendo com você?"

Nesse momento, tinha dado meia-volta e a seguia. Ela se dirigia ao táxi local. Norman notou o silêncio e os olhares hostis e curiosos, que o deixaram irritado.

Rumava para o táxi sem diminuir o passo. Foi quando resolveu puxá-la pelo cotovelo, virando-a. Ouviu um burburinho de reprovação atrás de si.

"Tansy, pare de agir assim! Tansy!"

O rosto dela estava paralisado. Olhava através dele sem um pingo de reconhecimento nos olhos.

Ele ficou furioso. Não parou para pensar. As tensões acumuladas o induziram ao descontrole. Pegou-a pelos ombros e a sacudiu. Ainda olhando através dele, completamente indiferente — a imagem perfeita da mulher aristocrática resistindo à brutalidade. Se ela tivesse gritado e o enfrentado, os homens talvez não interferissem.

Alguém o puxou para trás.

"Largue a moça!"

"Quem você pensa que é, hein?"

Ela ficou parada, sem perder a compostura que dava nos nervos. Um pedaço de papel voou de sua mão. Então os olhos dos dois se encontraram, e teve a impressão de ver medo nos dela; então sentiu um choque leve e estranho, como se algo passasse dos olhos dela aos seus; ao mesmo tempo sentiu uma picada no couro cabeludo e pareceu ver se erguendo atrás dela, por um rápido instante, uma forma escura e irregular, duas vezes maior que ela, com ombros enormes, mãozonas estendidas e olhos de brilho tênue.

Mas foi só por um rápido instante. Quando ela se virou, estava sozinha. Embora ele tenha achado que a sombra dela na plataforma estava tão grande que a posição do poste de luz não teria como projetá-la. Então o viraram e não conseguiu mais vê-la.

Numa espécie de torpor esquisito — porque o tipo de alucinação que havia acabado de ter não cai bem com nenhuma outra emoção — os ouvia tagarelar.

"Eu devia te dar uma porrada", finalmente ouviu alguém dizer.

"Tudo bem", respondeu com voz inexpressiva. "Estão segurando minhas mãos."

Ouviu a voz de Alec. "Ei, o que está acontecendo aqui?" O tom de Alec soava precavido, mas não hostil, como se estivesse pensando. "Esse cara é meu passageiro, mas não sei nada sobre ele."

Um dos soldados se pronunciou. "Cadê a dona? Parece que ela não reclamou de nada."

"É, cadê a moça?"

"Ela entrou no táxi do Joe e foi embora", alguém respondeu.

"De repente ele tinha um bom motivo pra fazer o que fez", disse o soldado.

Norman sentiu o comportamento do grupo mudar.

Um dos homens que o segurava retorquiu: "Ninguém tem direito de tratar uma mulher assim". Mas o outro relaxou as mãos e perguntou: "E então? Você tinha um motivo pra fazer isso?"

"Tinha, sim. Mas é assunto meu."

Conseguiu ouvir uma voz aguda de mulher: "Muito barulho por nada!", e a de um homem, num tom bastante sarcástico: "Vai se meter em briga de marido e mulher..."

Resmungando, os dois homens o soltaram.

"Mas, escuta bem", disse o mais agressivo, "caso tivesse havido reclamação, ia te meter a porrada."

"Tudo bem", disse Norman, "nesse caso, sim." Seus olhos procuravam o pedaço de papel.

"Alguém sabe me dizer o endereço que ela deu pro taxista?", perguntou a esmo.

Um ou dois sacudiram a cabeça negativamente. Os demais ignoraram a pergunta. Seus sentimentos em relação a Norman não haviam mudado tanto a ponto de colaborarem. E, muito provavelmente, no rebuliço, ninguém tinha ouvido.

Em silêncio a pequena multidão se dispersou. As pessoas só começaram a falar sobre o ocorrido quando estavam longe o bastante para não serem ouvidas. A maioria dos carros foi embora. Os dois soldados se dirigiram aos bancos na frente da estação, para esperar sentados os ônibus ou o trem. Norman ficou sozinho com Alec.

Achou o pedaço de papel numa fresta das tábuas gastas. Quase tinha caído. Levou-o para o táxi, estudando-o.

Ouviu Alec dizer: "Bem, pra onde agora?" O taxista soou hesitante.

Norman olhou o relógio. Dez e trinta e cinco. Menos de uma hora e meia até meia-noite. Havia muitas coisas que podia fazer para tentar encontrar Tansy, mas não tantas dentro desse espaço de tempo. Seus pensamentos se sucediam com vagarosidade, quase dolorosamente, como se aquela coisa terrível que achou ter visto atrás de Tansy tivesse machucado o seu cérebro.

Olhou ao redor para os prédios na penumbra. Nos postes de luz, ainda havia vestígios de tinta preta nas metades viradas para o mar, resquícios do antigo blecaute do tempo de guerra. Adiante numa rua lateral, viu sinais de vida. Olhou para o pedaço de papel.

Pensou em Tansy. Pensou com esforço. Era uma questão de determinar o que seria melhor para ela, o que deveria fazer com base na sua mais profunda lealdade. É claro que podia procurá-la ao longo do litoral, das linhas ferroviárias, mas sabe-se lá Deus onde o taxista a teria deixado. Poderia tentar localizar o antigo píer onde nadaram e ficar lá esperando. Ou poderia esperar o táxi que a levou retornar. E poderia até tentar pedir ajuda à polícia para procurá-la, se conseguisse convencer os policiais de que sua mulher pretendia se suicidar.

Mas também pensou em outros fatores. Rememorou a confissão de bruxaria que ela fizera, em como ele tinha queimado o último "patuá", nos telefonemas repentinos de Theodore Jennings e Margaret Van Nice, na enxurrada de hostilidades e revelações indesejadas que o atingiu na universidade. Pensou no atentado imbecil contra sua vida perpetrado por Jennings, nas gravações do zunidor, na fotografia do dragão e nos esboços das cartas de tarô. Recordou a morte de Totem, no raio de sete braços, nos surtos que o deixaram propenso a acidentes e estimularam ideias suicidas. Lembrou da alucinação que tivera, quando bêbado, de algo agarrando-o pelos ombros e tapando sua boca. Refletiu a respeito da alucinação que acabara de ter da coisa atrás de Tansy. Esses pensamentos demandavam esforço.

Olhou de novo para o pedaço de papel.

Tomou uma decisão.

"Acho que tem um hotel na rua principal", disse a Alec. "Pode me deixar lá."

CAPÍTULO XIV

"Eagle Hotel", diziam as letras douradas de borda preta na janela de vidro laminado, que revelava abertamente o saguão estreito com meia dúzia de poltronas vazias.

Pediu que Alec esperasse e alugou um quarto para o pernoite. O recepcionista era um homem velho de paletó azul lustroso. Norman viu no livro de registro que ninguém mais tinha dado entrada recentemente. Deixou a mala no quarto e voltou ao saguão de imediato.

"Não venho aqui tem dez anos", disse ao recepcionista. "Não tem um cemitério a umas cinco quadras daqui, na direção oposta à Baía?"

O velho piscou e arregalou os olhos sonolentos.

"O Cemitério de Bayport? São só três quadras, depois uma quadra e meia virando à esquerda. Mas...". Disse emitindo um leve som interrogativo com a garganta.

"Obrigado", disse Norman.

Parou para pensar um instante e acertou as contas com Alec, que recebeu o dinheiro e, com alívio evidente, pisou fundo. Norman desceu a rua principal, na direção oposta à Baía.

Após a primeira quadra, não havia mais comércio. Nessa direção, Bayport acabava rápido. Quase todas as casas estavam apagadas. E, virando à esquerda, não tinha mais iluminação urbana.

O portão do cemitério estava fechado. Ele explorou o muro, por trás dos arbustos que o escondiam, tentando ser o mais quieto possível, até que encontrou uma árvore pequena com um galho inferior que aguentava o seu peso. Pôs as mãos na parte de cima do muro, subiu e desceu com cautela do outro lado.

Depois do muro reinava a escuridão. Ouviu um farfalhar, como se tivesse perturbado algum animal pequeno. Guiando-se mais por intuição do que por visão, encontrou uma lápide. Era fina, gasta, cheia de musgo na base e estava inclinada. Devia ser de meados do século passado. Cavou a terra com a mão e encheu um envelope que tirou do bolso.

Pulou o muro de volta, fazendo o que pareceu uma barulheira nos arbustos. Mas a rua estava vazia como antes.

No caminho de volta ao hotel, olhou para o céu, localizou a Estrela Polar e calculou a orientação do seu quarto.

Ao atravessar o saguão, sentiu o olhar curioso do recepcionista cravado nele.

O quarto estava escuro. O ar de maresia adentrava pela janela aberta. Trancou a porta, fechou a janela, baixou a persiana e acendeu a luz — a lâmpada forte no teto revelava o quarto em toda a sua aspereza encardida. Um telefone de gancho era o único toque moderno.

Tirou o envelope do bolso e o pesou na mão. Seus lábios esboçaram um sorriso particularmente amargo. Então releu o bilhete no papel que tinha voado da mão de Tansy.

um pouco de terra de cemitério e embrulhe tudo num pedaço de flanela, no sentido anti-horário. Ordene que ele me faça parar. Ordene que ele me leve até você.

Terra de cemitério. Era isso que havia encontrado na penteadeira de Tansy. Fora o início disso tudo. Agora ele próprio buscava a terra.

Olhou para o relógio. Onze e vinte.

Tirou as coisas de cima da mesinha e a colocou no meio do quarto, marcando com o canivete o lado virado para o leste. "Anti-horário" significava "na direção oposta ao sol" — do oeste para o leste.

Colocou os ingredientes necessários na mesa, cortou uma tira de tecido da bainha do roupão e pôs em ordem as quatro partes do bilhete de Tansy. O sorriso amargo de desgosto não se desfez em sua boca.

Ao todo, as partes importantes do bilhete diziam:

> Pegue quatro tiras de dez centímetros de corda branca e um pedaço de tripa, um pouco de platina ou irídio, um pedaço de pedra-ímã, uma agulha de vitrola que só tenha tocado a "Sonata n. 9" de Scriabin. Faça nas quatro tiras brancas um nó torto, um nó direito, um nó boca de lobo e um nó de ajuste. Faça um nó de laço na tripa. Acrescente um pouco de terra de cemitério e embrulhe tudo num pedaço de flanela, no sentido anti-horário. Ordene que ele me faça parar. Ordene que ele me leve até você.

Em linhas gerais, era semelhante a centenas de receitas de bolsas de mandinga dos negros que tinha visto ou ouvido falar. A agulha de vitrola, os nós e um ou dois outros itens eram obviamente acréscimos "brancos".

E tudo isso estava no mesmo plano dos processos mentais de uma criança ou adulto neurótico que religiosamente pisa, ou evita pisar, nas fendas das calçadas.

Um relógio lá fora badalou a meia hora.

Norman ficou ali sentado olhando os itens. Era difícil começar. Seria diferente, disse a si mesmo, se fosse só uma brincadeira ou um jogo, ou se ele fosse uma dessas pessoas alucinadas por um sobrenaturalismo doentio — que gostam de brincar com magia por ser medieval e porque manuscritos ilustrados são bonitos. Mas enfrentar a tarefa com total seriedade, abrir a mente deliberadamente para a superstição — isso era dar as mãos às forças que arrastam o mundo de volta à idade das trevas, era eliminar o termo "ciência" da equação.

Mas ele viu aquela coisa atrás de Tansy. Claro que foi uma alucinação. Porém, quando alucinações começam a se comportar como realidades, com o respaldo de uma série de coincidências, até um cientista precisa cogitar a possibilidade de tratá-las como realidades. E quando as alucinações começam a ameaçar você e os seus de forma direta e física...

Não, era mais do que isso. Era preciso confiar na pessoa amada. Pegou a primeira tira de corda e uniu as pontas com um nó torto.

Quando foi fazer o nó boca de lobo, precisou consultar a página que rasgara do dicionário. Após alguns erros iniciais, conseguiu.

Mas o nó de ajuste foi um desastre. Era um nó simples, mas, embora tentasse e tentasse, não conseguia deixar como o da ilustração. Sua testa começou a suar. "Que quarto abafado", disse consigo. "Ainda estou com o corpo quente do vaivém." Parecia ter dedos de salsicha. As pontas da corda não paravam de escapulir. Lembrou-se da destreza com que os dedos de Tansy entrelaçaram os nós.

Onze e quarenta e um. A agulha de vitrola começou a rolar da mesa. Ele largou a corda e pôs a agulha encostada na sua caneta-tinteiro para que não rolasse. Depois voltou ao nó.

Por um instante achou que tivesse pegado a tripa, pois a corda parecia muito rígida e inflexível. Incrível como o nervosismo nos afeta, pensou. Sua boca estava seca. Engolia com dificuldade.

Por fim, com olhar atento, seguindo passo a passo a ilustração, conseguiu fazer o nó de ajuste. Durante todo o processo, sentiu como se existisse algo além da corda nos seus dedos, como se estivesse lutando contra uma grande inércia. Assim que terminou, sentiu um leve arrepio pelo corpo, como no início de uma febre, e a lâmpada do teto pareceu se enfraquecer um pouco. Era vista cansada.

A agulha de vitrola estava rolando na direção oposta, cada vez mais depressa. Deu um tapa sobre ela, deixou escapar, deu outro e a pegou pouco antes de cair da mesa.

Como um tabuleiro Ouija, disse a si mesmo. Você tenta manter os dedos perfeitamente imóveis posicionados sobre o ponteiro. Com isso, a tensão muscular se acumula. Atinge o ponto de ruptura. Aparentemente fora do seu controle, o ponteiro começa a se mover com suas três perninhas e a deslizar de letra a letra. Aqui é a mesma coisa. As tensões musculares e nervosas que sentia tornavam difícil amarrar os nós. Obedecendo a uma tendência universal, projetou a dificuldade na corda. E, com a pressão do cotovelo e do joelho, acabou inclinando a mesa sem se dar conta.

Entre seus dedos, a agulha de vitrola parecia vibrar, como se fizesse parte de uma grande máquina. Havia uma sugestão de choque elétrico bem de leve. Do nada, os acordes torturantes e estrondosos da "Sonata n. 9" começaram a tocar na sua mente. Que besteira! Formigamento nos dedos, geralmente a ponto de causar dor, é um sintoma notório de nervosismo extremo. Mas sua garganta estava seca e, ao bufar com um desprezo rancoroso, parecia estar sem fôlego.

Enfiou a agulha na flanela para uma maior segurança.

Onze e quarenta e sete. Ao esticar o braço para pegar a tripa, seus dedos estavam fracos e trêmulos como se tivesse acabado de subir uma corda de trinta metros só com as mãos. O material parecia normal, mas era viscoso ao toque, como se tivesse acabado de ser tirado da barriga da fera e torcido até tomar forma. De vez em quando sentia um cheiro pungente, quase metálico, cobrindo o odor da Baía. Alucinações táteis e olfativas acompanhando as visuais e auditivas — era isso que pensava. Ainda ouvia a "Sonata n. 9".

Ele sabia dar um nó de laço de olhos fechados, e devia ter sido mais fácil, já que a tripa não estava tão rígida quanto o esperado, porém sentia que outras forças tentavam manipulá-la, ou outras mentes tentavam dar ordens aos seus dedos, pois o pedaço de tripa tentava se dobrar em um nó de correr, um nó direito, uma meia-volta — tudo menos um nó de laço. Seus dedos doíam, seus olhos pesavam de fadiga excessiva. Enfrentava uma inércia crescente, esmagadora. Lembrou-se do que Tansy disse na noite em que confessara praticar bruxaria: "Existe uma lei de reação em qualquer conjuração — como o coice de uma arma..." Onze e cinquenta e dois.

Com grande esforço, canalizou sua energia mental e se concentrou apenas no nó. Seus dedos dormentes começaram a se mexer num ritmo estranho, um ritmo da "Sonata n. 9", *più vivo*. O nó de laço estava pronto.

A luz do teto se enfraqueceu perceptivelmente, deixando todo o quarto numa escuridão sombria. Cegueira histérica, disse consigo — e rede elétrica de cidade pequena nunca funciona direito. Estava muito frio agora, tão frio que imaginava poder ver sua respiração. E reinava um silêncio terrível. Contra esse silêncio, sentia e ouvia as batidas rápidas de seu coração, numa aceleração intolerável em compasso com o ritmo fulminante e espiralado da música.

Então, num momento paralisante e diabólico de lucidez, percebeu que *isto* era feitiçaria. Não era simplesmente mexer com uns instrumentozinhos medievais, ou um fácil truque de mãos, mas uma luta exaustiva e extenuante para manter o controle das *forças invocadas*, apenas simbolizadas nos objetos que manipulava. Além das paredes do quarto, além das paredes do seu crânio, além das paredes de energia imateriais de sua mente, sentia aquelas forças se reunindo, se expandindo e, com terrível ansiedade, aguardando que desse um passo em falso para poderem destruí-lo.

Não podia acreditar. Não acreditava. Ainda assim, de algum jeito, *precisava* acreditar.

A única pergunta era — seria ele capaz de manter o controle?

Onze e cinquenta e sete. Começou a reunir os objetos sobre o pedaço de flanela. A agulha saltou e grudou na pedra-ímã, arrastando a flanela junto. Isso não deveria ter acontecido; pois uma distância de trinta centímetros as separava. Pegou uma pitada da terra de cemitério. Entre o indicador e o polegar, cada partícula parecia rastejar, como uma larvinha. Teve a sensação de que faltava algo. Não conseguia lembrar o quê. Procurou a fórmula. Uma corrente de ar estava soprando os papeizinhos para fora da mesa. Sentiu que as forças exteriores começavam a ficar impacientes para entrar, como se soubessem que estava fracassando. Estendeu o braço e conseguiu pegar os papéis. Curvando-se sobre eles, identificou as palavras "platina ou irídio". Bateu a ponta da caneta-tinteiro na mesa, quebrou a pena e a colocou com os outros itens.

Estava do lado da mesa oposto ao do canivete que marcava o leste, tentando estabilizar suas mãos trêmulas na beirada. Seus dentes batiam. O quarto era um breu agora, salvo a luz azulada impossível que atravessava a persiana. Com certeza a lâmpada do poste não tinha aquele tom de vapor de mercúrio.

Subitamente a tira de flanela começou a se enroscar como uma folha de gelatina aquecida, a se enrolar do leste ao oeste, na *direção* do sol.

Ele se jogou para frente de sobressalto, pôs a mão dentro da flanela antes que se fechasse, abriu o pano — parecia metal nas suas mãos fracas — e o enrolou na direção oposta ao sol, no sentido anti-horário.

O silêncio tornou-se mais intenso. Não era possível ouvir nem as batidas do seu coração. Sabia que algo estava aguardando com extrema atenção pelo seu comando, e que esperava com uma avidez ainda maior que ele não conseguisse conjurar.

Em algum lugar soavam as badaladas de um relógio — ou seria não um relógio, mas o som secreto do tempo? Nove — dez — onze — doze.

Sua língua prendeu-se no céu da boca. Estava se sufocando sem fazer barulho. Parecia que as paredes do quarto se aproximavam dele a cada minuto.

Então, com uma voz seca e rouca, conseguiu dizer: "Faça a Tansy parar. Traga ela aqui."

Norman sentiu o quarto tremer, o chão afundar e levantar sob seus pés, como se houvesse um terremoto em Nova Jersey. Escuridão completa. A mesa, ou uma força que irrompia da mesa, aparentemente se levantou e o atingiu. Sentiu seu corpo ser atirado numa superfície macia.

Então as forças sumiram. Em todo lugar, a tensão deu lugar à lassidão. O som e a luz voltaram. Ele estava estirado na cama. Na mesa estava um pacotinho de flanela, agora sem importância.

Sentiu-se como se estivesse entorpecido ou acordando depois de uma orgia. Ele não tinha disposição para nada. Não tinha emoção nenhuma.

No mundo externo tudo permanecia igual. Até sua mente, com racionalidade automática, conseguia retomar, exausta, a tarefa ingrata de explicar suas experiências com base na ciência — tecendo uma rede elaborada em que as linhas eram a psicose, a alucinação e as coincidências improváveis.

Entretanto, no seu âmago, algo havia mudado, e nunca voltaria a ser como antes.

Passou-se um tempo considerável.

Ouviu passos subindo os degraus, depois no corredor. Faziam um chape-chape, como se os sapatos estivessem encharcados.

Pararam na frente da sua porta.

Ele atravessou o quarto, virou a chave na fechadura e abriu a porta.

Um fio de alga estava preso no broche prateado. O conjunto cinza agora estava preto e encharcado, exceto um pedaço, levemente coberto de sal, que já começava a secar. O cheiro da Baía estava próximo e tangível. Outro fio de alga estava preso nas meias amarrotadas.

Ao redor dos calçados manchados, uma pocinha de água se formava.

Seguiu com os olhos as pegadas molhadas até o fim do corredor. No topo da escada, estava o velho recepcionista, um pé ainda no último degrau. Ele carregava uma pequena mala de couro de porco, com manchas de água.

"O que que está acontecendo aqui?", indagou com voz trêmula, quando viu que Norman o olhava. "O senhor não disse que estava esperando a sua mulher. Parece que ela se jogou na Baía. Não quero nada de suspeito aqui no hotel — nada de errado."

"Está tudo bem", respondeu Norman, adiando o momento em que teria de olhar para o rosto dela. "O senhor me desculpe pelo esquecimento. Posso pegar a mala?"

"...no ano passado, teve um suicídio aqui" — o velho recepcionista não percebeu que estava pensando alto — "isso é péssimo pro hotel." Sua voz esmoreceu. Olhou para Norman, recompôs-se e atravessou o corredor com hesitação. A poucos passos da porta, parou, estendeu o braço, pôs a mala no chão, deu meia-volta e foi embora depressa.

Relutante, Norman levantou a vista até a altura dos olhos dela.

O rosto estava pálido, muito pálido, e sem expressão. Os lábios estavam azulados. O cabelo molhado estava colado nas bochechas. Uma mecha grossa passava por cima de uma das cavidades oculares, como uma cortina, e se encaracolava até o pescoço. Um olho opaco o encarava, sem o reconhecer. E nenhuma das mãos se mexeu para tirar a mecha de cabelo de cima do outro olho.

Da bainha da saia, pingava água.

Os lábios se abriram. A voz era como o murmúrio monótono da água.

"Você se atrasou", disse a voz. "Você se atrasou um minuto."

CAPÍTULO XV

Pela terceira vez eles retornavam à mesma pergunta. Norman tinha a sensação enlouquecedora de estar seguindo um robô que andava em enormes círculos infinitos, sempre pisando nas mesmas folhas de grama ao refazer seu caminho.

Com a convicção desesperada de que não adiantaria nada, repetiu a pergunta: "Mas como você pode estar sem consciência e ao mesmo tempo *saber* que está sem consciência? Se a sua mente está vazia, você não pode, ao mesmo tempo, estar ciente do vazio da sua mente."

Os ponteiros do seu relógio lentamente se aproximavam das três da manhã. A frieza e o desânimo da madrugada profunda impregnavam o encardido quarto de hotel. Tansy estava sentada ereta, vestindo o roupão e as pantufas de Norman, com uma manta sobre os joelhos e uma toalha de banho enrolada na cabeça. Deviam lhe conferir um ar infantil e talvez até uma beleza natural. Não causavam esse efeito. Se desenrolasse a toalha, você veria o topo da caixa craniana serrada e sem cérebro, uma tigela vazia — era esse o devaneio que tinha toda vez que cometia o erro de olhar nos olhos dela.

Os pálidos lábios se abriram. "Não sei nada. Só falo. Minha alma foi roubada. Mas minha voz é uma função do meu corpo."

Nem era possível dizer que a voz tinha uma paciência explicativa. Era muito vazia e insípida até para isso. As palavras, enunciadas com clareza e uniformidade, pareciam todas iguais. Soavam como o som de uma máquina.

A última coisa que desejava era despejar perguntas sobre essa figura lamentável, mas sentia que precisava despertar de qualquer jeito alguma centelha de emoção naquela máscara; necessitava encontrar algum ponto de partida inteligível, para que então sua mente pudesse começar a trabalhar efetivamente.

"Mas, Tansy, se consegue falar sobre a situação atual, deve estar ciente dela. Você está aqui neste quarto comigo!"

A cabeça atoalhada balançou para os lados uma única vez, como uma boneca mecânica.

"Não tem nada aqui com você além de um corpo. 'Eu' não está aqui."

Sua mente corrigiu automaticamente "está" para "estou", até que ele percebeu que não houvera erro gramatical algum. Ele estremeceu.

"Quer dizer", perguntou, "que não pode ver nem ouvir nada? Que só existe uma escuridão?"

Repetiu-se o movimento mecânico de cabeça, que transmitia uma convicção mais plena que a discordância mais acalorada.

"Meu corpo vê e ouve perfeitamente. Não sofreu nenhum dano. Executa todas as funções. Mas não há nada dentro. Nem sequer uma escuridão."

A mente exausta e transtornada de Norman saltou para o assunto da psicologia behaviorista e sua proposição fundamental de que as reações humanas podem ser explicadas de forma completa e satisfatória sem jamais mencionar a consciência — não é preciso nem considerar a existência da consciência. Aqui estava a prova perfeita. E, no entanto, não tão perfeita, pois o comportamento desse corpo não apresentava nem sequer uma daquelas pequenas peculiaridades que, somadas, compõem a personalidade. A maneira como Tansy costuma apertar os olhos quando pensa sobre uma pergunta difícil. O jeitinho familiar como dobrava os cantos da boca ao se sentir lisonjeada ou secretamente entretida. Tudo isso tinha desaparecido. Até a sacudida de cabeça que conhecia tão bem — tripla, rápida, com o nariz ligeiramente franzido como um coelho — havia se transformado num robótico "não".

Os órgãos sensoriais dela ainda respondiam aos estímulos. Enviavam impulsos ao cérebro, onde circulavam e davam origem a impulsos que ativavam glândulas e músculos, incluindo os órgãos motores da fala. Mas era somente isso. Nenhum daqueles fluxos intangíveis que chamamos de consciência percorria a rede de atividade nervosa do córtex. Aquilo que conferia estilo — o estilo de Tansy, específico a ela e ninguém mais — a cada movimento e expressão corporal tinha desaparecido. Restava apenas o organismo fisiológico, sem sinal nem indicação de personalidade. Nem mesmo uma louca ou estúpida alma — sim! Por que não usar esse velho termo agora que tinha um sentido específico óbvio? — espiava através dos olhos cinza-esverdeados que piscavam em intervalos uniformes, com regularidade mecânica, mas apenas para lubrificar a córnea, nada mais.

Ele sentiu um alívio meio incômodo atravessá-lo, agora que era capaz de imaginar a condição de Tansy em termos precisos. Mas o que imaginou propriamente... Lembrou-se de uma matéria jornalística sobre um velho que mantivera trancado em seu quarto, durante anos, o cadáver de uma jovem amada que havia morrido de uma doença incurável. O homem preservara o corpo num estado surpreendente com cera e outros recursos, dizia a reportagem, falava com ele dia e noite e estava convencido de que um dia o reanimaria por completo — até que descobriram e levaram o corpo para ser enterrado.

Fez uma careta repentina. Que desgraça, exclamou internamente, por que sua mente teimava com essas fantasias desvairadas quando era óbvio que Tansy estava sofrendo de uma condição nervosa incomum, de uma estranha autoilusão?

Óbvio?

Fantasias desvairadas?

"Tansy, quando sua alma sumiu, por que não morreu?", perguntou.

"Geralmente, a alma permanece viva até o fim, incapaz de fugir, e desaparece ou morre quando o corpo morre", respondeu a voz, com palavras uniformemente espaçadas, como se marcadas por um metrônomo. "Mas Aquele Que Segue Atrás estava arrancando a minha. Senti o peso da água verde contra o meu rosto. Sabia que era meia-noite. Tinha consciência do seu fracasso. Naquele momento de desespero, Aquele Que Segue Atrás foi capaz de extrair minha alma. Na mesma hora, os braços do Seu Agente me pegaram e me ergueram até a superfície. Minha alma estava perto o bastante para saber o que tinha acontecido, mas não o suficiente para voltar. Essa angústia duplicada foi a última memória gravada no meu cérebro. O Seu Agente e Aquele Que Segue Atrás concluíram que ambos tinham atingido seus objetivos, então não houve disputa entre eles."

A imagem criada na mente de Norman era de uma nitidez tão surpreendente que parecia impossível ter sido produzida pelas palavras de uma simples máquina fisiológica. No entanto, somente uma máquina fisiológica teria contado a história com tamanho controle.

"Quer dizer que não há nada que a emocione?", perguntou abruptamente em voz alta, dominado por uma angústia intolerável diante do vazio dos olhos dela. "Não restou nenhuma emoção dentro de você?"

"Sim. Uma." Desta vez não fez um aceno robótico negativo, e sim um aceno robótico afirmativo com a cabeça. Pela primeira vez, havia uma atividade de sentimento, um sinal de motivação. A ponta da língua pálida lambeu com avidez os lábios anêmicos. "Eu quero a minha alma."

O susto o deixou sem fôlego. Agora que tinha conseguido despertar um sentimento nela, ele o odiou. Era animalesco demais, parecia uma minhoca fotossensível rastejando sedenta na direção do sol.

"Eu quero a minha alma", repetiu a voz mecanicamente, perturbando-o mais do que qualquer entonação chorosa e lamurienta o afetaria. "No último instante, embora ela não pudesse voltar, minha alma inseriu esse único sentimento em mim. Sabia o que a esperava. Compreende que há coisas que se pode infligir a uma alma. Ela estava com muito medo."

Norman mastigou as palavras entre os dentes. "Onde acha que sua alma está?"

"Está com ela. A mulher dos olhinhos sem brilho."

Olhou-a. Algo começou a martelar dentro dele. Era raiva e, por ora, não se importava se sadia ou não.

"Evelyn Sawtelle?", perguntou com voz rouca.

"Sim. Mas não é sensato usar o nome dela."

Norman lançou a mão ao telefone. Era necessário fazer algo definitivo ou deixar tudo fluir sem controle.

Após algum tempo, o recepcionista noturno o atendeu e o conectou à telefonista local.

"Sim, senhor", disse a voz monótona. "Hempnell, 1284. O senhor deseja fazer uma ligação pessoal para Evelyn Sawtelle — E-V-E-L-Y-N S-A-W-T-E-L-L-E, senhor?... Por gentileza, o senhor pode desligar e esperar? Vai demorar um pouquinho para eu completar a ligação."

"Eu quero a minha alma. Quero ir até aquela mulher. Quero ir até Hempnell." Agora que havia estimulado a ânsia cega na criatura que o encarava, o sentimento persistia. Parecia um disco arranhado ou um brinquedo mecânico que precisa de um empurrãozinho para fazer um caminho novo.

"A gente vai lá com certeza." Ainda era difícil para ele controlar a respiração. "A gente vai recuperar a sua alma."

"Mas preciso ir logo para Hempnell. A água sujou minha roupa. Preciso chamar a camareira para lavar e passar tudo."

Com um movimento regular e lento, ela se levantou e foi na direção do telefone.

"Mas, Tansy", contestou de bate-pronto, "são três horas da madrugada. Não tem como arrumar uma camareira agora."

"Minha roupa precisa ser lavada e passada. Preciso ir logo para Hempnell."

Poderiam ser as palavras de uma mulher teimosa, egoísta e rabugenta, mas tinham menos entonação do que as de um sonâmbulo.

Enquanto falava, prosseguia na direção do telefone. Embora não tenha previsto que o faria, esquivou-se do caminho dela, mantendo-se rente à lateral da cama.

"Mesmo que haja uma camareira, não virá essa hora", retrucou ele.

A face pálida virou-se para ele com apatia. "A camareira é uma mulher. Virá quando ouvir minha voz."

No instante seguinte ela já falava com o recepcionista noturno. "Tem alguma camareira no hotel?... Peça que venha ao meu quarto... Então ligue para ela... Não posso esperar até de manhã... Preciso dela agora... Não posso dizer o motivo... Obrigada."

Houve uma longa espera, durante a qual ele ouvia de longe a ligação chamando do outro lado da linha. Podia imaginar a voz sonolenta e mal-humorada que finalmente atendeu.

"Quem fala é a camareira?... Venha já ao quarto 37." Ele quase conseguia ouvir a resposta indignada. Então: "Não está ouvindo a minha voz? Não está percebendo o meu estado?... Sim... Venha logo." E ela devolveu o fone ao gancho.

"Tansy...", começou. Ainda a olhava, e novamente se viu fazendo um preâmbulo hesitante, mesmo sem intenção. "Você é capaz de ouvir e responder minhas perguntas?"

"Consigo responder perguntas. Estou respondendo perguntas há três horas."

Ora — veio o exaustivo impulso da lógica — se ela se lembra do que tem feito nas últimas três horas, então certamente... E, contudo, o que é a memória senão uma pista gasta no sistema nervoso? Para explicar a memória, não era necessário mencionar a consciência.

Pare de bater a cabeça contra esse muro de pedra, seu idiota! — veio outro impulso interno. Você olhou nos olhos dela, não foi? Ora, então vá em frente!

"Tansy", perguntou, "quando você diz que a Evelyn Sawtelle está com a sua alma, o que você quer dizer?"

"Exatamente isso."

"Não quer dizer que ela, a sra. Carr e a sra. Gunnison têm alguma espécie de poder psicológico sobre você, que estão a mantendo num tipo de cárcere emocional?"

"Não."

"Mas a sua alma..."

"É a minha alma."

"Tansy." Ele odiava ter que tocar nesse assunto, porém não tinha jeito. "Acredita mesmo que a Evelyn Sawtelle é uma bruxa, que está praticando rituais de bruxaria, assim como você?"

"Sim."

"E a sra. Carr e a sra. Gunnison?"

"Elas também."

"Quer dizer que acha que elas fazem as mesmas coisas que você fez — conjuram feitiços, fazem amuletos, usam o conhecimento específico dos maridos para tentar protegê-los e avançar as carreiras deles?"

"Elas vão além disso."

"O que você quer dizer?"

"Elas usam magia negra, não só branca. Elas não se importam de ferir, atormentar ou matar."

"E por que elas são diferentes assim?"

"As bruxas são como as pessoas. Existem as hipócritas, as vaidosas, as que iludem a si mesmas, as que acreditam que os fins justificam qualquer meio."

"E as três estão em conluio contra você?"

"Sim."

"Por quê?"

"Porque me odeiam."

"Por quê?"

"Em parte me odeiam por sua causa, pois a sua ascensão pode prejudicar os maridos e elas próprias. Mas é mais do que isso, me odeiam por sentirem que os meus valores mais íntimos são diferentes dos delas. Sentem que, embora mantenha as aparências, não cultuo realmente a respeitabilidade. As bruxas, na verdade, costumam adorar os mesmos deuses que as pessoas. Têm medo de mim porque eu não me curvo a Hempnell. Mas a sra. Carr, pelo que percebo, tem um motivo extra."

"Tansy", hesitou ao começar. "Tansy, como é possível essas três mulheres serem bruxas?"

"Acontece."

Um silêncio tomou a sala, enquanto os pensamentos de Norman orbitavam lentamente o tema da paranoia. De repente, disse com esforço: "Mas, Tansy, você não percebe o que isso implica? A ideia de que todas as mulheres são bruxas."

"Sim."

"Mas como você pode...?"

"Shh." Foi um som tão inexpressivo quanto a descarga de vapor de um radiador, no entanto fez Norman se calar. "Ela está vindo."

"Quem?"

"A camareira. Vá se esconder, que vou lhe mostrar uma coisa."

"Esconder?"

"Sim." Ela foi em sua direção e ele involuntariamente recuou. A mão dele encostou numa porta. "No armário?", perguntou, umedecendo os lábios.

"Sim. Fique escondido aí, que vou lhe provar uma coisa."

Norman ouviu passos no corredor. Hesitou por um instante, franzindo o cenho, depois fez o que lhe foi pedido.

"Vou deixar a porta entreaberta", disse. "Olha, assim."

O robótico aceno afirmativo de cabeça foi a resposta.

Ouviu batidas à porta, os passos de Tansy, o som da porta se abrindo.

"Chamô, senhora?" Contrariando sua expectativa, a voz era jovem. Soou como se ela tivesse engolido ao falar.

"Sim, quero que lave e passe umas peças de roupa. Elas caíram na água salgada. Estão na borda da banheira. Vá buscar."

A camareira apareceu na sua linha de visão. Ela engordaria em alguns anos, pensou, mas era bonitona agora, embora inchada de sono. Usava vestido, mas estava de chinelo e descabelada.

"Tome cuidado com o conjunto, é de lã", disse a voz de Tansy, com a mesma falta de entonação de antes, quando dirigida a ele. "E quero de volta daqui a uma hora."

Norman esperava ouvir alguma objeção àquele pedido abusado, mas não ouviu. A moça disse: "Tudo bem, senhora", e saiu rápido do banheiro, as roupas úmidas jogadas depressa sobre um dos braços, como se estivesse louca para sair dali antes que voltassem a lhe dirigir a palavra.

"Um minutinho, menina. Quero lhe fazer uma pergunta." A voz estava um pouco mais alta agora. Foi a única mudança, contudo exibia agora um tom imperativo alarmante.

A moça titubeou, então se virou a contragosto, e Norman conseguiu ver sua face por inteiro. Ele não conseguia ver Tansy — a porta do armário obstruía sua visão — mas pôde ver o medo brotar no rosto amassado de sono da moça.

"Pois não, senhora?", conseguiu articular.

Houve uma pausa longa. Ele notou, pelo jeito como a moça se retraiu, apertando as roupas úmidas ao corpo, que Tansy estava olhando fixamente para ela.

Finalmente ouviu: "Você conhece os Trabalhos para Realizar Coisas? Os Trabalhos para Alcançar e Proteger?"

Norman podia jurar que a moça teve um sobressalto ao ouvir a segunda frase. Mas ela negou, balançando rápido a cabeça, e balbuciou: "Não, senhora, eu... eu não sei do que a senhora está falando."

"Quer dizer que você nunca aprendeu o Método de Realizar Desejos? Você não conjura, não enfeitiça nem amaldiçoa? Você não conhece a Arte?"

Desta vez o "não" foi quase inaudível. A moça tentava desviar o olhar, mas não conseguia.

"Eu acho que está mentindo."

A moça se contorceu, suas mãos agarrando com força os braços cruzados. Parecia tão apavorada, que Norman quis sair e interromper aquilo, mas a curiosidade o deteve.

A resistência da moça cedeu. "Por favor, senhora, a gente não deve falar disso."

"Você pode falar comigo. Que Procedimentos você usa?"

A moça parecia realmente perplexa com a nova palavra.

"Não sei nada sobre isso, não, senhora. Não faço muita coisa. Quando meu namorado estava no exército, fiz mandinga pra proteger ele de acidente e tiro, e fiz feitiço pra ficar longe de mulher. E já fiz trabalho pra curar doença. Juro, não faço muita coisa, não, senhora. E nem sempre dá certo. E várias coisas não consigo realizar." As palavras começaram a se atropelar.

"Tudo bem. Onde você aprendeu a fazer essas coisas?"

"Umas aprendi com minha mãe quando era menina. E umas com a sra. Neidel — ela aprendeu mandinga contra tiro com a avó dela, que teve parente numa guerra na Europa um tempão atrás. Mas a maioria das mulheres não vão dizer nada. E alguns feitiços eu descubro sozinha e tento de várias formas até funcionar. A senhora não vai me entregar, né?"

"Não. Agora olhe para mim. O que aconteceu comigo?"

"Juro, senhora, não sei. Por favor, não me obrigue a dizer." A relutância e o terror da moça eram tão palpáveis que Norman começou a sentir raiva de Tansy. Então lembrou-se de que a coisa atrás da porta era incapaz de crueldade ou bondade.

"Quero que você me diga."

"Eu não sei como dizer isso, mas a senhora... está *morta*." Em um movimento rápido, jogou-se aos pés de Tansy. "Ai, por favor, imploro, não leve a minha alma! Por favor!"

"Jamais levaria a sua alma. Você sairia ganhando com isso. Agora pode ir."

"Ai, muito obrigada, muito obrigada." A moça recolheu rapidamente as roupas caídas no chão. "Vou trazer a sua roupa de volta já, já. Prometo." E saiu depressa.

Somente quando se mexeu é que Norman notou que seus músculos estavam duros e doloridos por ter passado aqueles tensos minutos espiando. A figura de roupão e toalha na cabeça estava sentada exatamente na mesma posição em que a tinha visto da última vez, mãos levemente entrelaçadas, olhar ainda direcionado para onde estivera a moça.

"Se sabia disso tudo", perguntou, com a mente numa espécie de transe após o que testemunhara, "por que desejou interromper os feitiços semana passada quando lhe pedi?"

"Em toda mulher há dois lados." Poderiam ser as palavras de uma múmia compartilhando sabedoria ancestral. "Um lado é racional, como o homem. O outro lado sabe. Os homens são criaturas artificialmente isoladas, como ilhas num mar de magia, protegidos por sua racionalidade e os artifícios de suas mulheres. O isolamento proporciona a eles mais vigor na ação e no pensamento, mas as mulheres sabem. As mulheres poderiam dominar o mundo abertamente, mas não querem esse trabalho nem essa responsabilidade. E os homens poderiam aprender a superá-las na prática da Arte. Hoje já devem existir feiticeiros homens, mas muito poucos.

"Semana passada, suspeitei de muita coisa que não contei. Mas o meu lado racional é forte, e queria ficar ao seu lado de todas as formas. Como muitas mulheres, não tinha certeza. E, quando destruí meus amuletos e fetiches, fiquei temporariamente cega para a feitiçaria. Como uma pessoa acostumada a altas doses de uma droga, as doses baixas não me afetavam. A racionalidade me dominou. Por alguns dias tive uma falsa sensação de segurança. Então a própria racionalidade me provou que você era vítima de feitiçaria. E, na viagem até aqui, aprendi muitas coisas, algumas delas que Aquele Que Segue Atrás deixou escapar." Ela fez uma pausa e acrescentou, com a esperteza inocente de uma criança: "Vamos voltar para Hempnell agora?"

O telefone tocou. Era o recepcionista noturno, cuja agitação retirava quase todo sentido de suas palavras, porém, apesar disso, foi possível entender que ameaçava chamar a polícia e expulsá-los do hotel. Para acalmá-lo, Norman teve que prometer descer imediatamente.

O velho esperava no sopé da escada.

"Escute aqui, meu senhor", começou, apontando-lhe o indicador, "quero saber o que está acontecendo aqui. Agora mesmo a Sissy voltou do seu quarto branca que nem um fantasma. Ela não quis me contar nada, mas estava tremendo até não poder mais. A Sissy é minha neta. Eu arrumei esse emprego pra ela e sou o responsável pela menina.

"Sei bem como é um hotel. Trabalho nesse ramo a minha vida inteira. E conheço muito bem esse tipo de hóspede — às vezes são homens e mulheres, cúmplices — e sei muito bem que tipo de coisa tentam fazer com as mocinhas.

"Deixo claro que não estou acusando o senhor de nada, não. Só achei muito esquisito o estado em que sua esposa chegou aqui. Quando ela mandou acordar a Sissy, achei que estivesse passando mal. Mas, se está passando mal, por que não chamou um médico? E o que estão fazendo acordados até as quatro da madrugada? A sra. Thompson, do quarto ao lado, ligou pra reclamar do barulho de conversa no seu quarto — não foi alto, mas a deixou assustada. Tenho o direito de saber o que está acontecendo."

Norman assumiu sua postura professoral mais convincente e desmanchou calmamente todas as apreensões do velho até parecerem descabidas. O seu decoro teve o efeito desejado. Após resmungar mais um pouco, o velho enfim se deixou convencer. Enquanto Norman subia a escada, ele voltou à recepção arrastando os pés.

No segundo andar, Norman ouviu um telefone tocando. Enquanto atravessava o corredor, o som parou.

Abriu a porta. Tansy estava de pé ao lado da cama, falando ao telefone. O preto opaco do fone, que se estendia da boca à orelha, realçava a palidez dos lábios e bochechas e a brancura da toalha.

"Aqui quem fala é Tansy Saylor", falava com entonação impassível. "Eu quero a minha alma." Fez uma pausa. "Não está me ouvindo, Evelyn? Aqui quem fala é Tansy Saylor. Eu quero a minha alma."

Norman já havia se esquecido completamente da ligação que fizera num momento de raiva descontrolada. Nem tinha mais ideia do que fizera.

Uma voz distante de lamentação vinha do fone. Tansy falava por cima.

"Aqui quem fala é Tansy Saylor. Eu quero a minha alma."

Ele deu um passo à frente. A lamentação rapidamente virou um grito estridente, mas ouvia-se no fundo um intermitente zumbido de vento.

Esticou o braço para pegar o telefone. Mas na mesma hora Tansy virou-se de repente, e algo estranho pareceu acontecer com o fone.

Quando um objeto inanimado começa a se comportar como se estivesse vivo, sempre é possível cogitar que se trata de uma ilusão. Por exemplo, existe um truque de manipular um lápis que dá a impressão de que ele está sendo dobrado de um lado para o outro como uma borracha. E Tansy, com a mão no fone, se virou tão depressa que era difícil ter certeza de alguma coisa.

Entretanto, Norman teve a impressão de ver o fone amolecer subitamente, contorcer-se como uma minhoca preta e atarracada e grudar na pele de Tansy, fincando-se no queixo e no pescoço logo abaixo da orelha, como uma pata negra de duas pontas. E, por trás do grito estridente, achou ter ouvido um abafado zunido de sucção.

Sua reação foi imediata, involuntária e surpreendente. Ajoelhou-se e arrancou o fio telefônico da parede. Fagulhas púrpuras faiscaram do cabo arrebentado. A ponta solta chicoteou seu antebraço, parecendo se contorcer como uma serpente ferida, e se enroscou nele. Norman tinha a impressão de que o fio apertava convulsivamente o seu antebraço e depois relaxava. Apavorado, o arrancou, levantando-se em seguida.

O telefone tinha caído no chão. Não parecia haver nada de extraordinário nele agora. Deu um chute de leve no objeto, que fez um baque surdo e deslizou, sólido, alguns centímetros pelo piso. Ele se abaixou e, após um momento de hesitação, tocou o fone com cuidado. Estava duro e rígido como era para ser.

Olhou para Tansy. Ela estava de pé no mesmo lugar. Não demonstrava um pingo de medo. Com a indiferença de uma máquina, levantara a mão e estava massageando devagar o queixo e o pescoço. Do canto de sua boca, escorriam algumas gotas de sangue.

Talvez tenha batido o fone nos dentes e machucado o lábio.

Mas ele tinha visto...

Ainda assim, o fone pode ter balançado depressa, apenas dando a impressão de estar flexível e dobrável.

No entanto, não foi o que pareceu. Ele viu algo... impossível.

Mas tantas coisas "impossíveis" vinham acontecendo.

E era, *sim*, a Evelyn Sawtelle do outro lado da linha. Ele ouviu, *sim*, o som do zunidor vindo do fone. Não tinha nada de sobrenatural nisso. Se colocassem a gravação de um zunidor para tocar muito alto ao telefone, soaria exatamente daquele jeito. Não havia *possibilidade* de estar enganado. Era um fato, e, sendo quem é, deve se ater aos fatos.

Era a deixa emocional que precisava. Raiva. Quase se assustou com o surto de ódio que percorreu seu corpo ao pensar naquela mulher de olhinhos sem brilho. Por um instante se sentiu com um inquisidor confrontado com evidências de bruxaria maléfica. Visões efêmeras do cavalete, da roda de despedaçamento e da bota de ferro atravessaram sua mente. Então essa fantasmagoria medieval se dissipou, restando apenas a raiva, que se estabilizou numa pulsação constante de repulsa.

Embora não soubesse exatamente o que acontecera com Tansy, *sabia* que Evelyn Sawtelle, Hulda Gunnison e Flora Carr eram as responsáveis. As suas próprias ações eram fortes indícios. Esse era outro fato a que deveria se ater. Estivessem elas manipulando a mente de Tansy pelo poder da sugestão, numa campanha diabólica e incrivelmente sutil, ou por algum método inominado, eram as responsáveis.

Não era possível enfrentá-las com a psiquiatria ou a lei. O que aconteceu nos últimos dias era algo que somente ele, de todos os homens do mundo, podia acreditar ou entender. Terá que enfrentá-las sozinho, usando contra elas suas próprias armas — esse outro método inominado.

Em todos os aspectos, deveria agir como se acreditasse nesse outro método inominado.

Tansy parou de massagear o rosto. Passou a língua no sangue que começava a ressecar no canto da boca.

"Vamos voltar para Hempnell agora?"

"Vamos!"

Invocação da Bruxa
Fritz Leiber

CAPÍTULO XVI

O chacoalhar ritmado do trem era uma canção de ninar da Era da Máquina. Norman ouvia o ronco da locomotiva. Os vastos e ardentes campos verdes que passavam na janela da cabine cochilavam sob o sol do meio-dia. As fazendas, salpicadas de bois e cavalos aqui e ali, extasiavam-se com o calor. Ele gostaria de tirar um cochilo, mas sabia que não seria capaz. E quanto a... Aparentemente, ela não dormia nunca.

"Quero recapitular alguns pontos", disse. "Pode me interromper caso eu diga algo que lhe pareça errado ou não entenda."

De esguelha, percebeu que a figura sentada entre ele e a janela assentiu com a cabeça.

Ocorreu-lhe que havia algo terrível na adaptabilidade que o permitia se familiarizar até mesmo com ela, de modo que agora, apenas um dia e meio após, a usava como uma espécie de máquina pensante, solicitando suas memórias e reações da mesma forma como um homem mandaria um empregado pôr um disco específico na vitrola.

Por outro lado, sabia que só conseguia tolerar essa intimidade porque guiava com cuidado o rumo de seus pensamentos e ações — como o truque que desenvolvera de nunca olhar diretamente para ela. E tinha alguma esperança de que o estado atual dela fosse apenas temporário. Contudo, caso houvesse embarcado, uma vez que fosse, na ideia de passar o resto da vida, de dividir cama e mesa com aquela frieza, aquela escuridão interior, aquele vazio...

As outras pessoas notavam a diferença, sem dúvida. Como as multidões pelas quais precisou abrir caminho ontem em Nova York. De um jeito ou de outro, as pessoas se furtavam, para não a tocarem, e ele flagrou mais de um olhar que a seguiu, dividido entre a curiosidade e o medo. E quando aquela outra mulher começou a gritar — que sorte terem conseguido desaparecer na multidão.

A breve parada em Nova York dera-lhe tempo para a raciocinar a respeito do que era vital. Ficou satisfeito quando retomaram a viagem ontem à noite. A cabine de luxo parecia um refúgio de privacidade.

O que será que as outras pessoas notaram? Na verdade, olhando de perto, a maquiagem pesada apenas fazia um contraste grotesco e berrante à palidez da pele, e a base em pó não escondia perfeitamente o hematoma feio na boca. Mas o véu ajudava a escondê-lo, sendo preciso olhar bem de perto para notá-lo — era praticamente uma maquiagem de teatro. Será que foi o seu jeito de andar que as pessoas notaram, ou o caimento estranho das roupas? Embora não desse para perceber o motivo, agora as roupas dela sempre lembravam um pouco as de um espantalho. Ou será que tinha algo a ver com o que a moça de Bayport havia dito?

Ocorreu-lhe que estava deixando sua mente divagar porque não queria encarar a desagradável tarefa a que se propusera, a qual achava detestável por ser tão falsa — ou por ser tão verdadeira.

"A magia é uma ciência prática", começou rapidamente. Ele falava para a parede, como se estivesse ditando. "Há uma diferença colossal entre uma fórmula na física e uma fórmula na magia, embora ambas recebam o mesmo nome. A primeira descreve, em símbolos matemáticos sucintos, uma relação causa-efeito de ampla generalidade. Mas a fórmula mágica é um método para obter ou realizar algo. Leva-se sempre em conta a motivação ou o desejo de quem invoca a fórmula — ganância, amor, vingança ou qualquer outra razão. Já o experimento na física essencialmente independe de quem o realiza. Em suma, praticamente não existe magia pura comparável à ciência pura.

"Essa distinção entre a física e a magia é apenas um acidente histórico. Também a física começou como uma espécie de magia — *vide* a alquimia e a matemática mística de Pitágoras. E física moderna é basicamente tão prática quanto a magia, mas possui uma superestrutura teórica que falta à magia. Seria possível dar essa superestrutura à magia por meio da pesquisa em magia pura e por meio de investigação e correlação das fórmulas mágicas de diferentes povos e épocas, com o objetivo de derivar fórmulas essenciais que pudessem ser expressas em símbolos matemáticos e tivessem uma aplicação ampla. A maioria dos praticantes de magia estavam interessados demais no resultado imediato para se preocupar com a teoria. Mas, assim como a pesquisa em ciência pura acabou gerando, aparentemente por acaso, resultados de grande importância prática, é justo esperar que também a pesquisa em magia pura produza resultados semelhantes.

"O trabalho de Rhine da Universidade de Duke, de fato, se aproxima bastante da magia pura, acumulando evidências de clarividência, profecia e telepatia; e investigando a ligação direta entre todas as mentes, a capacidade de elas se afetarem mútua e instantaneamente, mesmo estando em lugares opostos do globo terrestre."

Pausou por um instante, então continuou.

"O tema da magia é semelhante ao da física, na medida em que trata de certas forças e materiais, embora essas..."

"Acredito que seja mais semelhante à psicologia", interrompeu a voz.

"Por quê?" Ele ainda olhava para a parede.

"Porque a magia se preocupa em controlar outros seres, invocando-os e forçando-os a executar certas ações."

"Ótimo. Essa é uma ideia bem sugestiva. Felizmente, as fórmulas ainda podem ser válidas, desde que a referência seja clara, mesmo que não saibamos a natureza exata das entidades a que se referem. Por exemplo, um físico não precisa ser capaz de dar uma descrição visual do átomo, ainda que o termo 'aparência visual' tenha algum significado quando aplicado ao átomo, o que é duvidoso. De forma similar, um feiticeiro não precisa ser capaz de descrever a aparência e a natureza da entidade que invoca — isso explica as referências comuns na literatura mágica a horrores indescritíveis e inominados. Mas é um bom argumento. Quando analisadas o suficiente, várias forças aparentemente impessoais acabam se assemelhando muito à personalidade. Não é tanto exagero dizer que seria necessária uma ciência na linha da psicologia para descrever o comportamento de um único elétron, com todos os seus caprichos e impulsos, embora um agregado deles obedeça a leis relativamente simples, assim como um grupo de seres humanos. O mesmo é verdadeiro para as entidades básicas da magia, e numa medida muito maior.

"É parcialmente por essa razão que os processos mágicos são tão falíveis e perigosos, e é também por isso que é tão fácil interromper o andamento se a vítima estiver precavida contra eles — como aconteceu, até onde a gente sabe, com as suas fórmulas, que perderam o efeito desde que a sra. Gunnison roubou o seu caderno."

Para Norman suas palavras tinham uma conotação incrivelmente estranha para si próprio. Porém era necessário manter o tom seco e professoral para conseguir continuar. Sabia que, se relaxasse, a confusão mental o engoliria.

"Existe ainda uma consideração importantíssima", prosseguiu na sequência. "A magia parece ser uma ciência fortemente calcada do seu ambiente — ou seja, a circunstância do mundo e as condições gerais do cosmos em qualquer tempo específico. Por exemplo, na Terra, a geometria euclidiana é útil, mas, nos confins do espaço sideral, uma geometria não euclidiana é mais prática. O mesmo é verdadeiro para a magia, mas de forma mais perceptível. As fórmulas básicas não ditas da magia parecem mudar com a passagem do tempo, exigindo reformulações frequentes — ainda que se conceba a possibilidade de descobrir as fórmulas mestras que regem essa mudança. Especula-se que as leis da física tenham uma tendência evolutiva semelhante — porém, caso evoluam de fato, é numa velocidade bem mais lenta que as da magia. Por exemplo, acredita-se que a velocidade da luz pode se alterar vagarosamente quanto maior for a distância percorrida. É natural que as leis da magia evoluam com mais rapidez, pois a magia depende do contato entre o mundo material e outro plano de existência — e esse ligação é complexa e pode estar sujeita a mudanças rápidas.

"Considere a astrologia, por exemplo. Durante centenas de milhares de anos a precessão dos equinócios colocou o Sol em casas astrológicas — signos do zodíaco — completamente diferentes nas mesmas épocas do ano. Dizemos que uma pessoa nascida em, por exemplo, 22 de março nasceu em Áries, embora, na verdade, tenha nascido quando o Sol está na constelação de Peixes. O erro de não levar em conta essa mudança desde a época em que as fórmulas da astrologia foram descobertas tornou essas fórmulas obsoletas e inválidas para..."

"É minha convicção", interrompeu a voz, como uma vitrola ligada de repente, "que a astrologia, em grande parte, nunca teve validade. É uma das inúmeras falsas ciências que foram confundidas com a magia verdadeira e usadas de fachada. Essa é minha convicção."

"Suponho que possa ser o caso, sim, e isso ajudaria a explicar por que a magia em si foi publicamente desacreditada — esse é o ponto em que quero chegar.

"Imagine que as fórmulas básicas da física — como as três leis da dinâmica de Newton — tivessem mudado várias vezes nos últimos milênios. Descobrir qualquer lei física em qualquer período teria sido extremamente difícil. Os mesmos experimentos dariam resultados diferentes em épocas diferentes. Mas esse é o caso da magia, o que explica por que ela é desacreditada de tempos em tempos e por que a mente racional a rejeita. Isso se assemelha ao que o velho sr. Carr estava dizendo sobre a série de cartas do mesmo naipe no bridge. Depois de embaralhar algumas vezes inúmeros fatores cósmicos, as leis da magia mudam. O olhar afiado pode identificar as mudanças, mas a experimentação contínua, por tentativa e erro, é necessária para manter as fórmulas práticas e brutas da magia em boas condições de funcionamento, principalmente porque as fórmulas básicas e as mestras nunca foram descobertas.

"Considere um exemplo concreto — a fórmula que usei domingo à noite. Ela revela indícios de uma revisão recente. Por exemplo, qual era o ingrediente usado na fórmula original em vez da agulha de vitrola?"

"Um apito de madeira de salgueiro, de um formato específico, que foi soprado uma única vez", disse a voz.

"E a platina ou irídio?"

"A fórmula original usava prata, mas um metal mais pesado funciona melhor. Mas chumbo é totalmente ineficaz. Tentei usar uma vez. Parece que é muito diferente da prata em outros aspectos."

"Exatamente. Experimentação por tentativa e erro. Além disso, como não foi feita uma investigação profunda, não podemos ter certeza de que todos os ingredientes são essenciais para fazer uma fórmula mágica funcionar. Uma comparação das fórmulas mágicas de diferentes países e povos seria útil nesse sentido. Ela revelaria quais ingredientes são comuns a todas as fórmulas, e, portanto, supostamente essenciais, e quais não são essenciais."

Bateram à porta discretamente. Norman disse umas palavras, e a figura baixou o véu e virou o rosto, como se fitasse, apática, os campos passando na janela. Só então abriu a porta.

Era o almoço, tão atrasado quando o desjejum tinha sido. E um novo rosto — marrom-café, em vez de ébano. Era evidente que o primeiro garçom, cujo nervosismo aumentava cada vez que vinha à cabine, resolveu deixar que outro recebesse a boa gorjeta.

Com um misto de curiosidade e impaciência, Norman observou as reações do novato. Conseguiu prever grande parte delas. Primeiro um rápido olhar curioso na direção da figura sentada do outro lado — Norman supôs que haviam se tornado o grande mistério do trem. Depois um olhar de soslaio, mais demorado, enquanto arrumava a mesa dobrável, ao fim do qual os olhos se arregalaram; ele quase sentia a pele marrom-café se arrepiar toda. Seguiram-se apenas olhares de relance, quase sem querer, acompanhados de ansiedade crescente, revelada no manuseio desajeitado dos pratos e talheres. Por fim, um sorriso excessivamente amável e uma saída apressada.

Norman interferiu uma única vez — para posicionar garfos e facas em ângulo reto em relação à sua posição habitual.

A refeição era muito simples, quase monástica. Ele não levantou o olhar enquanto comia. Naquela forma metódica de se alimentar, tinha algo pior que a voracidade animal. Após a refeição, recostou-se e começou a acender um cigarro, mas...

"Não está esquecendo alguma coisa?", disse a figura. Foi uma pergunta articulada com entonação impassível.

Agitado, ele se levantou e pôs os restos de comida numa caixinha de papelão, cobriu-os com o guardanapo que tinha usado para limpar os pratos e botou a caixa na mala, ao lado de um envelope com pedaços de suas próprias unhas. Ver os pratos limpos do café da manhã foi um dos detalhes que ajudou a deixar o primeiro garçom transtornado, mas Norman estava determinado a cumprir à risca todos os tabus conforme Tansy pedia.

Então recolhia os restos de comida, verificava se as facas e outros objetos pontiagudos não estavam apontados para ele nem para sua acompanhante, dormiam com a cabeça na direção da locomotiva e do local de destino, além de acatar várias outras regras menores. Fazer as refeições na cabine cumpria mais um tabu, mas havia outros motivos para isso.

Norman consultou o relógio. Só mais meia hora até Hempnell. Não se dera conta de que estavam tão perto. Parecia sentir uma resistência quase física vindo da região adiante, como se o ar estivesse ficando mais denso. E reviravam-se na sua mente inúmeros problemas ainda a considerar.

Virando-se de costas deliberadamente, disse: "De acordo com a mitologia, as almas podem ser aprisionadas de um sem-número de formas — em caixas, nós, animais, pedras. Você sabe alguma coisa sobre esse assunto?"

Como temia, a pergunta específica recebeu a resposta de sempre. As palavras enunciadas tinham a mesma insistência monótona de quando as ouvira pela primeira vez.

"Eu quero a minha alma."

As mãos dele, cruzadas sobre o colo, se apertaram. Era por isso que evitara a pergunta até agora. No entanto, necessitava saber mais, caso fosse possível.

"Mas onde exatamente devemos procurar por ela?"

"Eu quero a minha alma."

"Isso eu sei." Ele tinha dificuldade em controlar sua voz. "Mas onde exatamente ela pode estar escondida? Ter essa informação nos ajudaria a encontrá-la."

Houve uma longa pausa. Então, numa imitação robótica do tom professoral de Norman, respondeu: "O hábitat da alma é o cérebro humano. Quando está livre, procura imediatamente esse hábitat. Pode-se dizer que a alma e o corpo são duas criaturas distintas que vivem juntas numa relação simbiótica tão íntima e unida, que normalmente parecem ser uma única criatura. A proximidade desse contato aparentemente aumentou ao longo dos séculos. De fato, quando o corpo que ela ocupa morre, a alma geralmente não consegue escapar e, ao que parece, morre também. Mas às vezes, por meios sobrenaturais, a alma pode ser separada do corpo que ocupa. Então, se for impedida de retornar ao próprio corpo, é atraída de modo irreversível para outro, não importando se uma alma já ocupa esse corpo. E, assim, a alma cativa costuma ficar presa no cérebro do captor, sendo forçada a ver e sentir, em total intimidade, o funcionamento daquela alma. Esse talvez seja o maior tormento da alma aprisionada."

Gotas de suor brotaram da testa e couro cabeludo de Norman.

Sua voz não se abalou, porém soava artificialmente pesada e sibilante quando lhe perguntou: "Como é a Evelyn Sawtelle?"

Parecia que a resposta estava sendo lida palavra a palavra do resumo de um dossiê político.

"Ela é governada pelo desejo de prestígio social. Dedica a maior parte do tempo à tentativa fracassada de ser esnobe. Tem ideias fantasiosas sobre si, mas, por serem pretensiosas demais para terem qualquer chance de realização, ela cai na afetação e no moralismo da sua conduta puritana. Acredita que seu casamento foi um péssimo negócio e teme que, a qualquer momento, o marido perca o que ela lhe conquistou. Devido à sua insegurança, é propensa a atos de maldade e de crueldade súbita. No momento, está muito assustada e em estado de alerta constante. É por esse motivo que estava com a magia preparada quando recebeu o telefonema."

Norman perguntou: "E a sra. Gunnison, o que você pensa dela?"

"É uma mulher de grande vigor e muitos desejos. Boa dona de casa, boa anfitriã, mas essas tarefas não dão conta de aplacar sua energia. Talvez deveria ter sido uma senhora feudal. Age como uma tirana nata e tem fome de poder. Muitos dos seus desejos não podem ser abertamente satisfeitos na sociedade de hoje, de modo que lhes dá vazão de formas escusas. De vez em quando as empregadas dos Gunnison aparecem contando histórias, mas de modo discreto, pois ela é implacável com quem a trai ou ameaça a sua segurança."

"E a sra. Carr?"

"Não há muito o que dizer sobre ela. É convencional, domina o marido com tolerância e adora ser vista como pura e gentil. No entanto, tem voracidade pela juventude. Creio que ela se tornou bruxa já na meia-idade, então sente uma frustração profunda. Não sei ao certo quais são as suas motivações mais íntimas. É curioso como sua mente revela pouca coisa na superfície."

Norman assentiu com a cabeça. Então tomou coragem e perguntou rápido: "O que sabe sobre as fórmulas pra recuperar uma alma roubada?"

"Muito pouco. Eu tinha um monte dessas fórmulas anotadas no caderno que a sra. Gunnison roubou. Cogitei desenvolver uma proteção contra um possível ataque. Mas não me lembro de nenhuma delas e duvido que dessem certo. Jamais as testei e, na minha experiência, as fórmulas nunca dão certo da primeira vez. Devem ser sempre aprimoradas por tentativa e erro."

"Mas se fosse possível comparar as versões, para encontrar a fórmula mestra que fundamenta todas elas, então...?"

"Talvez."

Bateram à porta. Era o cabineiro para ajudar com as malas.

"Chegaremos a Hempnell em cinco minutos, senhor. Posso escovar sua roupa no corredor?"

Norman lhe deu uma gorjeta, porém dispensou o serviço. Disse também que não precisariam de ajuda com as malas. O cabineiro deu um sorriso nervoso e saiu.

Norman foi até a janela. Por um instante viu apenas o muro de cascalho da ravina, de zunido vertiginoso, e entreviu as árvores escuras acima. Logo após essa visão, o muro de cascalho se abriu numa vastidão panorâmica. Foi quando os trilhos começaram a contornar e descer a serra.

O vale tinha mais matas do que campos abertos. As árvores pareciam invadir a cidade, diminuindo sua extensão. Vista daqui de cima, parecia bem pequenina. Os prédios da universidade se destacavam com fria nitidez. Ele imaginou que seria possível identificar a janela da sua sala.

Aquelas frias torres cinzentas e telhados sombrios pareciam intrusos de outro mundo, um mundo mais antigo, e seu coração começou a palpitar como se, de repente, tivesse avistado a fortaleza do inimigo.

CAPÍTULO XVII

Reprimindo o impulso de se esgueirar para não ser visto, Norman dobrou a esquina de Morton, endireitou a postura e se forçou a olhar o *campus* de cabo a rabo. O que mais o impactou foi simplesmente o ambiente de normalidade. De fato, não esperava conscientemente que Hempnell exalasse um fedor identificável de maldade ou algum indício visível de uma neurose interna e nociva — fosse lá o que estivesse enfrentando. Mas esse bem-estar anormal de conto de fadas — os grupos de estudantes a caminho dos dormitórios ou da máquina de refrigerante no Diretório Acadêmico, a fila de moças de branco indo para a aula de tênis, a atmosfera familiar e acolhedora das calçadas largas — era um golpe preciso no âmago da sua mente, como se tivesse o intuito deliberado de condená-lo por insanidade.

"Não se deixe enganar", disseram-lhe seus pensamentos. "Algumas dessas moças risonhas já estão contaminadas com alguma coisa. Suas mães, senhoras muito respeitáveis, passaram a elas dicas sutis sobre as várias formas incomuns de Realizar Desejos. Elas já sabem que a neurose vai além das informações que constam nos livros psiquiátricos e que os textos de economia nem sequer tratam da Magia do Dinheiro. E certamente não estão memorizando fórmulas químicas quando exibem aquele olhar distante ao bebericar Coca-Cola ou fofocar sobre os namorados."

Ele entrou em Morton e subiu depressa as escadas.

Sua capacidade de se surpreender, no entanto, ainda não estava esgotada, como percebeu ao ver um grupo de alunos saindo da sala de aula do outro lado do corredor do terceiro andar. Olhou o relógio e notou que era a sua turma indo embora após dez minutos de espera — o tempo de praxe tolerado para atraso de professor. Exato, lembrou-se, ele era o professor Saylor, um homem que dava aulas, participava de reuniões de comitê e tinha compromissos. Escondeu-se no fundo do corredor para não ser visto.

Após esperar uns minutinhos diante da porta, entrou em sua sala. Nada parecia estar fora do lugar, mesmo assim movimentou-se com cuidado e ficou atento a objetos desconhecidos. Não enfiou a mão dentro de nenhuma gaveta antes de examiná-la com atenção.

Na pilha de correspondências acumuladas, uma carta era importante. Era do gabinete de Pollard, solicitando num tom ameaçador que comparecesse à reunião do conselho diretor no final da semana. Sorriu com sombria satisfação dessa evidência de que sua carreira ainda estava escorregando ladeira abaixo.

Com modos metódicos, retirou seções específicas do arquivo, abarrotou suas pastas e embrulhou o restante.

Após uma última olhada ao redor da sala, saiu, contudo não sem antes perceber que o dragão de Estrey não havia sido devolvido à sua posição original no telhado, seja ela qual fosse.

Fora do prédio, encontrou a sra. Gunnison.

Estava plenamente consciente do peso que carregava nos braços. Por um instante não pareceu capaz de ver a mulher nitidamente.

"Que sorte encontrar você", a mulher falou de imediato. "Harold tentou entrar em contato com você de tudo que é jeito. Onde se enfiou?"

De súbito, a viu como a pessoa brusca e desleixada de sempre. Sentindo um misto de frustração e alívio, percebeu que sua guerra estava sendo travada numa esfera exclusivamente particular e que todas as relações sociais permaneciam inalteradas. Ouviu-se explicando que ele e Tansy, ao passarem o final de semana na casa de amigos no interior, tiveram uma intoxicação alimentar e que seu bilhete para Hempnell deve ter sido extraviado. A mentira, planejada há algum tempo, permitia que justificasse a aparência de Tansy, caso alguém a visse, e que alegasse uma recaída como pretexto para negligenciar suas obrigações acadêmicas.

Não esperava que a sra. Gunnison acreditasse na mentira, no entanto a história deveria ser coerente.

Aceitando-a sem comentar, lamentou o incidente e disse: "Mas não deixe de entrar em contato com o Harold. Acredito que se trata daquela reunião do conselho com a sua presença. Saiba que o Harold tem muito respeito por você, ouviu? Até logo."

Perplexo, a observou se afastar a passos pesados. Estranho, mas naquele último instante, imaginou ter captado uma nota de cordialidade sincera na atitude dela, como se por um instante algo que não era a sra. Gunnison o tivesse comovido pelo olhar.

Mas havia trabalho a fazer. Fora do *campus*, correu até a rua lateral onde estacionara o carro. Mal lançando os olhos à figura imóvel no assento dianteiro, entrou e dirigiu até a residência dos Sawtelle.

A casa era maior do que o necessário para duas pessoas, e o gramado na frente era bastante tradicional. A grama estava amarelada em algumas partes, e as fileiras metódicas de flores pareciam carentes de cuidado.

"Espere aqui", disse. "Não saia do carro de jeito nenhum."

Para sua surpresa, Hervey o encontrou na porta. Seus olhos, sempre aflitos, estavam cheios de olheiras, e sua inquietação era mais aparente do que de costume.

"Que bom que veio", disse, puxando Norman para dentro. "Não sei o que vou fazer com esse monte de responsabilidade administrativa que caiu nas minhas costas. É turma pra dispensar. Professor temporário pra contratar. E o prazo do catálogo para o ano que vem termina amanhã! Aqui, venha até o escritório." Atravessaram a enorme sala de estar, de mobília cara mas formal, e entraram num cubículo sombrio, forrado de livros e com uma única janelinha.

"Eu estou à beira da loucura. Não tive coragem de sair de casa desde que a Evelyn foi atacada sábado à noite."

"O quê?!"

"Você não soube?" Ele parou e olhou para Norman com surpresa. Mesmo neste cômodo sem espaço, zanzava de um lado para o outro. "Ué, até saiu nos jornais. Bem que me perguntei por que você não passou aqui nem ligou. Tentei ligar pra sua casa e pro seu escritório, mas ninguém sabia de você. Evelyn está de cama desde domingo. Não posso nem falar sobre sair de casa que fica histérica. Ela acabou de dormir, graças a Deus."

Impaciente, Norman deu a desculpa fajuta. Disse que estava lá para saber o que tinha acontecido no sábado à noite. Enquanto contava com desembaraço a mentira sobre a intoxicação alimentar, sua mente se lembrou de Bayport e do telefonema para Evelyn Sawtelle tarde da noite naquele mesmo sábado. Mas era Evelyn quem parecia ter atacado, não o contrário. Ele tinha vindo aqui confrontá-la, mas agora...

"Que azar o meu, hein!", exclamou Sawtelle, assim que Norman terminou a história. "O departamento inteiro desabando na primeiríssima semana sob minha responsabilidade... Não é culpa sua, claro. E Stackpoole, o novato, está de cama com 'gripe'."

"A gente vai dar conta", disse Norman. "Senta e me conta o que houve com a Evelyn."

Relutante, Sawtelle abriu espaço para se sentar na mesa bagunçada. Resmungava quando batia os olhos em algum papel supostamente relativo a um assunto urgente.

"Eram umas quatro horas da madrugada de domingo", começou a contar enquanto mexia a esmo nos papéis. "Acordei com um grito terrível. A cama da Evelyn estava vazia. O corredor estava um breu, mas escutei uns barulhos de briga no andar de baixo. Uns tombos, umas batidas violentas..."

De repente, sacudiu a cabeça. "O que foi isso? Acho que ouvi passos no hall de entrada." Antes que Norman pudesse se manifestar, continuou: "Ah, é só o meu nervosismo. Estou com os nervos à flor de pele desde aquele dia.

"Pois bem, peguei um objeto — um jarro — e desci. A essa altura os ruídos já tinham parado. Acendi as luzes e percorri todos os quartos. No quarto de costura, encontrei a Evelyn desmaiada no chão, com hematomas horríveis em volta do pescoço e da boca. Ao lado dela, estava o telefone — deixamos lá porque ela sempre precisa usar. Fiquei fora de mim. Chamei um médico, a polícia. Quando a Evelyn acordou, ainda estava extremamente abalada, no entanto conseguiu contar o que houve. Parece que o telefone tocou. Ela desceu no escuro sem me acordar. Quando foi atender o telefone, um homem saiu de um canto e a atacou. Ela se defendeu, houve uma luta... Ai, que ódio me dá só de pensar nisso! O invasor a dominou e a sufocou até que desmaiasse."

Na agitação, Sawtelle amassou um papel que estava em sua mão, deu-se conta disso e o desamassou com impaciência.

"Graças aos céus que desci naquela hora! Deve ter sido isso que fez o homem fugir. O médico não achou, além dos hematomas, nenhum outro ferimento. Mas até o médico ficou horrorizado com aqueles hematomas. Disse que nunca tinha visto nada igual.

"A polícia acredita que, depois que o homem entrou na casa, ele ligou pra central telefônica e pediu pra ligarem de volta — fingindo que o aparelho estava com defeito — com o intuito de fazer alguém descer. Só não entenderam como foi que ele entrou, porque todas as janelas e portas estavam fechadas. Provavelmente fui que eu esqueci de trancar a porta da frente quando fomos dormir — um dos meus descuidos imperdoáveis!

"A polícia acredita que era um ladrão ou um agressor sexual, mas acho que, além disso, devia ser louco de verdade. Porque tinha uma travessa de prata no chão, dois garfos prateados encaixados de um jeito estranho e outras bugigangas. O homem deve ter ligado a vitrola no quarto de costura, pois ela estava aberta, o prato girando e, estraçalhado no chão, um dos discos de oratória da Evelyn."

Norman fitou o seu nervoso chefe de departamento, mas, por atrás do olhar estupefato, sua mente trabalhava desenfreadamente. A primeira ideia que lhe ocorreu foi que aqui estava a confirmação física de que ele ouvira um zunidor ao telefone em Bayport — que outro significado teria o disco estraçalhado? — e que Evelyn Sawtelle praticava rituais de magia tanto quanto Tansy — que outro significado teriam a travessa e os garfos de prata e as "outras bugigangas"? Além disso, Evelyn devia estar aguardando uma ligação, com tudo pronto — por que outro motivo ela teria separado aqueles objetos?

Em seguida sua mente saltou para o que Sawtelle contou a respeito dos ferimentos da esposa — os hematomas que pareciam idênticos aos que Tansy infligira a si mesma com o telefone, ou causados, sabe-se lá como, por meio dele. Os mesmos machucados e os mesmos possíveis instrumentos sugeriam um mundo de sombras onde a magia negra, interrompida, retornava para quem a tinha conjurado, ou onde uma pretensa prática de magia negra, usada para amedrontar um alvo, se voltava contra a mente psicótica e culpada de quem havia arquitetado a armação.

"A culpa é toda minha", repetia Sawtelle num tom tristonho, apertando sua gravata. Norman lembrou que Sawtelle sempre achava que era culpado de qualquer coisa que machucasse ou simplesmente irritasse Evelyn. "Eu que devia ter acordado! Eu que devia ter descido pra atender o telefone. Quando penso naquela criatura tão delicada tateando no escuro, indo na direção daquele miserável à espreita da pobrezinha... Ah, e o departamento! Vou te contar, estou enlouquecendo. Desde então, a coitada da Evelyn está tão apavorada que você nem acredita!" E acabou apertando a gravata com tanta força que começou a se sufocar e teve de afrouxá-la.

"Olha, não tenho conseguido pregar o olho", continuou quando retomou o fôlego. "Se a sra. Gunnison não tivesse tido a bondade de vir passar umas horinhas com a Evelyn ontem de manhã, não sei como teria dado conta. Ela ainda estava assustada demais pra me deixar... Meu Deus!... Evelyn!"

Norman não conseguiu identificar a origem do grito de agonia, e duvidava seriamente que Sawtelle conseguisse, salvo que tinha vindo do segundo andar. "Sabia que tinha ouvido passos! Ele voltou!", gritou Sawtelle, correndo à toda para fora do escritório. Norman foi logo atrás e subitamente tomou consciência de um medo bem diferente, que se confirmou ao olhar de relance, pela janela da sala de estar, para o seu carro vazio.

Ultrapassou Sawtelle na escada e foi o primeiro a chegar à porta do quarto. Parou. Sawtelle, resmungando de ansiedade e culpa, esbarrou nele.

Não era nada o que Norman tinha esperado encontrar.

Agarrada na colcha de seda rosa que a cobria, Evelyn Sawtelle se encolhera no canto da cama mais perto da parede. Estava batendo os dentes, e seu rosto era de um branco fosco.

Ao lado da cama estava Tansy, de pé. Norman sentiu uma esperança repentina e momentânea. Então viu os olhos dela, e a esperança desapareceu numa velocidade atordoante. Ela estava sem o véu. Com aquela maquiagem pesada, as maçãs cheias de ruge e os lábios grossos de batom carmim, parecia uma estátua borrada, obscena, absurdamente grotesca contra o fundo de seda rosa ridículo. Sem dúvida aparentava ser uma estátua, no entanto, faminta.

Sawtelle entrou gritando: "O que que houve? O que que houve?" Quando viu Tansy: "Não sabia que estava aqui. Quando entrou?" Em seguida: "Você assustou a coitadinha!"

A estátua falou, e sua entonação tranquila o acalmou.

"Ah, não a assustei, não. Assustei, Evelyn?"

Evelyn Sawtelle encarava Tansy com um terror abjeto nos olhos arregalados, e sua mandíbula ainda tremia. Porém, quando abriu a boca, disse: "Não, Tansy... não me assustou, não. A gente só estava conversando... e aí... eu... achei ter ouvido um barulho."

"Só um barulho, querida?", disse Sawtelle.

"Sim... um barulho de passos... passos bem leves no corredor." Ela não tirava os olhos de Tansy, que confirmou com um único aceno de cabeça.

Norman acompanhou Sawtelle, e rodaram o andar de cima todo numa busca fútil, mas bastante melodramática. Quando voltaram, Evelyn estava sozinha.

"Tansy voltou pro carro", disse a Norman com voz fraca. "Tenho certeza que eu só imaginei aqueles passos."

Os olhos de Evelyn continuavam apavorados quando saiu, e parecia alheia à presença do marido, embora ele estivesse irrequieto ajeitando a colcha e afofando os travesseiros.

Tansy estava sentada no carro, com o olhar distante. Norman percebia que o corpo ainda era governado por sua única emoção. Ele teve que fazer uma pergunta.

"Ela não está com a minha alma", foi a resposta. "A interroguei a fundo. Para tirar a prova final, definitiva, dei um abraço nela. Foi quando gritou. Isso ocorreu pois nutre pavor dos mortos."

"O que ela disse?"

"Que alguém veio e tomou a minha alma dela. Alguém que não confiava muito nela. Alguém que desejava ter minha alma, como refém e por outros motivos. A sra. Gunnison."

Os nós dos dedos de Norman estavam brancos sobre o volante. Ele estava pensando naquele enigmático olhar comovente que a sra. Gunnison havia dirigido a ele.

CAPÍTULO XVIII

A sala do professor Carr parecia uma tentativa de reduzir o mundo físico sensual à pureza virginal da geometria. Nas paredes estreitas, havia três gravuras emolduradas de seções cônicas. Sobre a estante cheia de livros de matemática, finos e de lombada dourada, havia dois modelos de superfícies curvas complexas, feitas com arame fino e prata alemã. O guarda-chuva fechado no canto poderia ser outro desses modelos. E a superfície da mesinha entre o próprio Carr e Norman estava vazia, salvo as cinco folhas de papel cobertas de símbolos. O dedo fino e pálido de Carr tocou a folha de cima.

"Sim", disse ele, "são equações possíveis segundo a lógica simbólica."

Norman tinha bastante confiança de que sim, mas ficou contente de ouvir a confirmação de um matemático. A referência apressada que fizera a *Principia Mathematica* não o tinha satisfeito por completo.

"As letras maiúsculas representam classes de entidades, as minúsculas representam relacionamentos", disse Norman para ajudar.

"Ah, sim." Carr puxou a pele escurecida do queixo sob o cavanhaque branco. "Mas que tipos de entidades e relacionamentos são esses?"

"Você conseguiria realizar operações com as equações sem saber a que se referem os símbolos individuais, não conseguiria?", rebateu Norman.

"Com certeza. E os resultados das operações seriam válidos independente de as entidades se referirem a maçãs, encouraçados, ideias poéticas ou signos do zodíaco. Mas, claro, desde que as referências originais entre entidade e símbolo tenham sido feitas de forma correta."

"O meu problema é o seguinte", continuou Norman, apressado. "Tem dezessete equações nessa primeira folha. Do jeito que estão, parecem muito diferentes. Mas o que eu gostaria de saber é se existe uma equação simples que fundamenta as dezessete, embaralhada com vários termos e procedimentos não essenciais. Em cada folha tem um problema dessa natureza."

"Hum..." O professor Carr pegou um lápis, e seu olhar começou a se dirigir para a primeira folha, mas conteve-se. "Devo confessar que estou um tanto curioso para saber que entidades são essas", disse, acrescentando com ingenuidade: "Não sabia que já existiam tentativas de aplicar a lógica simbólica à sociologia."

Norman estava preparado para essa reação. "Vou me abrir com você, Linthicum", disse. "Estou amadurecendo uma teoria bastante ousada e excêntrica, e prometi pra mim mesmo que não vou falar dela até eu descobrir se vai dar em alguma coisa ou não."

Carr deu um sorriso de solidariedade. "Acho que entendo sua hesitação", disse. "Ainda me lembro das consequências desastrosas de quando anunciei minha trissecção do ângulo."

"É claro, eu estava só no sétimo ano na época", acrescentou depressa.

"Mas deixei o professor quebrando a cabeça por uma meia hora", completou num tom de orgulho.

Quando voltou a falar, retomou sua curiosidade travessa de garoto. "Ainda assim, estou muito intrigado com esses símbolos. Do jeito que estão, podem se referir a... hum... qualquer coisa."

"Me desculpa", disse Norman. "Sei que estou abusando."

"Não, de jeito nenhum." Rodando o lápis entre os dedos, Carr olhou de novo as equações. Algo atraiu o seu olhar. "Hum... que interessante", observou. "Eu não tinha percebido isso antes." E o lápis começou a correr pelo papel, cortando termos com destreza, escrevendo novas equações com precisão. Entre as sobrancelhas cinzentas, o único vinco vertical se aprofundou. Num instante, estava totalmente concentrado.

Contendo um suspiro de alívio, Norman se recostou. Sentia-se esgotado, com os olhos doloridos. Aquelas cinco folhas foram o resultado de vinte horas de trabalho ininterrupto. A noite de terça-feira, a manhã e parte da tarde de quarta-feira. Mesmo assim, não teria dado conta sem a ajuda de Tansy para escrever o que ele ditava. Ele passou a ter confiança absoluta na precisão mecânica e irracional do estado presente dela.

Parcialmente hipnotizado, observou os ligeiros dedos velhos completarem metade de uma folha nova com equações derivadas. Seus movimentos rápidos e organizados realçavam a calmaria serena e monástica do pequeno escritório.

Era estranheza em cima de estranheza, divagou Norman, não apenas fingir acreditar em magia negra para poder intimidar três psicóticas supersticiosas que estão manipulando a mente de sua mulher, mas também invocar a ciência moderna da lógica simbólica a serviço dessa crença fingida. A lógica simbólica sendo usada para desembaraçar contradições e ambiguidades de fórmulas de bruxaria! O que não diria o velho Carr caso soubesse quais eram "essas entidades"!

E, contudo, foi somente invocando o alto prestígio da matemática avançada que ele conseguiu convencer Tansy de que seria capaz de desenvolver uma magia forte o suficiente para enfrentar as inimigas dela. E, quando se parava para pensar, isso fazia parte das maiores tradições da bruxaria. Por uma questão de prestígio, os feiticeiros sempre buscaram incorporar em seus sistemas as sabedorias e os avanços mais recentes. O que era a feitiçaria senão uma batalha por prestígio no âmbito do misticismo, e o que era um feiticeiro senão uma pessoa com uma vantagem mental ilegítima sobre seus pares?

Mas que situação ridícula (para a sua mente, tudo começava a parecer totalmente hilário): uma mulher que acreditava parcialmente em bruxaria levada à loucura por três mulheres cuja crença talvez fosse plena, ou próxima da plenitude, enquanto os seus planos eram desafiados por um marido descrente, mas que fingia acreditar — e estava determinado a fazer tudo o que fosse preciso segundo essa crença fingida.

Ou, pensou ele (seu devaneio já beirando a sonolência, e a suave simplicidade matemática do ambiente remetendo a visões do espaço absoluto nas quais contemplava o infinito), por que não deixar de lado todas essas racionalizações sufocantes e admitir que Tansy possuía uma coisa chamada alma, que fora roubada pela bruxa magrela, Evelyn Sawtelle, e depois subtraída dessa, pela bruxa gorda, Hulda Gunnison, e que ele tentava resgatar com auxílio, inclusive agora, da magia que...

Resoluto, sacudiu a cabeça para voltar a si e ao mundo das racionalizações. Carr tinha posto um papel na sua frente e imediatamente começado a trabalhar em outra das cinco folhas que Norman trouxera.

"Já encontrou as primeiras equações essenciais?!", perguntou Norman, incrédulo.

Carr pareceu irritado com a interrupção. "Mas é claro." O lápis já tinha voltado a correr pelo papel, quando parou e lançou um olhar estranho para Norman. "Sim", disse, "é a última equação aí, a curta. Pra falar a verdade, não tinha certeza de que encontraria uma quando comecei, mas as suas entidades e relacionamentos parecem fazer algum sentido, seja lá o que forem." Dito isso, Carr e o lápis voltaram ao trabalho.

Norman sentiu um calafrio enquanto olhava a breve equação final e imaginava o que poderia significar. Não sabia dizer sem consultar o seu código e certamente não o exibiria aqui.

"Me desculpa por dar esse trabalho todo", desculpou-se sem graça.

Carr o olhou de relance. "Absolutamente, eu gosto. Sempre levei jeito pra essas coisas."

As sombras vespertinas escureceram. Norman acendeu a luz, e Carr, concentrado, agradeceu com um rápido aceno de cabeça. O lápis voava. Mais três folhas foram jogadas para Norman, e Carr estava terminando a última quando a porta abriu.

"Linthicum!", disse a voz gentil, quase sem tom de repreensão. "Por que você está demorando tanto? Estou esperando há meia hora lá embaixo."

"Perdão, querida", disse o velho homem, olhando seu relógio e sua mulher. "Mas fiquei tão concentrado que..."

Ela viu Norman. "Ah, não sabia que você tinha visita. O que o professor Saylor vai *pensar de mim?* Acho que dei a impressão de que controlo a sua vida como uma tirana."

E, para acompanhar as palavras, deu um sorriso tão peculiar que Norman se viu repetindo o que Carr dissera: "Absolutamente."

"O professor Saylor parece *morto* de cansaço", falou, olhando Norman com nervosismo. "Espero que não esteja esgotando o pobrezinho, Linthicum."

"Não, minha querida, só eu que estou trabalhando", disse o marido.

A mulher deu a volta na mesa e olhou por cima do ombro dele. "O que é isso?", perguntou com simpatia.

"Não sei", respondeu. Endireitou a postura e, piscando para Norman, continuou: "Creio que, por trás desses símbolos, o professor Saylor está revolucionando a ciência da sociologia. Mas é segredo absoluto. E, de qualquer forma, não faço a menor ideia a que esses símbolos se referem. Estou atuando só como um cérebro eletrônico."

Pedindo educadamente com um aceno de cabeça para Norman, a sra. Carr pegou um dos papéis e o examinou pelos óculos grossos. Mas ao se deparar com as fileiras de símbolos amontoados, o devolveu.

"A matemática não é o meu forte", explicou. "Eu era uma *péssima* aluna."

"Que bobagem, Flora", disse Carr. "Sempre que vamos ao mercado, você faz as contas muito mais rápido que eu, mesmo que me esforce."

"Mas isso é uma coisinha de *nada*", disse a sra. Carr, contente.

"Vou demorar só mais um minutinho", disse o marido, retomando os cálculos.

A sra. Carr se dirigiu a Norman, quase sussurrando. "Ah, professor Saylor, o senhor me faria a gentileza de mandar um recado pra Tansy? Quero convidá-la para uma noite de *bridge* amanhã — quinta-feira — com Hulda Gunnison e Evelyn Sawtelle. Linthicum vai ter uma *reunião*."

"Com todo o prazer", disse Norman depressa. "Mas receio que talvez ela não esteja bem-disposta." E explicou sobre a infecção alimentar.

"Puxa, que coisa *terrível!*", observou a sra. Carr. "Não posso dar uma passadinha lá pra ajudar?"

"Obrigado, mas tem uma pessoa cuidando dela", mentiu Norman.

"Que *sensato*", disse a sra. Carr, e olhou para Norman com atenção, como se tentasse descobrir a fonte dessa sensatez. Seu olhar cravado o incomodava, parecia tão predatório e ao mesmo tempo tão ingênuo. Não o surpreenderia se uma de suas alunas o olhasse dessa forma, mas vindo dessa velha...

Carr largou o lápis. "Pronto", disse ele. "Acabei."

Agradecendo novamente, Norman recolheu os papéis.

"Não foi incômodo nenhum", Carr o assegurou. "Tive uma tarde muito animada. Confesso que você atiçou minha curiosidade."

"O Linthicum é louco por qualquer problema matemático, principalmente se for um quebra-cabeças", contou-lhe a sra. Carr. "Inclusive, em certa ocasião", continuou, com uma satisfação travessa, "ele fez uma centena de tabulações de *corridas de cavalo*."

"Hã... sim... mas era só pra dar um exemplo concreto do cálculo de probabilidades", interveio Carr, mas com um sorriso igualmente satisfeito.

A mão dela estava no ombro do marido, que repousava a própria mão sobre a dela. Frágeis, mas ainda bem-dispostos, esmirrados, mas ainda joviais, eles eram o casal de velhinhos perfeito.

"Prometo", lhe disse Norman, "que, caso revolucione a ciência da sociologia, será o primeiro a saber. Boa noite." E saiu.

Assim que tomou o rumo de casa, consultou o código. "W" era a letra escrita no topo da primeira folha. Lembrava-se vagamente do significado, mas olhou para ter certeza.

"W — Para extrair a alma."

Sim, era isso. Consultou a folha complementar com os cálculos de Carr, e decodificou atentamente a equação final. "C — Tira de cobre endentada." Concordou com a cabeça. "T — Torcer no sentido horário." Franziu as sobrancelhas. Intimamente acreditava que isso seria eliminado. Ainda bem que conseguiu a ajuda de um matemático para reduzir as dezessete equações, cada uma das quais representava a fórmula de um povo diferente para extrair a alma — árabe, zulu, polinésio, negro americano, índio americano e assim por diante; eram as fórmulas mais recentes encontradas e aquelas de práticas reconhecidas.

"A — Amanita chapéu-da-morte." Diabo! Ele tinha certeza de que isso seria eliminado. Custaria algum tempo e trabalho achar um cogumelo chapéu-da-morte. Bem, daria para se virar sem essa fórmula, se necessário. Pegou mais duas folhas: "V — Para controlar a alma de uma pessoa", "Z — Para adormecer os residentes de uma casa", e debruçou-se sobre uma delas. Em poucos minutos, verificou que os ingredientes seriam facilmente obtidos, com a exceção de que a Z exigia o uso de mão mumificada e que se jogasse terra de cemitério no telhado da casa que se queria enfeitiçar. Contudo não haveria grande dificuldade para surrupiar uma daquelas mãos decepadas do laboratório de anatomia. E então se...

Percebendo uma fadiga súbita e uma aversão a essas fórmulas, que continuavam parecendo mais sórdidas do que ridículas, empurrou a cadeira para trás. Pela primeira vez desde que entrara em casa, olhou para a figura perto da janela. Estava sentada na cadeira de balanço, o rosto virado para as cortinas fechadas. Quando é que tinha começado a balançar, não sabia. Mas, depois do primeiro impulso, os músculos daquele corpo continuaram se movendo num ritmo automático.

Como uma pancada repentina, bateu-lhe uma saudade de Tansy. Sua entonação, seu gestual, suas peculiaridades, sua imaginação divertida — todos os detalhes que compõem uma pessoa real, humana, amada — Norman queria tudo de volta num instante; e a presença dessa morta-viva, essa imitação de Tansy, só tornava sua saudade mais intolerável. E que tipo de homem era ele para ficar perdendo tempo com fórmulas místicas? "Há coisas que se pode infligir a uma alma", dissera ela. "De vez em quando as empregadas dos Gunnison aparecem contando histórias..." O que deveria fazer é ir direto à casa dos Gunnison, confrontar Hulda e resolver a situação!

Com um breve esforço, reprimiu a raiva. Esse tipo de atitude poderia pôr tudo a perder. Como seria possível confrontar alguém que mantinha a mente, a própria consciência, do seu bem mais precioso como refém? Não, tudo isso já havia sido considerado antes e, o rumo de suas ações, definido. O correto é combater aquelas mulheres usando as mesmas armas que elas; essas fórmulas místicas repulsivas eram a sua melhor esperança — o erro que cometera foi olhar para aquele rosto, e sua mente o puniu como de costume. Decidiu passar para o outro lado da mesa, para que ficasse de costas para a cadeira de balanço.

Norman estava inquieto, seus músculos cansados ardiam e, por ora, não conseguia voltar ao trabalho.

Subitamente perguntou: "Por que será que ficou tudo tão violento e mortal tão de repente?"

"O Equilíbrio foi rompido", foi a resposta. A cadeira não parou de balançar.

"De que forma?" Ele começou a olhar por cima do encosto de sua cadeira, mas conteve-se a tempo.

"Começou quando eu parei de praticar magia." O balanço da cadeira fazia um rangido repetitivo.

"Mas por que isso acarretaria violência?"

"Porque rompeu o Equilíbrio."

"Sim, mas como isso explica a rapidez com que ataques mais ou menos triviais se tornaram atos mortais de crueldade?"

A cadeira parou de balançar. Não houve resposta. Mas, como disse consigo, ele já sabia a resposta que se formava naquela mente irracional atrás dele. Essa guerra de bruxas em que ela acreditava era como uma guerra de trincheiras ou uma batalha entre fronteiras fortificadas — um estado de sítio. Assim como o concreto armado ou a armadura anulavam os projéteis, os contrafeitiços e métodos de proteção tornavam relativamente inúteis os assaltos mais violentos. Porém, se a armadura e o concreto sumissem, a bruxa que renegara a feitiçaria estaria numa espécie de terra de ninguém...

Por outro lado, o medo dos contra-ataques brutais que poderiam ser feitos dessas posições muito bem fortificadas era um fator eficaz para intimidar ataques diretos. O natural seria manter-se firme, atirar de tocaia e só atacar caso o inimigo, descuidado, se expusesse ao perigo. Além do mais, era provável que houvesse reféns inesperados e pactos secretos de todo tipo, jogando um balde de água fria na violência.

Essa ideia também parecia explicar por que o ato aparentemente pacífico de Tansy havia perturbado o Equilíbrio. O que qualquer país pensaria se, no meio de uma guerra, o inimigo afundasse todos os seus encouraçados e desmantelasse todas as suas aeronaves, ficando aparentemente vulnerável ao ataque? Para uma mente realista, só haveria uma resposta provável: o inimigo tinha descoberto uma arma muito mais potente que encouraçados e aeronaves e estava planejando pedir uma trégua, que seria na verdade uma armadilha. A única solução seria atacar com tudo imediatamente, antes que a arma secreta fosse usada.

"Acho que...", ele começou a dizer.

Ia começar a falar quando algo — talvez um leve assobio no ar, ou um pequeno rangido do assoalho sob o tapete pesado, ou uma sensação menos tangível — o induziu a dar uma olhada em volta.

Torcendo o corpo para o lado, conseguiu — por um triz — desviar sua cabeça da trajetória descendente de um mangual de ferro, que foi tudo o que viu de início. Com um estalo terrível, a arma bateu no encosto maciço da cadeira, reduzindo seu impacto. Mas o ombro de Norman, atingido pelo golpe amortecido, ficou dormente.

Segurando a mesa com a mão boa, jogou-se sobre o móvel e virando-se.

Encolheu-se ao ver outro golpe se aproximar, colocando a mão boa atrás para manter o equilíbrio.

A criatura estava em postura alerta no centro da sala. Tinha pulado para trás como um gato após o fracasso do primeiro golpe. Estava com as pernas um tanto duras e o peso do corpo para frente. Os pés estavam descalços, mas de meia — os chinelos que teriam feito barulho estavam perto da cadeira de balanço. Segurava o atiçador de aço, tirado furtivamente do suporte ao lado da lareira.

Agora tinha vida no rosto. Mas era uma vida que rangia os dentes e babava, que contraía e dilatava as narinas a cada respiração, que tirava as mechas de cabelo sobre os olhos com tapas furiosos, uma vida que lançava olhares rubros de raiva.

Com um leve rosnado, levantou o atiçador e bateu, não nele, mas no lustre no teto. Um breu tomou conta do recinto que havia protegido com as cortinas bem fechadas para evitar os bisbilhoteiros.

Ouviu passos leves correndo. Esquivou-se para o lado. No entanto, o zunido passou perigosamente perto. Ouviu um som como se a criatura tivesse caído ou rolado sobre a mesa depois que ele se furtou da investida violenta — escutou o ruído de papéis deslizando e o leve estalido dos que caíram no chão. Fez-se um silêncio, além da respiração ofegante animalesca.

Agachou-se no tapete, tentando não mover nem um músculo sequer e se esforçando para escutar de onde vinha aquela respiração. Deplorável, pensou, como o sistema auditivo humano é ineficiente para localizar som. Primeiro, ouviu a fungada vindo de uma direção, depois de outra, embora não escutasse o menor ruído de movimento entre uma e outra — até que começou a perder o senso de direção dentro da sala. Tentou refazer seus passos mentalmente desde que se afastou da mesa. Ao cair no tapete, rolou. Mas até onde? Estava de frente ou de costas para a parede?

Zeloso em protegê-los de possíveis espiões, havia tapado as janelas desta sala e do quarto, e o serviço foi bem-feito. Não entrava nenhum fiozinho de luz da noite lá de fora. Ele se encontrava num lugar que começava a parecer um tapete de extensão interminável, um infinito sem paredes, mas de teto baixo.

E em outro lugar nessa imensidão, estava a criatura. Podia ver e ouvir melhor do que ele? Podia identificar formas impressas na retina que, para a alma sadia de Tansy, eram apenas pura escuridão? O que ela estava esperando? Concentrou-se, mas não dava mais para ouvir a respiração arfante.

Esta poderia ser a escuridão do chão de uma floresta, coberta por vários metros de trepadeiras emaranhadas. A civilização é feita de luz. Quando esta desaparece, é a civilização que se apaga. Norman estava sendo rapidamente reduzido ao patamar da criatura. Talvez fosse essa sua intenção ao destruir a lâmpada. Esta poderia ser a câmara interna de uma caverna primitiva, e ele, um aborígine de mente enevoada, morrendo de medo de sua parceira, que está possuída por um demônio conjurado pela bruxa — a bruxa gorda e forte de boca zangada, olhos selvagens e enfeites de cobre torcido nos cabelos ruivos emaranhados. Será que deveria procurar seu machado para tentar acertar o crânio onde o demônio se escondia? Ou deveria ir até a bruxa e sufocá-la até que liberasse o demônio? Porém de que modo dominaria sua mulher enquanto isso? Caso a tribo a encontrasse, seria morta imediatamente — era a lei. E, neste exato instante, o demônio dentro dela estava tentando matá-lo.

Com os pensamentos quase tão turvos e confusos quanto os daquele imaginário antepassado aborígine, Norman tentou encarar o problema, até que percebeu, de repente, o que a criatura estava esperando.

Seus músculos já doíam. Começava a sentir fisgadas no ombro, à medida que a dormência passava. Em breve faria um movimento involuntário. E nesse instante a criatura daria o bote.

Esticou o braço cuidadosamente. Devagar — devagarinho — passou a mão ao redor de si até tocar uma mesinha e apalpar um livro grande. Segurando o livro pela ponta que estava para fora da mesinha, o levantou e o trouxe até si. Seus músculos começaram a tremer levemente com o esforço de manter silêncio absoluto.

Com um movimento vagaroso, arremessou o livro para o centro da sala, atingindo o tapete a quase um metro dele. O barulho provocou a reação que esperava. Aguardou um segundo e jogou seu corpo para frente com o intuito de segurá-la no chão. A criatura era mais astuta do que havia imaginado. Agarrando uma almofada pesada que havia sido jogada na direção do livro, e apenas a sorte o salvou quando o atiçador bateu violentamente contra o tapete perto de sua cabeça.

Avançando no escuro, suas mãos pegaram o metal frio. Por um instante precisou fazer força, pois ela tentou puxar o atiçador. Nesse momento Norman se esparramou de costas, com o objeto na mão, e ouviu passos correndo até o fundo da casa.

Seguiu-a até a cozinha. Uma gaveta, puxada com força, caiu no chão, e o retinir e ranger dos talheres fez com que se assustasse.

Mas havia luz suficiente na cozinha para que visse a silhueta da criatura. De modo ágil, avançou sobre a mão erguida que segurava a faca e agarrou o pulso. Com isso a criatura se jogou contra ele, e ambos caíram no chão.

Sentiu que aquele corpo quente contra o seu estava motivado para a matança até suas últimas reservas de força. Por um instante a lâmina fria da faca tocou seu rosto, mas ele conseguiu afastar a arma. Dobrou as pernas, levantando-se para se proteger dos joelhos dela. A criatura foi para cima dele de modo descontrolado, cravando a mandíbula no braço que afastava a faca. O vaivém dos dentes querendo dilacerar o seu paletó era intenso. O tecido rasgou ao tentar empurrar o corpo para longe usando a outra mão. Foi quando conseguiu pegá-la pelo cabelo e puxar sua cabeça, fazendo os dentes soltarem do braço. A criatura largou a faca e atacou seu rosto com as unhas. Conseguiu conter os dedos que buscavam seus olhos e narinas; ela rosnava e cuspia nele. Forçando os braços dela com firmeza, torcendo-os nas costas, num impulso súbito ficou de joelhos. Sons abafados de fúria vinham da garganta da criatura.

Com uma consciência aguda dos seus músculos, que tremiam de fraqueza à beira da exaustão, se esforçou para segurar com uma única mão os dois pulsos tensos. Com a outra, tateou o armário da cozinha, abriu a última gaveta e encontrou um pedaço de corda.

CAPÍTULO XIX

"É bem sério desta vez, Norm", alertou Harold Gunnison. "Fenner e Liddell querem a sua cabeça."

Norman puxou a cadeira mais para frente, como se o assunto fosse a verdadeira razão de sua visita ao escritório de Gunnison esta manhã.

Gunnison continuou: "Acho que estão querendo ressuscitar aquela história da Margaret Van Nice e começar a berrar por aí que onde tem fumaça tem fogo. E podem tentar usar o caso de Theodore Jennings contra você, alegando que o 'colapso nervoso' dele se agravou devido a um tratamento injusto ou um rigor excessivo da sua parte, além de outros motivos. É claro que temos defesas fortes a seu favor nos dois casos, mas só a menção desses assuntos já causa um efeito negativo nos outros membros do conselho. E tem também essa sua palestra sobre sexo para o grupo de Mães de Alunos, e aqueles seus amigos do teatro que você convidou pra universidade. Pessoalmente, não faço nenhuma objeção, Norm, mas você escolheu uma hora péssima."

Norman assentiu com a cabeça respeitosamente. A sra. Gunnison deve chegar em breve. A empregada contou-lhe ao telefone que ela tinha acabado de sair a caminho do escritório do marido.

"Obviamente, esses casos em si não são suficientes." Gunnison estava com uma expressão séria e um olhar solene, o que não era comum. "Mas, como eu disse, isso pega mal e pode ser usado como pretexto. O verdadeiro perigo será um ataque controlado, porém conjunto, ao seu comportamento em sala de aula, às suas declarações públicas e, quem sabe, até aos detalhes corriqueiros da sua vida social, acompanhado daquela conversinha sobre precisar economizar quando oportuno — você sabe do que estou falando." Fez uma pausa. "O que me incomoda mesmo é que o Pollard está indiferente a você. Eu disse o que achava da nomeação de Sawtelle, mas ele disse que a decisão dos membros do conselho prevaleceu sobre a dele. Ele é gente boa, mas é um político." E Gunnison encolheu os ombros, como se fosse de conhecimento geral que a diferença entre políticos e professores remontava à Idade do Gelo.

Norman reagiu. "Acho que o ofendi semana passada. A gente teve uma conversa longa e perdi a cabeça."

Gunnison balançou a cabeça de um lado a outro. "Isso não explicaria. Pollard sabe lidar com ofensas. Caso ele se oponha a você, é por considerar necessário ou ao menos oportuno (odeio essa palavra) devido a uma questão de opinião pública. Conhecemos seu estilo de gerenciar a universidade. Ano sim, ano não, alguém é demitido."

Norman mal o ouvia. Pensava em como tinha deixado o corpo de Tansy — membros amarrados, a mandíbula relaxada, a respiração rouca e pesada por conta do uísque que a forçara a beber. Estava correndo um risco enorme, mas não via outro jeito. Durante um breve momento ontem à noite cogitou ligar para um médico e talvez interná-la num manicômio. No entanto, se fizesse isso, poderia perder para sempre a chance de restituir a Tansy o seu verdadeiro eu. Que psiquiatra acreditaria naquela trama mórbida contra a sanidade de sua mulher? Por motivos semelhantes, não podia pedir ajuda a nenhum amigo. Não, a única saída era atacar depressa a sra. Gunnison. Mas não era agradável imaginar manchetes como: "MULHER DE PROFESSOR VÍTIMA DE TORTURA. ENCONTRADA AMARRADA PELO MARIDO NO ARMÁRIO."

"É muito sério, Norm", repetia Gunnison. "É o que pensa a minha mulher, e ela é esperta pra essas coisas. Ela entende as pessoas."

A mulher dele! Obediente, Norman assentiu com a cabeça.

"Que azar isso ter chegado a esse ponto agora", continuou Gunnison, "em um momento em que está cheio de problemas, doente e tudo mais." Norman percebeu que Gunnison estava olhando com uma leve curiosidade para a tira de esparadrapo perto do canto do seu olho esquerdo e para a outra debaixo de suas narinas. Porém, mesmo tendo notado os olhares especulativos, não se deu ao trabalho de tentar explicar. Gunnison trocou de posição e se acomodou na cadeira. "Norm", disse, "estou sentindo que alguma coisa deu errado. Em circunstâncias normais, acredito que tiraria esse contratempo de letra — você é um dos nossos dois ou três melhores professores — contudo estou com a sensação de que alguma coisa deu errado e não tem mais salvação."

A proposta que suas palavras transmitiam era bem óbvia, e Norman sabia que suas intenções eram as melhores. Por um breve um instante cogitou revelar a Gunnison uma fraçãozinha da verdade. Seria como levar seus problemas para o tribunal de justiça, e ele podia imaginar — com a vivacidade intensa, quase alucinante, da fadiga extrema — como seria.

Imagine pôr Tansy no banco das testemunhas, mesmo quando ainda não estava violenta. "A sua alegação, sra. Saylor, é que sua alma foi roubada de seu corpo?" "Sim." "A senhora está consciente da ausência de sua alma?" "Não, não estou consciente de nada." "Não está consciente? A senhora certamente não quer dizer que está inconsciente?" "Mas eu estou. Não consigo ver nem ouvir." "A senhora quer dizer que não pode me ver nem me ouvir?" "Exatamente." "Então como..." O juiz bate o martelo. "Se essas risadinhas não cessarem imediatamente, vou expulsar todos do tribunal!" Ou imagine a sra. Gunnison no banco das testemunhas, e Norman fazendo um apelo apaixonado ao júri. "Senhores, olhem para os olhos dela! Observem aqueles olhos de perto, eu imploro. Se olharem bem, vão ver que a alma da minha mulher está lá dentro!"

"Qual o problema, Norm?", ouviu Gunnison perguntar. A empatia genuína da voz o puxava de um jeito confuso. Subitamente embriagado de sono, tentou se recompor para responder.

A sra. Gunnison entrou.

"Olá", saudou-os. "Que bom que vocês dois conseguiram se encontrar." Ela observou Norman atentamente, com um ar de quase condescendência. "Acho que tem umas duas noites que você não dorme", declarou bruscamente. "E o que houve com o seu rosto? Foi aquele gato que finalmente te arranhou?"

Gunnison riu, como de costume, da franqueza da esposa. "Que mulher. Adora cachorro. Detesta gato. Mas ela tem razão, Norm, você precisa dormir."

Aquela visão e aquela voz despertaram em Norman uma vigilância hostil. Pelo seu aspecto, ela devia estar dormindo dez horas por dia há algum tempo. O caro conjunto verde realçava os cabelos ruivos e lhe conferia uma beleza saudável, forte. Sua combinação estava aparecendo e o casaco estava mal abotoado, mas agora transmitia a Norman a despreocupação do soberano todo-poderoso que está acima dos padrões de elegância habituais. Para variar, ela não estava com a bolsa volumosa. O coração dele teve um sobressalto.

Não se sentia seguro para encarar os olhos dela. Começou a se levantar.

"Não vá ainda, Norm", disse Gunnison. "Temos muito o que discutir."

"Sim, por que não fica?", endossou a sra. Gunnison.

"Desculpe", disse Norman. "Volto hoje à tarde se você tiver um minutinho. Ou no mais tardar amanhã cedo."

"Mas não deixe de fazer isso", alertou Gunnison com seriedade. "A reunião do conselho diretor é amanhã à tarde."

A sra. Gunnison se sentou na cadeira que ele desocupou.

"Dê minhas lembranças a Tansy", disse. "Vou vê-la hoje à noite na casa dos Carr — quer dizer, caso ela esteja recuperada." Norman gesticulou em concordância. Então saiu depressa e fechou a porta.

Com a mão ainda na maçaneta, viu a bolsa verde da sra. Gunnison na mesa da antessala. Estava ao lado do expositor com as gotas do príncipe Rupert e excentricidades do tipo. Seu coração deu outro sobressalto.

Havia uma moça na antessala — uma aluna que trabalhava como secretária. Ele se aproximou de sua mesa.

"Srta. Miller," disse, "poderia me fazer a gentileza de pegar as fichas de avaliação dos seguintes alunos?" E falou de cabeça meia dúzia de nomes.

"As fichas estão na Secretaria, professor Saylor", respondeu ela, um pouco hesitante.

"Sim, sei disso. Mas avise lá que fui eu quem pedi, por favor. O dr. Gunnison e eu precisamos conferir essas fichas."

Obediente, ela anotou os nomes.

Quando fechou a porta ao sair, ele abriu a gaveta superior da mesa, onde sabia que estaria a chave do expositor.

Alguns minutos depois a sra. Gunnison saiu.

"Achei que ouvi você sair", exclamou, brusca. Depois, despachada como sempre: "Está esperando que eu vá embora pra poder conversar com Harold a sós?"

Não houve resposta. Olhava fixamente para o nariz dela.

A sra. Gunnison pegou a bolsa. "Não tem por que tentar fazer segredo disso", falou. "Sei tanto dos seus problemas quanto ele — na verdade, sei muito mais. E, pra ser sincera, sua situação está péssima." Sua voz começava a assumir a arrogância dos vencedores. Depois dessa fala, sorriu para Norman.

Ele continuou olhando para o nariz dela.

"E não precisa fingir que não está preocupado", continuou, com um tom de voz irritadiço devido ao silêncio dele. "Porque sei que você está. E amanhã o Pollard vai pedir sua demissão." Então disse: "O que está olhando?"

"Nada", respondeu depressa, desviando o olhar.

Com ar de incredulidade, ela pegou o espelho, olhou por um instante, intrigada, depois o levantou para examinar com atenção o seu rosto.

Para Norman o ponteiro de segundos do relógio de parede parecia estar parado.

Bem baixinho, mas rápido, com uma voz tão casual que a sra. Gunnison nem olhou em volta, disse: "Sei que roubou a alma da minha mulher, sra. Gunnison, e sei como fez isso. Também entendo um pouco sobre como roubar almas; por exemplo, se quiser a alma da pessoa que estiver no recinto com você, e a pessoa estiver se olhando num espelho, e o espelho se quebrar enquanto o reflexo da pessoa estiver dentro, então..."

Com um estalido rápido e não muito sonoro, o espelho na mão da sra. Gunnison trincou e explodiu numa nuvenzinha de poeira iridescente.

Imediatamente Norman sentiu um peso sobre sua mente, uma escuridão tangível oprimindo os seus pensamentos.

O suspiro de surpresa ou espanto que a sra. Gunnison emitiu foi interrompido. Uma expressão vaga e estúpida tomou conta de seu rosto pouco a pouco, simplesmente porque seus músculos faciais estavam relaxando.

Norman se aproximou da sra. Gunnison e a segurou pelo braço. Por um instante ela o fitou, vazia, então cambaleou, deu um passo lento, depois outro, enquanto ele dizia: "Venha comigo. É a sua melhor chance."

Tremendo, mal conseguindo acreditar no seu êxito, enquanto ela o acompanhava no corredor. Perto da escada, encontraram a srta. Miller voltando com a mão cheia de fichas.

"Desculpe dar esse trabalho todo", lhe disse, "mas, no final das contas, não vamos precisar mais. É melhor você devolver as fichas pra Secretaria."

A moça assentiu com um sorriso educado, mas meio torto. "Esses professores, hein!"

Ao sair do prédio da administração com a sra. Gunnison, atipicamente dócil, a estranha escuridão ainda oprimia seus pensamentos. Era uma experiência que nunca tinha vivenciado.

De repente a escuridão se abriu, como as nuvens escuras poderiam se abrir ao pôr do sol, deixando passar um fino e rubro raio de sol. Mas as nuvens escuras estavam em sua mente e os raios rubros eram a fúria impotente e a raiva obscena. No entanto, não era uma sensação totalmente desconhecida.

A mente de Norman se encolheu de medo. Enrubescido por um brilho suave, o *campus* adiante parecia oscilar e tremular.

Pensou: "Caso existisse algo como dupla personalidade, e aparecesse uma rachadura na parede que divide essas duas consciências..."

Mas isso era loucura.

Outra memória súbita o atingiu — as palavras que a boca de Tansy enunciou na cabine do trem: "O hábitat da alma é o cérebro humano."

Novamente: "Se for impedida de retornar ao próprio corpo, ela é irresistivelmente atraída para outro, não importando se uma alma já ocupa esse corpo. E, assim, a alma cativa costuma ficar presa no cérebro do captor."

Neste exato momento, através da fenda na escuridão, pegando carona no vermelho da raiva latejante que inundava a área central de sua mente, surgiu um pensamento inteligível. O pensamento dizia simplesmente: "Seu imbecil, como você fez isso?", mas era, como a fúria vermelha, tão característico da sra. Gunnison que Norman aceitou (fosse ou não fosse loucura dele, fosse ou não fosse bruxaria de verdade) que a mente da sra. Gunnison estava no interior de sua cabeça, falando com a mente dele.

Por um instante, olhou para a face relaxada do pesado corpo feminino que ele guiava pelo *campus*.

Por um instante, sentiu repulsa à ideia de tocar, com sua mente, a personalidade nua.

Mas só por um instante. Naquele momento (fosse ou não fosse loucura dele) aceitou a ideia plenamente. Atravessou o *campus* conversando com a sra. Gunnison dentro de sua cabeça.

A pergunta foi repetida internamente: "Como você fez isso?"

Antes que se desse conta, seus próprios pensamentos responderam:

"Foi o espelho do príncipe Rupert que estava no expositor. O calor dos seus dedos o estilhaçou. Eu o peguei delicadamente com o meu lenço dobrado quando o coloquei na sua bolsa. Segundo a crença primitiva, o seu reflexo é a sua alma, ou um condutor para a sua alma. Caso um espelho se quebre enquanto retém o seu reflexo, sua alma fica presa fora do seu corpo." Sem o mecanismo da fala para atrasá-lo, todas essas palavras se manifestaram num piscar de olhos.

Também num piscar de olhos veio, da fenda na escuridão, o próximo pensamento da sra. Gunnison: "Para onde você está levando o meu corpo?"

"Para a nossa casa."

"O que você quer?"

"A alma da minha mulher."

Houve uma longa pausa. A fenda na escuridão se fechou, depois se abriu.

"Ela está fora do seu alcance. Estou com ela, do mesmo modo como está com a minha. Porém a minha a mantém escondida de você. E é ela que está com a alma da Tansy."

"Está fora do meu alcance, mas posso ficar com a sua até que devolva a da minha mulher para seu corpo."

"E se me recusar?"

"Seu marido é realista. Não vai acreditar no que o seu corpo disser. Vai consultar os melhores alienistas. Ficará muito angustiado. No entanto, ao final irá internar o seu corpo num sanatório."

Ele podia sentir derrota e submissão — além de um certo pânico — na textura da resposta mental. Mas a derrota e submissão ainda não se revelavam abertamente.

"Não vai conseguir ficar com a minha alma. Tem ódio dela. Ela te provoca aversão. Sua mente não vai conseguir tolerar por muito tempo."

Em seguida, como confirmação imediata dessa declaração, caiu da fenda um fio de água que logo se transformou numa cascata. As maiores repulsas que sentia foram descobertas e expostas num instante. Ele começou a apertar o passo, para que o corpanzil irracional ao seu lado ficasse sem fôlego.

"Teve a Ann", exprimiu os pensamentos da sra. Gunnison, não em palavras, mas na plenitude de uma lembrança. "Ann veio trabalhar pra mim oito anos atrás. Uma lourinha esmirrada, mas que aguentava bem um dia duro de trabalho. Era muito submissa e medrosa. Sabia que é possível dominar uma pessoa apenas usando o terror, sem um pingo de força física? Uma palavra dura, um olhar atravessado — é o que fica implícito que conta, não o que se diz diretamente. Pouco a pouco reuni na minha pessoa toda a autoridade severa que o pai, o professor e o pastor exerceram sobre Ann. Só de olhar pra ela de um jeito específico, a menina chorava. Bastava ficar parada na porta do quarto dela, que ela se encolhia de medo. A obrigava a segurar pratos quentes sem dar um pio quando nos servia o jantar, e fazia com que esperasse enquanto conversava com Harold. Depois olhava as mãos dela."

Da mesma forma, ele vivenciou as histórias de Clara e Milly, de Mary e Ermengarde. Não conseguia desprender sua mente da dela, nem conseguia fechar a fenda, embora tivesse o poder de alargá-la. Como uma medusa abominável, ou uma planta carnívora parruda, a alma dela se abria e se agarrava à sua, dando a impressão de que era ele o prisioneiro.

"E teve a Trudie. Trudie me idolatrava. Era gorda, lerda e meio burra. Tinha vindo da roça. Passava horas cuidando das minhas roupas. Dava-lhe vários tipos de incentivo, até que qualquer coisa relacionada à minha pessoa passou a ser sagrada para a Trudie. Aquela mulher vivia em função dos meus pequenos sinais de generosidade. No final, fazia de um tudo por mim, o que era muito divertido, pois tinha vergonha de qualquer coisinha e nunca superou aquele pudor exagerado e sofrido."

Chegaram à porta de casa, e o fluxo de pensamentos impuros cessou. A fenda se reduziu a uma frestinha vigilante.

Conduziu o corpo da sra. Gunnison até a porta do vestiário de Tansy. Apontou para a figura amarrada, encolhida sobre a manta que ele colocara no chão. Estava como a tinha deixado, de olhos fechados, mandíbula relaxada e com a respiração pesada. A visão pareceu acrescentar uma segunda força opressora à sua mente, empurrando de baixo para cima, através das suas órbitas oculares.

"Retire o que você conjurou pra possuir esse corpo", ouviu-se ordenando à sra. Gunnison.

Houve uma pausa. Uma aranha preta saiu de baixo da saia de Tansy e correu pela manta. No mesmo instante em que veio o pensamento: "É aquilo ali", ele avançou e pisou na aranha que tentava fugir para o assoalho. Foi aí que se deu conta de uma observação meio disfarçada: "A alma dele buscou o corpo mais próximo. Agora o meu Rei fiel não vai mais me ajudar com nada. Não vai mais animar carne humana, nem madeira, nem pedra. Vou precisar achar outro cachorro."

"Devolva pra esse corpo o que você roubou", ordenou.

Desta vez a pausa foi maior. A fenda se fechou por completo.

A figura amarrada se moveu, tentando se virar. Os lábios se mexeram. A mandíbula frouxa se enrijeceu. Consciente apenas da escuridão sombria que pesava sobre a sua mente e de uma percepção sensorial tão aguda que acreditava ouvir o coração batendo no corpo de Tansy, abaixou-se, cortou as cordas e removeu as proteções que havia posto com cuidado nos pulsos e tornozelos.

A cabeça se virou de um lado para o outro, agitada. Os lábios pareciam articular: "Norman...". As pálpebras piscaram e pode sentir um calafrio percorrendo seu corpo. Naquele momento, numa explosão gloriosa, como uma flor desabrochando num instante milagroso, surgiu uma expressão no rosto, as mãos fracas agarraram seus ombros e, com olhos arregalados, uma alma humana sã, lúcida e destemida olhou para ele.

Um instante depois a escuridão repugnante que oprimia a mente dele se dissipou.

Com um olhar de rancor e derrota, a sra. Gunnison se virou. Ele ouviu o som dos passos cada vez mais distantes e a porta da frente se abrir. Norman abraçou Tansy e a beijou.

CAPÍTULO XX

A porta da frente se fechou. Como se isso fosse um sinal, Tansy o afastou enquanto seus lábios ainda retribuíam o beijo dele.

"Não podemos nos atrever a ser felizes, Norman", disse. "Não podemos nos atrever a ser felizes nem por um instante."

Um semblante apreensivo e ansioso ofuscava a saudade nos olhos dela, como se estivesse olhando para uma muralha capaz de bloquear a luz do sol. Ao responder à pergunta confusa de seu marido, praticamente sussurrou, como se fosse perigoso até mesmo pronunciar o nome.

"A sra. Carr..."

Suas mãos apertaram os braços dele como se buscassem indicar a urgência do perigo.

"Norman, estou com medo. Estou com *muito* medo. Por nós dois. Minha alma descobriu tantas coisas. A situação é diferente do que eu imaginava. É muito pior. E a sra. Carr..."

Num átimo, a mente de Norman ficou exausta e perplexa. Parecia-lhe quase insuportável perder o sentimento de alívio. O desejo de fingir, pelo menos por um momento, que a vida era racional e comum, foi substituída por uma sensação semelhante à de uma fome avassaladora. Ele encarava Tansy atordoado, como se ela fosse fruto uma alucinação produzida por uma viagem de ópio.

"Você está em segurança", lhe disse com uma voz um tanto severa. "Lutei por você, te trouxe de volta e vou te proteger. Elas nunca mais vão encostar em você, nenhuma delas."

"Ah, Norman", começou, baixando o olhar, "sei como você foi corajoso e inteligente. Tenho a dimensão do quanto se arriscou, do tamanho de seu sacrifício por mim — chegou a virar as costas pra racionalidade no curto espaço de uma semana, suportou a brutalidade dos pensamentos nus daquela mulher. Derrotou a Evelyn Sawtelle e a sra. Gunnison jogando *limpo* e usando as armas delas. Mas a sra. Carr..." As mãos dela lhe transmitiam o calafrio que experimentava. "Ai, Norman, ela *deixou* que você derrotasse aquelas duas. Tinha a intenção de dar um susto nelas, e resolveu deixar essa tarefa pra você. Mas agora será ela quem vai botar a mão na massa."

"Não, Tansy, não", insistiu com morosidade, incapaz de elaborar um argumento para embasar sua negação.

"Coitadinho, está exausto", disse, subitamente zelosa. "Vou lhe servir um drinque."

Ele teve a impressão de que mal esfregou os olhos, piscou e balançou a cabeça, e ela já voltava com a garrafa.

"Vou trocar de roupa", falou, olhando a roupa rasgada e amarrotada. "Depois a gente precisa conversar."

Ele virou o copo da bebida forte e serviu outra dose. Mas o álcool não o estimulou. Não apenas não o tirou do estado de sonho de ópio, como o intensificou. Um pouco depois, se levantou e se arrastou até o quarto.

Tansy pusera um vestido de lã branco que ele adorava, mas que não usava há algum tempo. Lembrou-se que lhe dissera que o vestido tinha encolhido e ficado pequeno demais. Porém, agora, tinha a impressão de que ela, feliz por estar de volta, sentia um orgulho ingênuo do seu corpo jovem e queria realçar seus atributos.

"É como entrar numa casa nova", comentou, com um sorrisinho rápido que interrompeu momentaneamente a apreensão no seu rosto. "Ou melhor, é como voltar pra casa depois de muito tempo longe. Nos sentimos muito felizes, mas estranhando tudo. Leva um tempo pra se acostumar."

Agora que ela chamava atenção para isso, percebia uma certa hesitação em seus movimentos, gestos e expressões, como uma pessoa convalescente retomando a atividade do corpo depois de passar um longo período de cama.

O cabelo solto, agora penteado, batia nos ombros, e os pés estavam descalços, dando-lhe uma aparência mimosa de mocinha, que considerou atraente apesar da letargia e angústia do seu estado mental.

Ele lhe trouxera um drinque, do qual ela tomou apenas um gole, deixando o copo de lado.

"Não, Norman", disse, "a gente precisa conversar. Tenho muita coisa pra te contar, e talvez não reste muito tempo."

Ao ouvir isso, olhou ao redor do quarto. Fixou os olhos na porta creme do vestiário de Tansy. Em seguida, com um gesto indicando que concordava com a esposa, se sentou na cama. Ficou ainda mais forte a sensação de que era uma alucinação produzida por ópio — o jeito frágil e a voz estranhamente alegre de Tansy pareciam fazer parte dele.

"Por trás de tudo está a sra. Carr", começou. "Foi quem juntou a sra. Gunnison e a Evelyn Sawtelle, e isso revela muita coisa. As mulheres sempre mantêm a magia em segredo. Trabalham sozinhas. Uma informação ou outra é passada das mais velhas para as mais novas, principalmente de mãe pra filha, mas até isso é feito de má vontade e com desconfiança. Esse é o único caso que a sra. Gunnison sabia de três mulheres realmente trabalhando juntas — descobri a maior parte disso observando a alma dela. Esse evento é de uma importância revolucionária, é o sinal de um futuro imprevisível. Neste exato instante, tenho só uma vaga noção das ambições da sra. Carr, mas uma delas é ampliar de forma descomunal os poderes que ela tem hoje. Ela vem tramando esses planos há quase três quartos de século."

Norman absorveu apaticamente essas declarações grotescas. Tomou um gole da sua segunda dose.

"Quando a olhamos, vemos uma velhinha inocente e meio boba, moralista, mas ineficaz, juvenil, mas pudica", continuou. Norman teve um sobressalto, pois imaginou ter identificado na voz de Tansy um tom de alegria secreta. Isso era de uma dissonância tão incongruente que concluiu ser apenas sua imaginação. Quando ela retomou a fala, esse tom havia desaparecido. "Mas tudo isso faz parte do disfarce, assim como a voz gentil e o jeitinho serelepe. Trata-se de uma atriz talentosíssima. Por trás dessa fachada, é osso duro de roer — fria quando a sra. Gunnison seria esquentada, ascética quando a sra. Gunnison seria escrava dos seus desejos. No entanto, ela tem apetites próprios, escondidos no seu íntimo. É uma grande admiradora dos puritanos de Massachusetts. Às vezes tenho a sensação estranhíssima de que a sra. Carr está planejando restabelecer, nos dias de hoje e por meios inimagináveis, aquela comunidade atormentada pela bruxaria e supostamente teocrática.

"Ela domina as outras duas pelo terror. De certa forma, não passam de aprendizes. Você conhece um pouco a sra. Gunnison, então vai me entender quando digo que já vi os pensamentos dela tremendo de medo diante da possibilidade de ter ofendido ligeiramente a sra. Carr."

Norman terminou o drinque. Sua mente escapulia de fininho em vez de considerar essa nova ameaça com atenção. Precisa levar um tapa para acordar, pensou, relutante. Tansy empurrou seu copo na direção dele.

"E o medo da sra. Gunnison é justificável, porque os poderes da sra. Carr são tão letais que ela nunca os usa, a não ser pra ameaçar. O pior são seus olhos. Aqueles óculos grossos — aquela mulher possui a arma sobrenatural mais temida de todas, tanto que metade dos amuletos de proteção mágica registrados são feitos para se defender dela. O nome dessa arma é tão conhecido ao redor do mundo que ela se tornou alvo de chacota para os céticos. O mau-olhado. Utilizando essa arma, ela tem o poder de secar e murchar. Com esse poder, é capaz de assumir o controle de outra alma com um único olhar.

"Até agora ela se segurou, porque queria dar uma lição naquelas duas em razão de umas desobedienciazinhas, e pra que fossem com o rabo entre as pernas lhe pedir ajuda. Mas agora seu ataque será rápido. Ela percebeu que você e o seu trabalho lhe representam um perigo." A voz de Tansy estava tão acelerada e sem fôlego que Norman percebeu que devia estar correndo contra o tempo. "Além disso, há outro motivo enterrado nas profundezas daquela mente. Mal tenho coragem de tocar nesse assunto, porém volta e meia a pego estudando cada movimento meu, cada expressão minha com um interesse esquisitíssimo..."

De repente, ela parou de falar e seu rosto empalideceu.

"Estou sentindo ela agora... Estou sentindo que me procura... Ela está se aproximando... Não!" Tansy gritou. "Não, você não pode me obrigar a fazer isso!... *Eu não vou fazer!*... *Eu não vou fazer!*" Antes que percebesse, sua esposa estava de joelhos, agarrando-se a ele, apertando suas mãos. "Não a deixe *encostar* em mim, Norman", balbuciava como uma criança apavorada. "Não a deixe chegar *perto* de mim."

"Não vou deixar", respondeu rápido, subitamente alerta.

"Ah... mas você não pode fazer nada para impedi-la... Ela diz que está vindo *aqui*, em seu próprio corpo — tudo isso devido ao medo que sente de você! Ela vai roubar minha alma de novo. Não tenho coragem de te contar os planos da sra. Carr. São repugnantes demais."

Segurando-a pelos ombros. "Você precisa me contar", disse ele. "O que é?"

Levantando com vagar seu rosto pálido e assustado, até que seus olhos encontrassem os dele, sussurrou sem desviar o olhar nem uma vez: "Você sabe como a sra. Carr adora a juventude, Norman. Conhece aqueles trejeitos joviais ridículos dela. Sabe que ela sempre quer estar rodeada de jovens e se alimenta das emoções, da inocência e dos entusiasmos deles. Norman, a sede de juventude é a paixão que governa a sra. Carr há décadas. Ela resistiu à velhice e à morte por muito tempo — mais tempo do que imagina, haja vista estar mais perto dos noventa do que dos setenta — mas elas são implacáveis e estão fechando o cerco. Não é que ela tema tanto a morte, mas é que faria de tudo, Norman, de tudo pra ter um corpo jovem.

"Você não percebe, Norman? Enquanto as outras queriam a minha alma, o que lhe interessa é meu corpo. Nunca reparou no jeito como ela te olha, Norman? O desejo que provoca nela, Norman. Aquela velha horrorosa te deseja e quer te amar com o meu corpo. Quer possuir o meu corpo e deixar minha alma presa naquela carcaça seca, pra que minha alma morra naquele corpo *asqueroso* dela. E está vindo aqui fazer isso *agora*, está vindo pra cá *agora*."

Ele fixou um olhar pasmo nos olhos aterrorizados, alertas e quase hipnóticos de sua mulher.

"Você precisa deter a sra. Carr, Norman. Precisa detê-la do único modo possível." E, sem desviar o olhar dos olhos dele, Tansy se levantou e saiu do quarto.

Talvez houvesse algo realmente hipnótico nos olhos dela, um efeito estranho do seu próprio terror, pois Norman teve a impressão de que mal saíra do quarto e já estava de volta ao seu lado, pressionando um objeto anguloso e frio na mão dele."

"Terá que agir muito *rápido*", alertou, "Se você hesitar um *instantezinho* que seja, caso lhe dê a mínima chance de conseguir fixar os olhos em você, será o seu fim — e o meu fim também, pra sempre. Você conhece a naja que cospe veneno nos olhos da vítima — é assim que funciona. Prepare-se, Norman. Ela está chegando."

Ele ouviu passos apressados na entrada da casa. Ouviu a porta da frente se abrir. De repente, Tansy pressionou seu corpo contra o dele, para que sentisse seus seios. De lábios úmidos, buscou os dele. Beirando a grosseria, ele devolveu o beijo. Tansy sussurrou nos lábios dele: "Tem que ser *rápido*, querido." E se afastou.

Passos ressoaram no corredor. Norman levantou a arma. Notou que uma escuridão artificial reinava no quarto — Tansy havia fechado as cortinas. A porta do quarto se abriu para dentro. A silhueta de uma figura magra de vestido de seda cinza contrastava com a luz do corredor. Acima da arma, viu o rosto envelhecido, os óculos grossos. Seu dedo se firmou no gatilho.

A cabeça grisalha sacudiu um ligeiro não.

"Rápido, Norman, *rápido!*" A voz ao seu lado se elevou, nervosa.

A figura cinza na porta não se mexeu. A arma tremulou e de repente girou até mirar na figura ao lado dele.

"*Norman!*"

INVOCAÇÃO DA BRUXA
Fritz Leiber

CAPÍTULO XXI

Ventos leves, irrequietos, faziam farfalhar a folhagem do carvalho que guardava, como uma sentinela robusta, a estreita casa dos Carr. Através da sombra reluzia o branco das paredes — um branco tão puro e imaculado que os vizinhos juravam, brincando, que a própria senhorinha saía, quando todo mundo já estava dormindo, para lavá-las com um esfregão de cabo comprido. Por todo lado havia a impressão de uma velhice bem cuidada e sadia. Tinha até um cheiro — como o de um velho baú onde um capitão de veleiro trouxera especiarias finas de suas viagens na rota da China.

A casa dava para o *campus*. As moças a viam, a caminho das aulas, e lembravam-se das tardes que passaram lá, sentadas nas cadeiras retas, todas comportadíssimas, enquanto o fogo queimava, espevitado, sobre os brilhantes suportes de lenha na lareira branca. A sra. Carr era uma senhorinha tão inocente e recatada! Mas sua inocência era uma vantagem — a tornava muito fácil de se tapear. E ela contava histórias curiosíssimas com os detalhes mais hilários e totalmente espontâneos. E que delícia aquele biscoito de gengibre que servia com chá de canela!

Uma lâmpada se acendeu no hall de entrada, projetando, através da bandeira da porta, um padrão listrado sobre os arabescos de madeira da antiga varanda. Embaixo da bandeira, a porta branca de seis almofadas se abriu.

"Estou indo, Flora", avisou o professor Carr. "Suas parceiras de *bridge* estão um pouco atrasadas, não estão?"

"Elas já vão chegar." A voz melodiosa flutuava no hall. "Até logo, Linthicum."

O professor Carr fechou a porta. Que pena ele perder o *bridge*. Mas o artigo que o jovem Rayford ia apresentar sobre a Teoria dos Números Primos sem dúvida seria interessante, e não se podia ter tudo. Seus passos ressoaram no caminho de cascalho ladeado de florezinhas brancas, como renda antiga. Então chegaram à calçada de concreto e pouco a pouco desapareceram.

Em alguma parte atrás da casa um carro estacionou. Ouviu-se o som de algo sendo levantado, depois passos arrastados, pesados. Uma porta se abriu no fundo da casa e, por um instante, foi possível ver contra a luz a silhueta de um homem carregando nos ombros um pacote volumoso que poderia ser uma mulher amordaçada, só que esse tipo de atividade suspeita e misteriosa era inconcebível na casa dos Carr, como qualquer vizinho poderia garantir. Então essa porta também se fechou, e por um tempo reinou o silêncio, enquanto a brisa soprava as folhas do carvalho.

Esbanjando borracha, um Studebaker preto freou bruscamente na frente da casa. A sra. Gunnison desceu do carro.

"Depressa, Evelyn", disse. "A gente se atrasou por sua causa mais uma vez. Você sabe que ela odeia atraso."

"Estou andando o mais rápido que posso", reclamou sua acompanhante.

Assim que a porta almofadada se abriu, o cheiro de especiarias velhas se tornou mais perceptível.

"Vocês estão atrasadas, minhas queridas", disse a voz melodiosa e bem-humorada. "Mas dessa vez vocês estão perdoadas, porque tenho uma surpresinha pra vocês. Venham comigo."

Acompanharam até a sala de estar a frágil figura cujo vestido de seda fazia um leve fru-fru. Pouco depois da mesa de *bridge*, com dois pratos de cristal cheios de doces sobre a toalha bordada, estava Norman Saylor. Sob a luz da lâmpada e da lareira, seu rosto era inexpressivo.

"Como a Tansy está impossibilitada de vir", disse a sra. Carr, "ele aceitou completar a mesa. Não é uma bela surpresa? Foi muito gentil da parte do professor Saylor, não acham?"

A sra. Gunnison parecia estar reunindo coragem. "Não tenho certeza se gostei dessa solução", falou num rasgo de sinceridade.

"Desde quando importa se você gosta ou não de alguma coisa?", retrucou rispidamente a sra. Carr. Ela estava de pé, bem ereta. "Sentem-se, todos vocês!"

Quando todos tomaram seus lugares ao redor da mesa de *bridge*, a sra. Carr deu uma olhada no baralho, virando certas cartas. Quando se pronunciou, sua voz estava gentil e melodiosa como sempre.

"Aqui estão vocês duas, minhas queridas", disse, colocando a rainha de ouros e a rainha de paus lado a lado. "E aqui está o professor Saylor." Acrescentou o rei de copas ao grupo. "E aqui estou eu." Colocou a rainha de espadas por cima das outras três cartas. "Aqui ao lado está a rainha de copas — Tansy Saylor. Agora, o que pretendo fazer é o seguinte." Arrastou a rainha de copas para cima da rainha de espadas. "Não entenderam? Bom, não é o que parece, e nenhuma de vocês é muito inteligente. Mas já, já vocês vão entender. Tive uma conversa bem interessante com o professor Saylor", continuou. "Relacionada ao trabalho dele. Não foi, professor Saylor?" Com um aceno de cabeça, ele confirmou o que foi dito. "Algumas de suas descobertas são extremamente fascinantes. Parece que existem leis que regem essas coisas que nós, mulheres, temos feito. Os homens são tão inteligentes pra algumas coisas, não acham?

"E o professor teve a bondade de me dizer todas essas leis. Vocês nem imaginam como isso pode tornar tudo muito mais fácil e seguro — mais eficiente também. A eficiência é tão importante nos dias de hoje. Ah, o professor Saylor já fez uma coisinha pra mim — não vou dizer o que é, mas tem uma pra cada, e outra pra mais uma pessoa. Não é presente, não, porque vai ficar tudo comigo. E, se alguma de vocês fizer alguma travessura, vai ser facílimo lhes fisgar uma parte — que já sabem qual é.

"Agora faremos algo que permitirá que eu e o professor Saylor trabalhemos bem juntinhos no futuro — como jamais poderiam imaginar. E vocês vão ajudar. Abra a porta da sala de jantar, Norman."

Era uma porta de correr antiga, branca e brilhante. Lentamente a empurrou para o lado.

"Pronto", disse a sra. Carr. "Estou cheia de surpresas hoje."

O corpo estava amarrado à cadeira. Por cima da mordaça, os olhos de Tansy Saylor as fuzilavam com um ódio impotente.

Evelyn Sawtelle se levantou parcialmente, abafando um grito.

"Não precisar ficar histérica, Evelyn", retrucou, ríspida, a sra. Carr. "Agora tem uma alma ali."

Voltando a se sentar, os lábios Evelyn Sawtelle estavam trêmulos.

O rosto da sra. Gunnison empalidecera, mas enrijeceu a mandíbula e pôs os cotovelos na mesa. "Não estou gostando disso, não", disse. "É muito arriscado."

"Hoje estou apta a correr riscos que não correria semana passada, minha querida", disse a sra. Carr gentilmente. "Nessa questão a sua ajuda e a de Evelyn são essenciais pra mim. É claro que vocês têm a total liberdade de não ajudar, caso não quiserem. Mas espero que entendam as consequências."

A sra. Gunnison abaixou os olhos. "Tudo bem", concordou. "Mas vamos logo com isso."

"Sou uma mulher muito velha", começou a sra. Carr, numa lentidão torturante, "e tenho muita paixão pela vida. Tem sido um pouco desanimador pensar que a minha está chegando ao fim. E, por razões que podem entender, temo a morte mais que a maioria das pessoas.

"Mas parece que agora vou poder vivenciar, mais uma vez, todas essas coisas que uma mulher idosa considera ter perdido pra sempre. As circunstâncias incomuns das duas últimas semanas me ajudaram muito a preparar o terreno. O professor Saylor ajudou também. E vocês, minhas queridas, vão me ajudar. Vejam bem, é necessário criar um certo tipo de tensão, o que só é possível com pessoas que têm uma experiência específica, e a gente precisa de no mínimo quatro dessas pessoas. O professor Saylor me explicou — que mente brilhante a dele, viu! — que é como aumentar a tensão elétrica, para que uma centelha possa saltar a brecha de um eletrodo a outro. Só que nesse caso a brecha vai ser daqui, onde estou sentada, até lá" — e apontou para a figura amarrada. "E serão duas centelhas. E, no final, a rainha de espadas vai cobrir por completo a rainha de copas. Porque esta noite, minhas queridas, nós somos definitivamente tetradimensionais. Contudo, as coisas que a gente não vê são sempre as mais importantes, não acham?"

"Você não pode fazer isso", contestou a sra. Gunnison. "Não vai conseguir esconder a verdade!"

"Você acha que não? Muito pelo contrário, pois nem vou precisar me preocupar. Me diga o que aconteceria se a velha sra. Carr saísse por aí dizendo ser a jovem Tansy Saylor. Acho que sabe muito bem o que aconteceria com aquela senhorinha inocente, gentil e querida. Às vezes as leis e as crenças de uma sociedade cética são tão convenientes.

"Pode começar a preparar o fogo, Norman. Vou dizer exatamente o que elas têm que fazer."

Ele jogou um punhado de pó no fogo. Labaredas verdes subiram, e um aroma pungente e nauseante tomou conta da sala.

Então — quem sabe? — talvez tenha havido um abalo no coração do mundo e um movimento de correntes silenciosas na escuridão do vazio. No lado escuro do planeta, milhares de mulheres se reviraram na cama enquanto dormiam, e algumas acordaram tremendo, assombradas por temores desconhecidos. No lado claro, outros milhares delas ficaram nervosas, e devaneios incomuns afligiram suas mentes; algumas cometeram erros no trabalho e tiveram que acrescentar mais uma coluna de números, ou conectar um outro fio numa outra conexão, ou enviar uma peça de metal mal furada para o conserto, ou refazer a mamadeira do bebê; algumas descobriram uma estranha desconfiança brotando como cogumelo em suas mentes. E talvez um certo objeto pesado tenha começado a se dirigir pouco a pouco até a beirada da superfície maciça que o sustentava, como um pião instável girando devagarinho até a borda de uma mesa, e certas criaturas ao redor viram o que estava acontecendo e fugiram apavoradas escuridão adentro. Então, na beiradinha, o estranho pião parou. Seu movimento irregular cessou, e ele voltou a girar com firmeza e confiança. E talvez fosse possível dizer que as correntes pararam de perturbar a escuridão, e que o Equilíbrio tinha sido restaurado...

Norman Saylor abriu as janelas em cima e embaixo para arejar a sala e dispersar o cheiro forte da fumaça residual. Então cortou as cordas da figura amarrada e afrouxou sua mordaça. Pouco depois ela se levantou e, sem dizer palavra, os dois começaram a sair da sala.

Durante todo esse tempo, nenhuma das outras falou. A figura no vestido de seda cinza estava sentada de cabeça baixa, ombros curvados e mãos frágeis e moles caídas ao longo do corpo.

Na porta, a mulher que Norman Saylor tinha desamarrado virou-se na direção das outras.

"Só tenho mais uma coisinha pra lhes dizer. Tudo o que falei hoje foi a mais pura verdade, com uma exceção..."

A sra. Gunnison levantou os olhos. Evelyn Sawtelle se virou parcialmente na cadeira. A terceira não se mexeu.

"A alma da sra. Carr não foi transferida pro corpo da Tansy Saylor esta noite. Isso aconteceu muito antes — ocorreu quando ela roubou da sra. Gunnison a alma da jovem esposa de Norman e, depois ocupar o corpo vazio e amarrado da Tansy Saylor, a aprisionou em seu próprio corpo envelhecido — a condenando a ser morta pelo próprio marido, como havia planejado. Pois essa bruxa sabia que a Tansy Saylor, tomada pelo pânico, teria um só pensamento: correr pra casa, pro marido. Confiante de que podia convencer Norman Saylor a matar o corpo que abrigava a alma de sua mulher, julgando estar matando a sra. Carr. E esse teria sido o fim da alma da Tansy Saylor.

"Você sabia, sra. Gunnison, que a sra. Carr havia lhe roubado a alma da Tansy Saylor, assim como a tinha roubado de Evelyn Sawtelle, e por motivos parecidos. Contudo não se atreveu a revelar esse fato ao Norman Saylor, pois com isso perderia o seu trunfo. Esta noite você teve uma leve suspeita de que as coisas não eram bem o que pareciam, mas não se atreveu a abrir a boca.

"E agora, como resultado do que a gente fez hoje à noite com a ajuda de vocês, a alma da sra. Carr está de volta ao corpo da sra. Carr, e a alma da Tansy Saylor está no corpo da Tansy Saylor. O meu corpo. Boa noite, Evelyn. Boa noite, Hulda. Boa noite, Flora, querida."

A porta de seis almofadas se fechou ao saírem. O cascalho rangia sob o atrito dos pés deles.

"Como soube?", foi a primeira pergunta de Tansy. "Quando eu estava parada na porta, piscando atrás daqueles óculos terríveis, sem fôlego depois de correr pra casa, doida pra te encontrar — como soube?"

"Em parte", explicou, "porque ela se entregou no final. Foi quando começou a enfatizar as palavras daquele jeito exagerado dela. Mas só isso não seria suficiente. Preciso admitir que se tratava de uma ótima atriz. Deve ter passado anos estudando as suas peculiaridades. E depois de ver como você a interpretou hoje à noite, mal tendo tempo de se preparar, me pergunto se alguma vez consegui perceber a atuação dela."

"Então como percebeu?"

"Acredito que fui ajudado pelo som dos seus passos apressados na entrada de casa — não pareciam os passos da sra. Carr. Soma-se a isso a sua postura. No entanto, foi crucial o modo como você sacudiu a cabeça — aquela sacudida rápida, tripla. Impossível eu não reconhecer. Depois disso, me dei conta de todo o resto."

"Você acha", Tansy perguntou em voz baixa, "que depois disso tudo vai começar a se perguntar se eu sou eu mesma?"

"Imagino que sim", respondeu com um ar sério. "Porém não tenho dúvidas de que irei superar minhas incertezas."

Ouviram passos, depois um cumprimento simpático vindo das sombras adiante.

"Olá, vocês dois", disse o sr. Gunnison. "O *bridge* já acabou? Quis vir com o Linthicum pra pegar uma carona com a Hulda. Escute, Norman, o Pollard veio falar comigo depois da apresentação do artigo. Ele mudou de ideia, de repente, sobre aquele assunto que a gente estava discutindo. Depois da recomendação dele, os membros do conselho cancelaram a reunião."

"Foi um artigo muito interessante", informou-lhes o sr. Carr, "e eu tive a satisfação de fazer uma pergunta muito capciosa ao palestrante. E tenho o prazer de dizer que as respostas dele foram excelentes, depois que esclareci alguns detalhes. Mas eu sinto muito por ter perdido o *bridge*. Bom, acho que não vou notar nenhuma diferença."

"E o mais engraçado", Tansy disse a Norman quando se afastaram, "é que ele não vai notar *mesmo*." E ela deu uma risada maliciosa e contagiante de puro alívio.

"Ai, querido", disse ela, "você acredita de verdade nisso tudo, ou mais uma vez só está fingindo acreditar por minha causa? Você acredita que resgatou a alma da sua esposa do corpo de outra mulher hoje à noite? Ou sua mente científica já te convenceu que nessa última semana fingiu acreditar em bruxaria somente pra curar a sua mulher e mais três senhoras psicóticas da alucinação de possuir o corpo umas das outras e sabe-se lá o que mais?"

"Não sei", respondeu Norman em voz baixa, e tão sério quanto antes. "Eu não sei ao certo."

FRITZ LEIBER (1901-1992) foi um dos mais importantes escritores de fantasia, horror e ficção científica do século XX, e deixou um legado marcante na literatura fantástica. Leiber foi um dos jovens escritores mais interessantes que entraram na órbita de HP Lovecraft, grande influência para sua obra. Suas primeiras histórias, publicadas nas décadas de 1930 e 1940, foram inspiradas pelo mito de Cthulhu e seus ensaios sobre o autor foram fundamentais para uma apreciação crítica séria da vida e obra de Lovecraft. A série de contos e romances protagonizados pela dupla de ladrões e aventureiros Fafhrd e Gray Mouser surge no final dos anos 1930. O terror sobrenatural *A Invocação da Bruxa*, seu primeiro romance, foi publicado originalmente de forma seriada na revista *Unknown Worlds* e inspirado em suas experiências no corpo docente do Occidental College. Publicou seu primeiro livro em 1947, a coletânea de contos *Night's Black Agents*, seguido pelo romance de ficção científica *Gather, Darkness*, em 1950. Outros romances se seguiram durante a década e, em 1958, *The Big Time* ganhou o Prêmio Hugo de Melhor Romance, assim como *The Wanderer* (1964). Muitas das obras mais aclamadas de Leiber são contos de terror, incluindo "The Smoke Ghost", "The Girl With the Hungry Eyes" e "You're All Alone". Em seus últimos anos, Leiber retornou aos contos de terror em obras como "Horrible Imaginings", "Black Has Its Charms" e o premiado "The Button Moulder". Leiber foi nomeado o segundo Gandalf Grand Master of Fantasy pelos participantes da Convenção Mundial de Ficção Científica (Worldcon) de 1975, depois do prêmio inaugural póstumo concedido a J.R.R. Tolkien. No ano seguinte, ganhou o World Fantasy Award for Life Achievement. A Science Fiction Writers of America fez dele seu quinto Grande Mestre em 1981, e a Horror Writers Association concedeu a Leiber o prêmio inaugural do Bram Stoker Award for Lifetime Achievement em 1988. Saiba mais em lankhmar.co.uk.

DARKSIDEBOOKS.COM

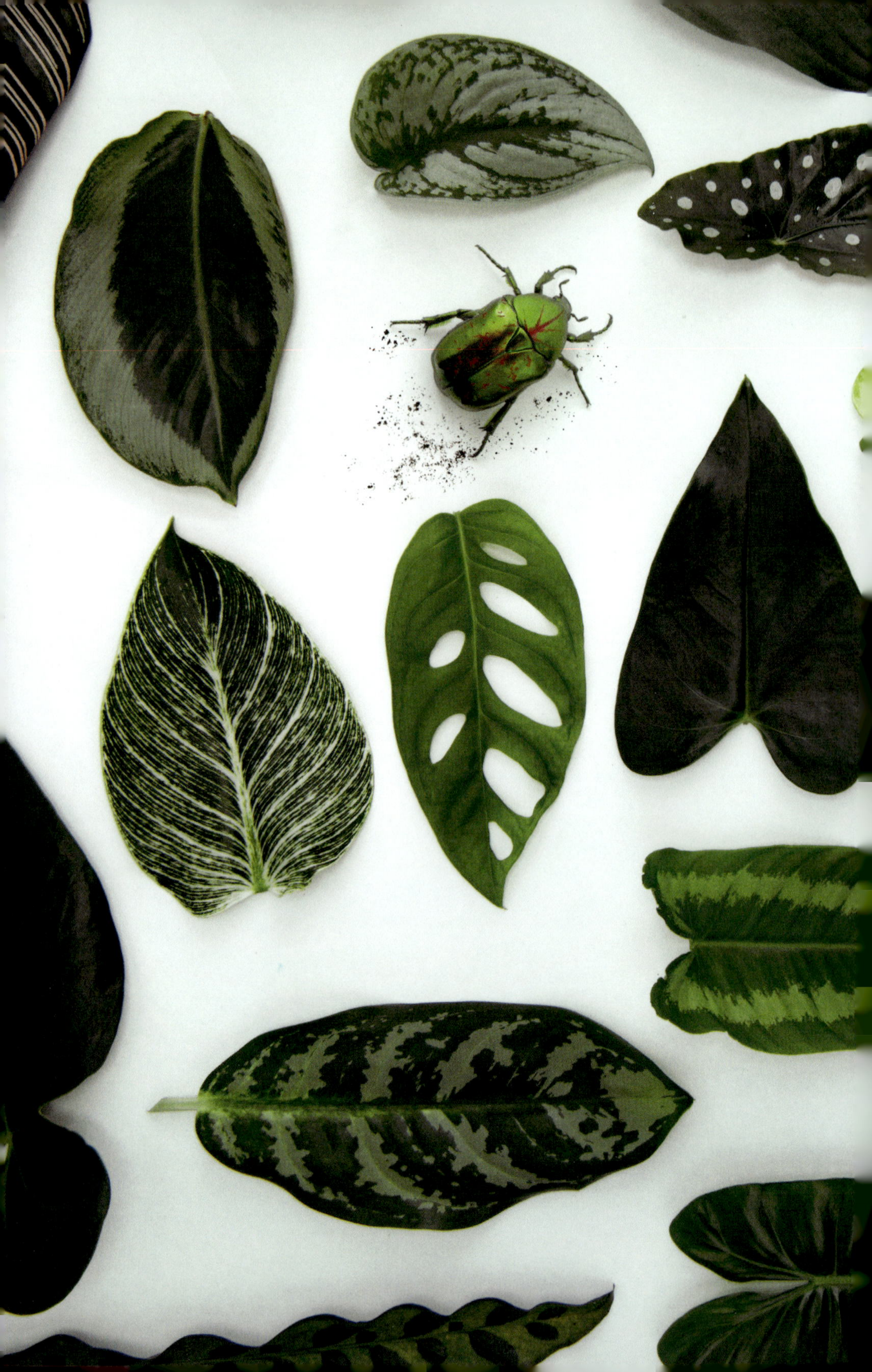